검은 극장

검은 극장

최규익
CHOI KYU IK

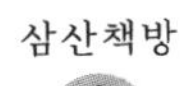

목차

추천사. 소설가 윤후명

먼 기억 속에서 알타이의 똡슈르 소리가 들려오다가 끊어지고 하다가 상수리나무 잎사귀들이 자욱하게 떨어져 쌓였다. 내 고향, 우리의 고향은 어디에 있는가. 그 잎사귀들 속에서 이야기는 잉태되었다. 최규익 소설가가 쓴 서사는 죽음 속에서 우리를 부르는 음악이었다. 나 역시 시베리아와 우랄의 벽(壁)을 소리쳐 부르고 다녔지만 그의 하늘 바라기에는 미진하지 않았던가. 그리하여 '몇날 며칠'이었다. 지금도 이 소설을 붙들고 있는 까닭이다. 우리 소설이 어디에 이르렀는가. 이 소설을 보며 묻는다. 알타이는 어디에 있는가. 이 소설이 가르치고 있는바, 나를 이끌고 이제 어디로 헤매지는 않으리. 나는 하늘을 바라보며, 그의 오랜 헤맴의 결실에 나의 똡슈르 소리를 바친다.

힌두스탄에서 온 편지

힌두스탄에서 온 편지

네로가 정말 지금 내 곁에 있을까? 나는 그런 의문을 품으며 강화도 마니산의 등산로 중턱쯤을 오르고 있었다. 해발이 높아지자 바람은 먼 데에서부터 사아악하고 나무 스치는 소리를 냈다. 참성단은 아직 시야에 들어오지 않았다. 여름 내내 익을 대로 익어버린 나무들을 스친 바람은 소리에 힘이 묻어 있었다. 나는 내 기억의 저장고에서 아주 힘센 바람을 하나 끄집어냈다. 내게 바람의 추억은 많다. 그중에서도 가장 힘이 센 미시령 통 바람을 지금 마니산 중턱에서 불러내려 하는 건 거의 무의식 적이었다. 아마 네로를 지금 이곳에 있게 하기 위한 내 잠재적 바람이 그렇게 한 것이리라 생각된다. 그 괴물 거북이 네로를 지금 여기에 있게 한다? 그리고 참성단 꼭대기에서 제 태어난 남태평양 어딘가로 돌려보낸다? 어떻게? 그것은 29만

킬로를 뛴 내 고물 프라이드의 배를 들어 올리던 미시령 통 바람이라면 가능한 것일지도 몰랐다. 마니산에서 내가 바라는 것 또한 그런 바람이거나 그 바람과 버금갈 어떤 힘이다. 내가 네로에 맺혀버린 건 사흘 전의 한 편지 때문이었다.

발신처를 확인하고 웬 인도? 하면서 편지봉투를 열었을 때는 우연찮게도 은행알에서 풍기는 강렬한 악취가 막 시작되는 날이었다. 악취는 조금 열어두었던 창틈으로 얄궂은 짐승의 체취인 양 뛰어 들어왔다. 나는 내 코를 덥석 문 악취에 반항하듯 머리를 두어 번 흔들고 나서야 편지의 첫머리를 읽었다.

형 잘 지내? 나……. 수원이야. 성남에서 미술 선생 하던 이 수원. 놀랐지? 17년 만이군 그랴.

이게 대체 무슨 소리인가 싶어 나는 첫머리를 읽다 말고 봉투를 다시 살펴보았다. 편지가 인도 뉴델리의 중앙 우체국에서 발송된 것은 분명했다. 노랗게 때에 절은 얇은 미농지 위에 곧 증발 될 것처럼 글자는 흐릿하게 씌어져 있었다. 단도직입으로 본론부터 들이대는 과거 수원의 말투로 볼 때 편지글은 그의 필치가 맞는 듯 보였다. 17년 전 대학로 흥사단에서 형제처럼 친하게 주역과 천부경 공부를 함께 하던 수원의 괄괄괄 하고 웃던 소리와 못생긴 이빨과 뚱뚱한 몸과 털 많고 검붉은 얼굴이 기억에 떠올랐다. 17년 전 그날 이후 그는 아직도 실종 처리된 상태였다. 이럴 리가. 하면서 나는 품에서 돋보기를 꺼내 급히 귀에 걸었다.

여긴 힌두스탄 평원 한 복판이고 언터쳐블 마을이야. 언터쳐블 계급 알지? 상종도 하지 말라는 뜻의 불가촉천민 말야. 한국식으로 말하면 돌 쌍놈 마을. 난 여기에 살아. 내가 본래 쌍놈 이잖어 형. 여긴 땅 밑 협곡을 따라서 형성된 마을이라 갑자기 해가 져. 그래서 편지를 언제까지 쓸 수 있을지는 모르겠다. 홍선이 형이랑 병근이 형이랑 대학로 도인 그룹들도 다들 잘 있어? 여긴 버려진 동네라 발신인 주소도 못 적고. 형이 그래도 대학에 있으니까 주소가 확실하잖아. 그래서 혹시나 하고 한번 보내 보는 거야. 사흘 전에 외지인이 한 놈 이곳에 들어왔어. 바깥사람 보는 게 한 4, 5년 만인 것 같어. 마크라고 미국 앤데 이 녀석이 혼자 힌두스탄 평원을 걸어서 횡단하다가 어찌어찌 이 마을에 들어왔거든. 그래서 이 동네 여자들이 마약으로 유혹해서 붙잡아 놓았어. 녀석을 내가 오늘 밤에 슬쩍 풀어 줄 거야. 그리고 이 편지를 그누마에게 줄 거야. 한국으로 부쳐달라고. 혹시 이 편지 받더라도 날 찾거나 하진 마. 이제 와서 찾고 어쩌고 하는 건 보통 사람들 얘기고. 날 알잖아 형. 나. 왕 또라이. 난 만족해. 여기가 그래도 살아 본 중에 제일 나아. 그리고 난 얼마 못 살어. 완전히 맛이 갔어. 이빨도 몇 개 안 남고. 머리털도 싸그리 날아가고. 나이 오십에 벌써 갱코로 맛이 갔다. 하하. 그래 그런가, 요즘엔 가끔 한국이 그립기도 한 것 같고 그래. 난 마리화나에 쩔어 살아 17년째. 근데 요즘 몸이 가라앉네 그랴. 까딱까딱 졸다 오늘 숨 딱 떨어져도 하나도 이상하지 않을 만큼. 그래도 그 동안 음악 때문에 나쁘진 않았지. 알잖아 형도, 인도 음악. 시타르도 그렇고, 얘들 북도 알지? 따볼라, 기억나? 우리 대학로 시절 홍사단 수업 마치고 밤새 술 먹다가 새벽녘에 마로니에 공원 벤치에 가서 내가 무릎 사이에 넣고 가끔 치던 것 말야. 시끄럽다고 형한테 욕 먹으면서도 자주 쳤잖아. 삼중으로 가죽 대고 손가락 다섯 개 다 써서 긁어대고 두드리고 밀고 하는 것 말야. 후후. 여기서 사는 건. 음……. 해 뜰 때 라가 차루케쉬 한 곡 듣고 알딸딸해져서 내 여자랑 마리화나 한번 빨아주면 몽땅 해결이지. 쌍놈 마을에선 걱정밖에 없거나, 아예 걱정이라는 게 없거나 둘 중 하나야. 그리고 어느 쪽이나 다 완전 개판야.

그냥 다들 넋이 나가서 살아. 엉터리 도사들 천지고. 온갖 미신들, 귀신들 천지고. 그래서 난 여기가 좋아. 아무 룰도 없거든. 아! 룰이 하나 있긴 해. 마을 족장 허락 없이는 서로 죽이지 않는 것. 그것만 지키면 돼. 그것 외엔 완전히 케 쎄라 쎄라. 못 먹어도 고. 다들 지멋대로야. 그래서 최고지. 여긴 인도 정부에서도 돌보지 않아. 그저 평원의 먼 지평선에 초소 하나 만들어 놓고 관리하는 시늉만 하는 정도. 외부에서 100% 버림받았기 땜에 여기선 이렇게 100% 자유야. 땡큐 땡큐. 버려줘서 고마웠지. 여기선 뭐든 대놓고 슬퍼하지 않는 게 다들 몸에 뱄어. 애들이 죽어도 그냥 땅 위 황무지로 가져가서 조용히 묻고 올 뿐이야. 그런 건 너무 익숙해서 여기선 일도 아니지. 그 대신 난 하루하루를 확실히 뽄새 있게 놀아. 농사도 땅 위에 올라가 우리 먹을 만큼은 짓고 말아. 난 아무것도 안 하지만. 가끔씩 음악 선생 노릇이나 하면 밥과 드럭은 나와. 내 여자가 그런 것 챙기고. 이름은 이맘이라고 하는데 이빨도 아직 괜찮고 동작도 빨라. 내 제자이기도 하고. 어릴 때 너무 일찍 강간당하고 상처가 깊어서 애도 못 낳아. 그래서 누가 데려가지도 않지. 여긴 야밤이든 새벽이든 일정하게 잠드는 시간도 없어. 그래서 난 깊은 밤에도 내 멋대로 최대

볼륨으로 연주하지. 아님 누군가의 연주를 듣거나. 맘 놓고 빨 것 빨아 대면서 말야. 이맘이든, 마리화나든. 형, 반수리 알지? 여기 대나무 피리 이름. 한국 대금보다 훨씬 부드럽고, 그게 또 물건야. 이젠 내가 여기 애들한테 그걸 가르쳐. 선생 팔자는 어디 가나 그런가 보지 하하. 하여간 내가 볼 땐 이 동네 음악은 세계 최고야. 얘들은 음을 굴리잖어. 얘들은 무엇이 됐든 아주 자연스럽게 굴려. 벌써 이 마을에서만 적어도 오천 년은 계속 굴렸을걸. 쌍놈 마을이니까 아무 터치도 안 받고 100% 내츄럴. 조상 대대로 너무 오래 굴려서 누가 누굴 굴리는지도 모르게 된 채로 오천 년을 굴리고 또 굴리고 좀 쉬었다 또 새로 굴리고. 그걸 나도 굴려. 그러다 리듬이 불 바퀴 같은 게 돼서 막 돌아가는 때가 와. 그럼 올라타는 거지. 그때 조지는 거야. 막 타고 올라가다가 멋대로 비잉빙 틀어 올리다가 아무 데나 꼴리는 대로 내 불 바퀴 한쪽 머리 빳빳이 쳐들고 폭발하는 거야 즉흥적으로. 그리고 마무리도 없이 그냥 끝내 버려. 그럼 그 여운이 오래 참았던 오줌 줄기보다 더 세게, 더 뜨뜻하게 쫘악 쏟아져 나온다고. 그때 시간이 녹아 없어지면서 다 죽는 거야. 이게 죽여. 이게 날 17년이나 죽였어. 그냥 다 녹아. 얘들이 진짜 예술가야. 나도 한국에선 그림 좀 그린다 했지만 이거에 비하면 다 졸입니다요. 형님. 내가 아직 숨이 붙어 있는 게 용하긴 하지만. 이게 아마 처음이자 마지막 편지가 될 거야. 그냥 형한테 대표로 보내 본 거야. 내가 어떻게 살았는지 그래도 한번 기록은 해 보고 싶기도 하고. 부탁도 하나 있고 해서, 어쨌거나 마로니에 공원에서 홍선이 형 미친 웃음소리 한 번 더 듣고 싶긴 하다.

나는 돋보기를 벗고 의자에서 일어났다. 연구실은 은행알의 악취로 꽉 찼다. 창을 닫아서 더 이상의 악취를 막아야 할지, 아님 창을 한껏 더 열어서 방안의 악취를 제거해야 할지 판단이 서지 않았다. 나는 창을 그냥 열어 둔 채로, 다시 책상으로 다가갔다. 나는 책상 위에 내려놓았던 편지 뭉치를 다시 집어 들었다.

수원이 화실을 함께 쓰던 화가 친구와 함께 인도 뭄바이에 도착한 건 지금으로부터 17년 전인 1999년, 그가 재직하던 중학교의 겨울 방학 직후였다. 국적기 티켓은 뭄바이 도착 당일에 한해서 그곳의 호텔을 제공한다. 그들이 뭄바이에 도착한 시간은 이른 아침이었다. 공항에서부터 삼륜 승합차를 타고 1시간 이상을 달려 그들이 도착한 곳은 이름만 그럴싸한 빅토리아 호텔이었지 실제로는 이층으로 된 조금 규모가 있는 민박에 불과했다. 그 일대는 어디가 어디인지 전혀 분간 할 수조차 없이 거의 똑같은 흙벽돌집들로 가득 차 있었다. 호텔에 도착하자마자 수원은 겨울옷을 벗고 서둘러 샤워를 마쳤다. 그리고 준비해 간 테니스용 흰 반바지와 흰 티셔츠로 갈아입었다. 그는 향기라기보다 악취에 가까운 누릿한 냄새가 대기에 절어 있는 이국적 환경에 오히려 기묘한 매력을 느껴서 곧장 동네 구경을 하고 싶었다. 뒤이어 샤워 중인 친구에게 수원은 마실 좀 다녀오마. 하고 큰 소리로 말하고 나서 관광객답게 근시 전용으로 맞춘 검은 선글라스를 꺼내 쓰고 파란색 샌들을 챙겨 신었다. 그리고 길을 나섰다. 수원은 한 시간여를 그야말로 재미지게 골목 이곳저곳 기웃거리며 구경했다. 그리고 호텔에서 조금 멀리까지 걸어 나온 것 같은 생각이 들어 돌아가기로 결정했다. 그는 호텔이 있으리라 예상되는 방향을 향해 걸었다. 그런데 모양만 조금씩 다를 뿐 거의 같은 형태의 살구 색 흙벽돌의 주택가엔 호텔을 찾을 만한 특징점이 전혀 없었다. 가도 가도 똑같이 생긴 흙벽돌집의 행렬은 끝이 없었다. 동네 이발소 간판 크기만 하고 붉은 꽃이 하나 촌스럽게 그려져 있던 빅토리아 호텔의 간판은 그때껏 코빼기도 볼 수 없었다. 수원은 조금 이상한 생각이 들긴 했지만, 인도 여행 첫 날 부터 스릴을 느껴가면서 집 찾기 놀이를 하게 되었다고 생각하기로 했다. 수원은 그러나 해가 중천에 뜰 때까지도 호텔을 찾을 수 없었다. 그는 그제야 덜컥 겁이 나기 시작했다. 그저 동네 한 바퀴 돌아보자 하고 가볍게 나선 길이었던지라 그의 반바지 주머니엔 당연히 여권도 없었고 1불짜리 지폐 하나 들어 있지 않았다. 게다가 그는 첫 해외여행이었음에도 불구하고 최소한의 여행용 회화조차 전혀 신경 쓰지 않았었다. 학창 시절 내내 가뜩이나 영어를 싫어하기도 했지만, 그의 이상한 낙천적 성격도 그런 이유가 되었고 또 필요한 최소한의 영어는 여행 경험이 많은 그의 화실 친구가 가능하다는 이유 때문이기도 했다. 수원은 지나가는 사람을 붙잡고 수십 차례 빅토리아 호텔이라고 말해 보았지만, 그들은 하나 같이 고개를 인형처럼 까딱거리며 아무 대꾸도 없이 그를 지나쳐 갈 뿐이었다. 그렇게 그는 점점 더 빅토리아 호텔과 멀어진 것 같다. 그는 계속 어디로든 걸었다. 그러나 가도 가도 똑같은 흙벽돌집들뿐이었다. 그는 아주 먼 길을 뱅뱅 돌았다. 그리고 뱅뱅 돌면서 궤도를 이탈하는 우주선처럼 빅토리아 호텔과 점점 더 멀어져 갔다. 넋이 나갈 정도로 당황하기 시작한 그는 제 자리에서 친구를 기다려 본다든가 하는 생각은 전혀 하지 못한 채 미로 같은 골목길과 큰길을 잽싸게 가로지르며 거짓말처럼 빠르게 빅토리아 호텔과 멀어져 갔다. 누릿한 오신채와 카레 냄새가 진동하는 저녁이 그에게 슬금슬금 다가왔다. 이상한 여행의 이상한 첫날밤이 점점 어두워 오고 있었다. 그는 아침에 호텔을 나선 이후 그때껏 물 한 모금 먹지 못했고 빵 한 조각 입에 넣지 못했다. 그러나 그는 두려움과 당혹감 때문에 배고픔조차 전혀 느낄 수 없었다. 끝도 없이 펼쳐진 주택가엔 가로등 사정도 좋지 않았던 터라 눈이 안 좋은 그로서는 무작정 마구 걸을 수도 없었다. 그는 지독한 근시였다. 근시 전용 선글라스는 어두운 밤에 어떤 역할도 할 수가 없었다. 그는 안경을 벗어 티셔츠의 앞섶에 걸고 더듬거리며 가급적 큰길을 따라 걸었다. 그러다 무엇에 걸려 호되게 넘어졌다. 그의 발밑에서 누군가 비명을 질렀다. 그리고 그는 더 이상 앞으로 걸어갈 수 없었다. 그의 발에 밟힌 건 길을 따라 죽 늘어져서 잠을 청하고 있는 사람들이었다. 인도에 흉년이 들면 농촌의 가난한 사람들은 다음 파종 때까지 모두들 인근의 대도시로 몰려들었다. 그리고 인력시장의 일용직 근로자나 구걸하는 자로 변신했다. 그리고 밤이 되면 그들은 가족끼리 떼를 지어 주택가 부근의 길에 그냥 누워 잠을 잤다. 수원은 별수 없이 그들 사이에 끼여 누울 수밖에 없었다. 차가운 맨 땅에 누웠으나 추위보다 더 한 피로가 쏟아졌다. 하루 종일 족히 사오십 리는 속보로 걸어 다녔을 그는 모든 감각 기관이 그야말로 페이드아웃 되는 것을 느끼면서 순식간에 깊은 잠에 곯아떨어졌다. 다음 날 아침 햇살이 눈을 찌르는 통에 수원은 자리에서 일어났다. 보도블록조차 깔려 있지 않은 맨땅의 냉기에 그는 진저리 치며 몸을 부르르 떨었다. 길바닥에 밤새 같이 누워 잠을 잤던 수많은 사람들은 모두 사라지고 없었다. 그는 습관대로 손을 뻗어 안경부터 찾았으나 그의 티셔츠에 꽂혀 있어야 할 근시 전용 선글라스는 간 곳이 없었다. 그의 파란색 샌들도 누가 이미 벗겨간 듯 사라져 버렸다. 거리를 오가는 사람들이 맨땅에 신발도 없이 주저앉아있는 수원을 냉랭하게 쳐다보며 지나갔다. 그는 자리에서 일어나야만 했다. 흙 위에서 하룻밤을 뒹굴고 난 뒤라 그의 흰 티셔츠와 반바지는 광부의 작업복처럼 시커멓게 변해 있었다. 맨발에 안경조차 쓰지 못한 채 더듬거리며 여하튼 그는 앞으로 걸어 나가야만 했다. 그는 곧 릭샤와 삼륜차와 온갖 종류의 낡은 차들과 거리를 떠도는 소들과 개미집을 폭파시키기라도 한 것처럼 끝도 없이 쏟아져 나오는 개미같이 까무잡잡한 사람들의 행렬에 이리저리 부닺히며 떠밀리기 시작했다. 그는 아무도 몰래 해변에서부터 혼자 먼 바다로 마구 밀려나는 느낌 때문에 점점 더 가슴이 미어지듯이 아팠다. 그는 수백 번도 더 빅토리아 호텔이라고 행인들의 소매를 붙잡고 외쳤지만 완연한 거지 행색인 그의 말에 귀를 기울이는 사람은 아무도 없었다. 그는 석양 녘이 되어서야 작은 광장에 있는 공용수도를 하나 발견했다. 그는 미친 사람처럼 물을 들이켰다. 그는 다시 광장을 벗어나 돌아갈 집을 아는 사람처럼 땅거미가 지는 길을 빠른 속도로 걷기 시작했다. 그리고 인도 여행 이틀째의 밤이 왔다. 그는 어젯밤의 추위를 기억하고는 바닥 깔개로 쓸 종이 상자를 구하기 위해 백열전구 불빛이 환한 바자르로 들어갔다. 운 좋게 종이상자를 구한 그는 또 다른 주택가의 골목을 찾아 걸었다. 어느 골목에나 빽빽이 들어찬 노숙인 가족들 때문에 몸 하나 맨땅에 누이기도 쉽지 않았다. 그는 이윽고 어느 골목에 당도해서 노숙인들이 누워 자는 한 틈을 무작정 비집고 들어갔다. 잠을 청하던 노숙인이 그에게 볼멘소리를 내 질렀지만, 그는 아무런 대꾸도 하지 않고 자기의 커다란 엉덩이를 노숙인의 허리 쪽으로 거세게 들이밀었다. 겨우 자기 자리를 확보한 그는 밤이 깊도록 이를 악물며 생각했다. 그것은 계속 생가슴을 찢어 내는듯한 고통에만 자신이 머물러 있을 수는 없으며 난데없이 발생한 이 기막힌 현실을 어떻게든 받아들이고 적응해야만 한다는 것이었다.

사흘째 아침, 그는 극심한 배고픔 때문에 자다 말고 자리에서 벌떡 일어났다. 사흘째 먹은 거라곤 공용수도에서 마신 물과 허공에 떠도는 오신채와 카레의 냄새뿐이었다. 오전 내내 그는 음식 냄새를 쫓아 코를 킁킁거리며 빅토리아 호텔 대신 폴리스라고 말을 바꾸어 외치며 걸어 다녔다. 수원은 어떻게든 경찰서나 경찰관을 찾아내기로 결심했다. 그리고 한 네거리에서 교통 차단기에 손을 얹고 있는 경찰관을 발견했다. 수원은 반가움에 눈물이 날 것 같았다. 왜 어제 집을 잃은 시간부터 즉시 경찰관을 찾을 생각을 하지 못했는지에 대해서도 후회가 치밀었다. 그러나 경찰관 생각을 전혀 못 한 것만은 아니었다. 경찰관이든 경찰서든 눈앞에 나타나지 않는 바에야 어찌할 방도는 없는 것이었다. 그는 곧장 경찰관에게 다가가 “아이 엠 코리안, 빅토리아 호텔!”이라고 목이 메인 소리로 외쳤다. 그러자 경찰관은 수원의 맨발과 그야말로 봉발작소의 거지 행색을 아래위로 훑어보고 나서 다짜고짜 옆에 찬 경찰봉을 빼어들더니 수원의 등짝을 강타했다. 수원은 갑작스레 등짝에 가해진 몽둥이찜질의 고통과 말이 닿아지지가 않는 소통 불가의 고통을 동시에 느끼며 목이 콱 막히는 걸 느꼈다. 수원은 한 번 더 자기 자신을 손가락으로 가리키며 "아이 엠 코리안!"이라고 소리쳤다. 그러자 경찰관은 수원의 허벅지를 경찰봉으로 다시 호되게 내리쳤다. 수원은 할 수 없이 경찰관에게서 주춤주춤 물러났다. 경찰관이 이번에는 경찰봉을 머리 위로 치켜들며 수원에게 한 걸음 더 다가섰다. 수원은 어쩔 수 없이 사람들의 행렬 속으로 뛰어 달아 날 수밖에 없었다. 그리고 다시 밤이 왔다. 그는 배고픔 때문에 눈이 뒤집힐 것 같았다. 그날 밤 그는 인도식 빵인 난을 굽고 있는 한 노천 식당에 다가갔다. 그리고 막 구워진 난이 화덕에서 접시로 옮겨지는 순간을 노려 다짜고짜 달려가서 난을 덥석 집어 들었다. 그리고 무조건 난을 입안으로 밀어 넣었다. 놀란 주인이 화덕 곁에 세워 놓았던 대나무 막대를 들고 수원을 마구 내리쳤다. 대나무 막대의 난타를 견디면서 수원은 기어코 난 하나를 순식간에 먹어 치웠다. 그리고 90킬로가 넘는 그의 체중과 힘으로 식당 주인을 밀치고 전속력으로 뛰어 달아났다.

그렇게 2주일이 흘렀다. 혼자 빅토리아 호텔에 남겨졌던 수원의 화실 친구는 방 안에서 이틀을 기다리다 대사관에 실종 신고를 내고 한국에 연락한 후 혼자 열흘을 더 기다리다 결국 한국으로 되돌아갔다. 한국에선 납치다 테러다 하는 추측 보도가 두 번 공영 매체에 소개된 후 모든 걸 인도 경찰에 일임 한 채 잠잠해졌다. 수원의 나이 많은 부모님들도 손을 써 볼 도리가 전혀 없었다. 게다가 카슈미르 지역에 분쟁이 일어나서 인도는 한국의 여행 제한 지역으로 곧 지정되었다. 수원은 머잖아, 언제나 그렇듯이, 누구에게나, 깨끗이 잊혀 질 것이었다.

그는 그즈음부터 네로가 떠오르기 시작하더라고 했다. 63빌딩 지하 수족관. 5미터 길이의 단독 수조에서 네로가 끝도 없이 유리 벽을 향해 돌진해 머리를 부딪치는 쿵 소리가 들리기 시작하더라는 것이었다. 어쨌거나 수원은 그새 다 떨어진 양복 상의를 하나 주워서 추위 막음으로 입고, 역시 버려진 다 헤어진 신발 하나를 주워 신고 이름 모를 도시의 시가지가 끝나는 곳을 터벅터벅 걷고 있었다. 나중에 알게 된 바로는, 그는 2주일 동안 뭄바이에서 무려 400킬로나 떨어진 마디야 프라데시주의 보팔 근처를 헤매고 있었다. 수원은 그러다 기차역 부근에 있는 한 군부대를 발견했다. 대대급 이상의 병력이 주둔하는 듯이 규모도 꽤 있어 보이는 부대였다. 위병이 총을 멘 채 지키고 있는 정문 앞에서 수원은 마지막이라는 각오를 하고 난 후 정문을 무단 통과해서 부대 내로 냅다 뛰기 시작했다. 정문을 지키던 위병들은 철커덕 소리를 내며 소총 노리쇠를 후퇴 전진시켰고 무어라 고함을 쳐대며 수원을 뒤쫓기 시작했다. 수원은 전혀 개의치 않고 부대의 지휘관이 있을 법한 건물을 향해 전력을 다해 뛰었다. 그리고 부대 깃발이 걸려있는 한 건물 안으로 뛰어 들어갔다. 그곳엔 수염을 팔자로 기른 지휘관인 듯한 사나이가 머리에 터번을 두른 채 눈이 휘둥그레지며 앉아 있던 의자에서 벌떡 일어났다. 수원은 젖 먹던 힘을 다해 그에게 소리쳤다. “아이 엠 쏘리. 아이 엠 코리안, 뭄바이, 뭄바이 아이 엠 코리안. 아이 엠 쏘리. 익스 큐즈 미, 뭄바이 플리스. 아이 엠.” 그때 수원을 쫓아온 위병들이 방으로 들이닥치며 개머리판으로 수원의 머리통을 내리쳤다. 잠깐 실신했다 깨어난 수원에게 지휘관은 TMO 전용인 듯한 기차표 한 장을 내밀었다. 그리고 뭄바이라고 말하며 손을 들어 기차역을 가리켰다. 수원은 그에게 여러 차례 머리를 굽혀 감사하고 난 후 기차표를 들고 기차역으로 갔다. 기차표에는 힌디어 밑에 영어로 뭄바이라고 씌어 있었다. 그는 여섯 시간을 기다린 끝에 가까스로 뭄바이행 기차를 탈 수 있었다. 기차 내에 들어와 3층 침대칸의 맨 아래쪽에 자리를 잡자 비로소 2주간의 무어라 형언 할 수조차 없는 지옥의 시간이 끝나간다는 사실이 실감이 났다. 기차는 뭄바이를 향해 달리기 시작했다. 그는 미칠 듯 배가 고팠지만, 도시락으로 식사하는 승객들의 도시락을 뺏어 먹고 기차 내에서 달아날 수는 없는 노릇이었다. 수원의 침대 앞 칸에 앉아 있던 어린 소녀가 컵라면으로 보이는 면을 휘젓다가 그 앞에서 침을 꼴깍거리는 수원을 뚫어져라 쳐다보았다. 가족인 듯싶은 다른 승객들은 모두 수원에게서 나는 악취를 피해 그를 외면한 뒤였다. 수원은 할 수 없이 수도꼭지가 있는 공용 세면칸으로 가서 2주간 늘 그랬듯이 물배를 가득 채운 후 자리에 돌아와 생으로 다시 굶기 시작했다. 그는 굶주림과 말할 수 없는 피로를 느끼며 자기 침대에서 거의 혼수상태로 깊은 잠에 빠져들었다. 얼마나 혼곤한 잠을 잤는지는 그도 모른다. 꿈속에선 네로가 뭔가 다급해져서 유리 벽을 연이어 들이받는 소리가 쿵쿵하고 들려왔었지만, 현실의 그는 어떤 소란스런 기미를 느끼면서도 잠에서 깨지 못했다. 그가 길고 긴 잠을 자고 일어났을 때 기차는 뭄바이에 도착할 시간이 훨씬 지나 있었다. 그럼에도 기차는 여전히 어떤 평원을 달리고 있었다. 그리고 자신의 침대 석 앞자리의 승객도 보팔에서 함께 탄 가족이 아니었고 어린 소녀도 보이지 않았다. 그는 또다시 계속되는 이상한 악몽의 기미를 느끼며 자리에서 일어나 차장에게로 달려갔다. 차장도 다른 사람으로 바뀌어 있었다. 수원은 새로운 차장에게 차표를 보여주며 뭄바이 뭄바이하고 소리쳤다. 차장은 지도를 꺼내놓고 이 기차의 행선지는 뭄바이가 아니라 방글라데시의 국경 근처에 있는 파트나라고 손가락으로 가리키며 알 수 없는 말만을 내뱉었다. 나중에 수원이 알게 된 바로는 이랬다. 보팔에서 출발해 뭄바이로 가는 승객은 도중에 다른 열차로 환승해야만 했다. 그리고 모든 승객이 기차를 바꿔 타는 동안에 수원은 졸도하듯이 깊은 잠에 빠져 있었다. 그리고 수원이 홀로 탄 객차는 정차한 역에서 뭄바이와 정반대로 가는 열차에 연결되었고 그 즉시 새로운 승객들로 가득 채워져서 방글라데시 쪽 국경에 가까운 파트나로 이미 여러 시간에 걸쳐 달리고 있던 참이었다. 그리고 수원에게서 풍기는 악취와 거지가 분명해 보이는 더러운 행색 때문에 그 누구도 그를 건드리기조차 하지 않았던 것이었다. 그러나 그 당시 수원으로서는 그런 정황을 알 턱이 없었다. 그는 절망을 넘어 어떤 이해할 수 없는 아이러니를 느끼며 객차 사이의 연결 칸으로 터덜터덜 걸어갔다. 그리고 그는 너무 낡아 출입문도 떨어져 나간 채 그냥 외부로 열려있는 객차의 출입 계단에 걸터앉았다. 그는 이러한 사실을 더는 믿을 수가 없었다. 아무리 생각해봐도 그는 이러한 악몽을 더는 현실이라고 믿기 어려웠다. 그는 분명히 뭄바이행 기차를 탔었고 앞자리의 승객과 차장에게도 뭄바이행 기차라는 것을 수차례 확인 받았었다. 그런데 잠에서 깨어난 지금, 이 기차는 뭄바이와는 정반대의 경로로 힌두스탄 평원을 가로지르며 방글라데시를 향해 달려가고 있는 중이라는 것이었다. 수원은 시꺼멓게 때에 절어 반들거리는 손으로 그보다 더 때에 절어 반들거리는 자기 볼을 꼬집어보았다. 분명히 아픔은 느껴졌다. 도대체 이 일이 어찌 된 것인지 그는 새삼 어안이 벙벙했다. 그는 단지 겨울 방학을 이용해 평소에 경외를 품고 있었던 라즈니쉬나 마하르쉬 같은 대 명상가들의 본고장을 여행해 보고자 했던 것뿐이었다. 그는 지금의 현실이 현실이 아닐 수도 있다는 의심을 처음으로 하기 시작했다. 지금 겪고 있는 이 믿기도 어려운 상황이 현실이 아닐 수도 있다는 생각을 하자, 그것은 생각지도 못했던 새로운 대안으로 금방 자리를 잡았다. 그는 이러한 새로운 가능성에 처음 눈을 떴다. 지금의 이 악몽 같은 현실은 설사 배고픔과 아픔을 느낀다 하더라도 그러한 느낌까지 동반한 완벽한 악몽일 수 있다는 것이었다. 조금 전 그는 배고픔 속에서 잠이 들었고 잠듦과 동시에 즉시 악몽은 또다시 시작되었던 것이다. 그리고 이 지독한 악몽은 멋대로 기차가 반대로 간다는 허구 상황을 만들어내기에 이르렀다. 이 모든 것을 종합할 때 그는 지금 눈앞에 나타난 모든 것들은 현실이 아니라 꿈속의 일이라고 단정했다. 이 생각은 2주 전 길을 잃은 이후 처음 느껴보는 일종의 도파민을 그의 몸에 형성시켰다. 그의 모든 신경세포는 배고픔조차 모두 가셔나간 듯 신선하게 자극되었다. 지금 기차가 반대로 가고 있는 이 상황은 논리적으로 현실일 수가 없는 꿈이며 자신은 아직 침대칸에서 배고픔에 지쳐 쓰러져 잠자고 있는 것이 현실에 더 가깝다는 것이었다. 또 어쩌면 인도로 오는 비행기 안에서 시작된 아직 깨어나지 못한 꿈속에 있을 수도 있었다. 잘 깨어나지 않는 꿈이 계속 이어져서 현재 상황을 만들었지만 실제로 그는 아직 인도에 도착하지도 않은 것일 수 있다는 얘기였다. 비행기 안의 꿈속에서 현실을 앞질러 공항에 도착하고 또 실제로는 가보지도 않은 빅토리아 호텔에 미리 도착한 후 처음 나가본 동네 산책에서 바로 길을 잃고 2주나 죽을 듯한 추위와 고독과 굶주림을 겪는 악몽 속에 자신이 놓여 있을 수도 있다는 것이었다. 그러므로 그가 겪고 있는 이 고통은 실제의 고통이 아닌 것이 되었다. 그의 이 생각은 점점 더 확대되었다. 그리고 그가 태어나서 지금껏 살아서 겪어온 이 모든 것 또한 분명히 알 수 없는 누군가의 꿈일 수도 있다고 그는 확신하기에 이르렀다. 그는 자신이 비로소 꿈속에서의 고행 끝에 이 고통스러운 삶 자체가 사실이 아니며, 자기의 삶이라고 철석같이 믿고 있는 우리 모두의 몸뚱이 감각조차 실은 누군가의 매트릭스적인 꿈에 불과할 수도 있다고까지 그는 생각했다. 그는 현실에서 이 꿈을, 그러니까 삶이라는 이 꿈의 실체 없음을 깨달았으니, 이제는 한시라도 빨리 이 악몽에서 나가고 싶었다. 그렇다면 이 고통을 벗어나는 길은 간단했다. 그저 꿈을 깨면 되는 것이었다. 그는 이 깊은 잠을 깨우기 위해서는 꿈속에서일망정 강력한 자극이 신경계에 주어져야 한다고 생각했다. 그리고 어떤 자극이 되었건 이것은 꿈이므로 실제의 그에게 위해가 될 일은 전혀 없었다. 그는 출입 계단의 난간에서 한 발 더 아래로 내려갔다. 그리고 손잡이를 두 손으로 잡은 후 자리에서 일어났다. 그리고 이 지독한 삶의 고통과 동의어인 악몽에서 깨어나기 위해 그는 무섭게 달리고 있는 열차에서 한 치의 의심도 없이 뛰어내렸다. 그는 힌두스탄 평원의 허공 위로 나비처럼 가볍게 몸을 던졌다. 일 초간 그는 무상의 자유를 맛보았다. 그리고 그다음 땅에 다리가 닿는 순간 딱 하는 큰소리와 함께 즉시 다리가 부러졌고 그와 동시에 지금까진 알지도 못했던 무시무시한 삶의 고통이 이전보다 백배도 더 증폭된 채 밀려왔다. 그는 힌두스탄 평원 한 복판의 기찻길 옆에서, 아무도 없이, 갑자기 지독한 고통 속에서 쿵쿵쿵쿵쿵 하는 괴이한 소리가 울려 나오는 것을 느끼며 죽어가기 시작했다. 그는 이맘에게 발견되기 전까지 사흘 동안 지상과 지옥과 연옥에 두루 걸쳐있는 모든 차원의 고통을 골고루 맛보았다. 이맘이 이상한 신음 소리를 듣고 그를 발견했을 때 그는 신음 소리를 내면서도 거의 웃는 듯한 표정을 짓고 있었다고 했다.

수원은 여기까지 쓰고 나서 내게 이상한 부탁을 하나 하며 편지를 맺었다. 그가 지금까지의 자기 생을 돌이켜 볼 때 이제 마음속을 가로막았던 많은 것이 녹아 사라졌는데 유일하게 어떤 것 하나가 사라지지 않고 점점 더 강하게 맘에 자리 잡는다는 것이었다. 그것은 그가 한국을 떠나기 얼마 전 자연 체험 학습으로 자신의 중학생 제자들과 함께 갔던 63빌딩 수족관의 한 바다거북이라는 것이었다.

그 바다거북은 너무 난폭해서 다른 어류를 마구 잡아먹는 탓에 큰 독립 수조에 따로 넣어 격리시켰고, 그 거북의 이름은 네로이며, 그 거북은 자기가 처음 본지 이십여 년이 지난 지금까지도 수족관의 유리 벽을 들이받고 있는 게 생생하게 느껴진다는 것이었다. 그 거북을 수원이라 생각하고 형이 한 번만 가 봐 주면 좋겠다는 것이었다. 이상한 부탁이 아닐 수 없었다. 그렇게 그 편지는 끝을 맺었다. 나는 그다음 다음 날 오후 늦게 63빌딩 수족관으로 갔다. 입장권을 끊고 들어가서 오른편으로 돌자마자 길이가 5미터는 됨직한 수조의 뒤편에서 거대한 바다거북 한 마리가 곧장 내 쪽을 향해 돌진해 왔다. 그리고 내 코앞에 놓여있던 유리 벽을 주저 없이 들이받았다. 귀를 유리 벽에 가까이 대고 들어보니 네로가 유리 벽에 부딪힐 때마다 쿵 하고 울리는 소리가 났다. 그 충격으로 네로는 뒤로 주춤주춤 물러났다. 그렇게 수조의 맨 뒤편으로 밀려난 네로는 또 거대한 앞발을 휘저으며 일직선으로 헤엄쳐 와서 정확하게 유리의 어느 한 점을 들이받았다. 네로에게 사람은 안중에도 없었다. 네로는 오직 유리의 한 점만을 목표로 돌격했다. 네로가 한 번씩 유리에 부딪힐 때마다 녀석의 코와 입에서 연신 붉은 피가 흘러나왔고, 유리의 한 점 외에 다른 건 거들떠보지도 않는 부릅뜬 눈은 뇌진탕이 원인인 듯 온통 핏발이 서 붉게 물들어 있었다. 안내인의 말을 통해서도 네로는 독립 수조에 갇힌 이십여 년의 기간 내내 그 벽을 들이받고 있고 어떤 방법으로도 그것을 멈추게 할 수가 없다는 것이었다. 나는 이 이상한 비전향 장기수 앞에서 전율을 느꼈다. 나는 얼어붙은 듯 그 자리에 가만히 서서 수원의 검붉은 얼굴과 닮은 것 같기도 한 네로의 목숨을 건 박치기를 지켜보았다.

다음 날 아침 일찍 나는 63빌딩 수족관에 다시 갔다. 아홉 시 반이 개장 시간이어서 나는 수족관 입구에 삼십 분이나 서서 기다렸다. 예쁘고 늘씬한 안내 여직원이 이상하다는 듯이 나를 지켜보았으나 나는 그녀들을 전혀 개의치 않았다. 내 맘 속엔 밤새 네로가 불 꺼진 63빌딩 지하 수족관에서 홀로 유리 벽을 들이받는 쿵 하는 소리뿐이었다. 그 소리는 밤새 암흑 속에서 쿵쿵쿵하고 거대한 건물 전체에, 그리고 여의도의 땅속 전체에 울려 퍼졌을 것이었다. 여직원이 가드 라인을 풀자마자 나는 네로에게 곧장 다가갔다. 수족관 직원들이 막 준비를 마치고 난 어수선한 시각이었지만 네로는 여전히 입가에서 피를 뿜으며 유리 벽을 향해 돌진하고 있었다. 나는 가방에서 준비해 간 컴퍼스와 수도권 지도와 잣대와 나침반과 펜을 꺼냈다. 그리고 군대 시절의 독도법 경험을 살려 네로가 돌진하는 그 방향과 각도를 지도상에 정확히 설정했다. 그리고 나침반으로 그 방향을 재고 그 방향을 향해 잣대로 일직선을 죽 그었다. 그러자 네로가 이십 년을 줄곧 들이받았던 유리 벽의 한 점의 의미가 드러나는 듯했다. 네로가 들이받는 그 방향대로 똑바로 나가면 거기에는 강화도가 있었고 지도상에 컴퍼스를 돌려 확인 해 본 결과 그곳의 강화대교 쪽 바다는 63빌딩에서 가장 가까운 바다였다. 나는 이제 네로가 왜 깜깜한 한 밤 내내 63빌딩을 무너뜨리기라도 할 듯이 유리 벽을 들이받고 있는지 그 이유를 알 수 있을 것 같았다. 네로는 단지 바다로 돌아가고 싶었던 것이었다. 머리가 다 깨져 뇌진탕이 나든, 이빨이 다 빠져나가든, 오늘 숨이 떨어지든 말든, 그 바다에 도달하는 것만이 수원과 네로에게는 중요했던 것일 수 있었다. 그런데 정작 내 문제는 바로 그다음이었다. 이제는 이놈을 어떻게 해야 한다는 말인가? '네로야 이리 나오너라' 해서 내가 네로를 등에 둘러 업고 바다로 도망칠 수는 없는 노릇이었다. 네로의 몸무게는 180킬로그램이라고 안내판에 적혀 있었다. 나는 한 시간여 네로를 지켜보았다. 그때쯤에서야 수족관에는 남편을 출근시키고 나서 한가해진 부인들이 어린애를 안고 나타나거나, 자연학습인 듯 노트와 펜을 들고 나타난 여중생 무리 몇몇이 들어왔다. 네로는 그들에게 눈 한번 돌리지 않고 여전히 유리 벽을 향해 전력으로 돌진하고 있었다. 나는 난생처음으로 이쁜 어린애의 천진난만함조차 능가하는 어떤 힘을 본 것 같았다. 그것은 뜨끈하고 열렬했다. 나는 네로에게 똑바로 다가갔다. 그리고 네로가 들이받는 그 지점의 일직선상에 나를 세워놓고 네로에게 마음으로 말했다. 네로야 이렇게 더는 안 되겠다. 너 이제 내게로 와라. 내 속으로 들어와라. 내가 너를 가지고 가서 강화 앞바다에 풀어놓으마. 그때였다. 네로는 유리 벽을 들이받으려다 말고 거짓말처럼 시뻘건 눈을 번쩍 들어, 내 눈을 똑바로 노려보았다. 나는 그 순간 네로의 힘과 거의 바보 같다고나 해야 할 부드러움과 착함을 고스란히 느꼈다. 나는 의아하게 나를 바라보는 어떤 애 엄마의 시선을 뒤로하고 곧바로 수족관을 빠져나왔다. 나는 파란 연기를 내뿜는 고물 프라이드를 몰고 강화도 까지 냅다 달렸다. 그리고 강화대교를 건너자마자 나는 잠시 차를 세웠다. 다리 밑으로 뿌연 황톳빛 물이 지나가고 있었다. 나는 매우 난감해져서 담배를 한 대 뽑아 물었다. 머릿속에서 네로의 부릅뜬 눈을 느끼며 막상 강화도에 오긴 했는데 그다음은 뭘 어떻게 해야 할 지 아무런 계책이 서지 않아서였다. 그리고 해병들이 지키는 저 뿌연 갯물에다 대고 내 머릿속의 네로일망정 뭘 어쩌고 싶지도 않았다. 담배 연기를 산산이 흩어버리는 허공에는 갯내만 무성했다. 나는 차 안에 둔 가방에서 다시 지도와 나침반 등속을 꺼내서 뜨끈해진 본네트 위에 펼쳤다. 그리고 네로가 가리키는 강화도 앞바다에서 조금 더 일직선을 그었다. 그러자 그 선의 연장선상에 강화도 마니산이 나타났다. 나는 문득 마니산 정상의 참성단이 떠올랐다. 왠지 거기라면 뭔가 네로를 맡길 만하다는 생각이 퍼뜩 떠올랐다. 나는 네로가 갇힌 유리 벽에 약간 구멍을 내준 듯한 야릇한 흥분을 느끼며 차 안의 내비게이션을 새로이 마니산으로 설정했다.

마니산 정상의 참성단은 다행히 경비 철책을 열어놓는 며칠 안 되는 기간이라고 했다. 참성단에는 많은 사람들로 인해 제대로 엉덩이를 붙이고 앉을 자리조차 없었다. 용이 새겨진 황금색 두루마기를 입고 머리에 태극기가 그려진 머리띠를 두른 도인 무리와 무당인 듯싶게, 한 복으로 성장한 여인네들이 여러 그룹으로 모여 있었다. 그들은 차례차례 참성단의 제일 꼭대기. 네모진 평평한 땅 위에 올랐다. 그리고 각자의 방식으로 춤추고 노래하고 절하며 제문을 읊었다. 수원의 힌두스탄 땅속 마을이 살짝 이 장면과 겹쳐 떠올랐다. 그러나 참성단 사람들의 의식에는 수원의 땅속 마을과는 다른 뭔가 강렬한 룰이 존재하는 것 같았다. 나는 왠지 조금 부끄러워지기 시작했고 또 이러한 현재의 내 모습이 조금씩 한심스러워지기도 했다. 나는 무당도 아니고 도인도 아니었다. 나는 마음속에 품었던 그 무엇을 풀어내서 하늘에 바치는 걸 한 번도 꿈 꿔 본 적이 없었다. 그런데 무작정 난데없는 63빌딩 수족관의 거북이 한 마리를 몰고 이곳에 올라와서 대체 뭘 어쩌자는 것인가. 그렇다고 그들 속에 끼여 참성단 제단의 높고 네모진 땅에 올라 무슨 수작을 할 수도 없는 노릇이었다. 그렇게 몇 시간이 경과했다. 나는 가방에서 준비해 간 샌드위치를 꺼내 그것으로 늦은 점심을 해결했다. 끝도 없을 듯이 사람들은 참성단으로 모여들었다. 오후가 늦어지자 먼 서쪽 바다에서 차가운 바람이 마니산의 정상을 휩쓸기 시작했다. 사람들은 그즈음에야 서둘러 의식을 파하고 하산 길을 재촉했다. 나는 참성단이 조용해지고 사람들이 모두 사라지기만을 기다렸다. 그때 팔에 완장을 두른 사내가 확성기를 들고 전원 철수해 줄 것을 요구했다. 이제 철문을 다시 닫을 시간이 되었다는 것이었다. 해는 어느새 서쪽 바다 너머로 떨어지려 하고 있었다. 나는 별수 없이 참성단에서 나갈 수밖에 없었다. 완장을 찬 사내는 익숙한 솜씨로 내 등 뒤에서 자물쇠를 채웠다. 그리고 철책 주위를 청소하기 시작했다. 나는 하산 길의 어느 지점에서 계단을 빠져나와 숲속의 어느 은밀한 곳에 몸을 숨겼다. 그리고 사방이 완전히 깜깜해지기를 기다렸다. 아홉 시가 되자 인적은 완전히 사라지고 사위는 칠 흙같이 어두워졌다. 나는 다시 마니산 정상으로 살금살금 걸어 올라갔다. 그리고 주위를 살펴본 후 철책을 가까스로 타 넘어 참성단에 들어섰다. 나는 네모진 높은 땅으로 올라갔다. 바다에서 불어오는 차가운 바람에 몸이 떨렸지만, 나는 수원의 인도여행 첫날처럼 네모진 맨 땅위에 벌렁 누웠다. 그리고 큰대자로 팔다리를 쫙 폈다. 땅바닥에서 강력한 냉기가 올라왔다. 나는 덜덜 떨면서 하늘을 올려다보았다. 차고 깨끗한 별들이 그야말로 초롱초롱 빛나고 있었다. 나는 왠지 모를 안도감을 느끼면서 하늘에 대고 기도했다.

내가 할 수 있는 건 네로를 데리고 여기까지 오는 것뿐이니 나머지는 알아서 하세요. 앞으로 한 시간만 더 내 몸을 내어 드리겠습니다.

그리고 나는 그냥 기다렸다. 지독하게 추웠으나 나는 악착같이 큰대자로 뻗은 팔다리를 오므리지 않기로 결심했다. 참성단의 네모진 조그마한 땅이 별들 사이 어딘가로 뱅글뱅글 돌며 떠나주기를 나는 그 시간 동안 바랐던 것 같기도 하다. 그리고 그 종착지가 이왕이면 야자수 무성하고 물빛 맑은 남태평양의 무인도이기를 바랬다. 그곳에서 이십여 년이나 불철주야 네로만을 기다렸을 네로의 암컷이 산호초 사이를 헤엄치며, 돌아온 네로를 향해 이맘처럼 예쁘게 웃어 주면 되는 것이었다. 그렇게 수원의 일생을 다 바친 힌두스탄 땅속 여행이 네로와 함께 무언가로 완성될지도 모를 일이었다. 그러나 그마저도 내 바람일 뿐, 아직 꿈속을 사는 내가 어찌해 볼 수 있는 일은 아니었다. 나는 네모난 형틀에 사지가 매인 채 해저에서부터 마니산 꼭대기를 향해 땅을 뚫고 점점 솟구쳐 오르는 이상한 냉기를 느꼈다. 그것은 미시령 통 바람과는 비슷하면서도 또 달랐다. 아주 차갑긴 했지만, 그 냉기는 내 등을 곧장 꿰뚫을 정도로 힘찼다. 나는 곧 그 이상한 냉기의 용수철같이 튀어 오르는 힘에 의해 깜깜한 하늘의 한쪽 변방으로 네로와 함께 소리도 없이 아득히 튕겨 나갈 것 같았다.

인사동 수도 약국 앞에서… 수잔과

인사동 수도 약국 앞에서… 수잔과

"시인으로 갈까?" 하고 내가 말했다.

시인은 그녀와 내가 육 년 전 처음 소개팅으로 수도 약국 앞에서 만나 데이트 장소로 정했던 주막의 이름이었다. 오랜만에 만난 그녀는 그때처럼 긍정하듯, 혹은 체념하듯 알 수 없는 표정을 지으며 머리를 약간 숙였다.

피라밋 속에 갇혀 혼자 사는 듯한 사람의 체취랄까. 그곳의 한 컴컴하고 작은 방에서 오랫동안 멈춘 시간이 그녀의 몸 안팎에서 삭아가고 있는 것 같다고 해야 할까. 한국의 것이 아닌, 알 수 없는 나라의 마른 풀 냄새 같은 것, 뭔가 자욱하게 삭아가는 시간의 냄새 같은 것. 그것이 내가 예전 그녀를 처음 만났을 때의 인상이었다. 나는 그런 그녀에게 절망과 매력을 동시에 느꼈었다.

나는 구름 위를 걷는 것 같은 이상한 느낌을 받으며 천천히 그녀에게 다가갔다. 조금씩 듣는 듯 말 듯하던 빗방울이 갑자기 굵어지기 시작하더니 인사동의 돌로 된 포장길을 따닥딱 때렸다. 나는 들고 있던 장우산을 펼쳐 그녀의 머리 위에 씌워주고 그녀의 팔을 조금 부축하듯 잡았다. 그녀는 좀 여위어 있었고 좀 비틀거렸다. 수도 약국에서부터 인사동 큰길을 종로 방향으로 오십 미터쯤 걸어 내려간 후 왼쪽으로 꺾어, 둘이 나란히 통과하기도 힘든 좁은 골목을 조금 걸어야 시인이 나온다. 도착하고 보니 시인은 불이 꺼져 있었다. 그곳이 밤 11시면 문을 닫는다는 것을 그녀도 나도 잊어버린 거였다.

주막 옆에는 좁은 나무 벤치가 비를 맞은 채 젖어 가고 있었다. 나는 벤치의 물을 손으로 깨끗이 훔치고 나서 손수건을 꺼내 두 겹으로 접어 깔았다. 그리고 그녀를 그리 앉혔다. 나도 그 옆에 걸터앉았다. 엉덩이가 조금 차가웠지만 상관없었다. 나는 한 손으로는 우산을 받쳐 들고 그녀의 등에 다른 한 손을 살짝 갖다 대었다. 그녀의 등은 예전보다 확실히 더 말라 있었다.

처음엔 낮은 신음 같은 천둥소리가 쿠구궁하고 안국동 쪽에서 터져 나왔다. 나는 그녀가 천둥소리에 놀라지 않도록 그녀의 어깨를 감싸안았다. 곧 골목길 바로 위에서 콰광하는 큰 소리가 났고 빗방울이 우산 위를 드럼 치듯 바바바바박 두드렸다.

우산 앞으로 빗물이 마구 쏟아져 내렸다. 그녀가 내 어깨에 닿을 듯 말 듯 머리를 기댔다. 골목엔 갑자기 비안개가 숲속에서처럼 피어올랐다. 우리는 줄곧 가만히 비를 바라보았다. 우산 속이 마치 그녀와 내가 날아와 앉은 무슨 새 둥지 같았다.

그녀가 팔을 들어 올리더니 내 볼을 한 번 쓰다듬었다. 나는 머리를 기울여 그녀가 삼 년 전 아파진 이후로 작년 이맘때 죽기까지 한 번도 못 해봤던 입맞춤을 천둥소리 속에서 했다. 그녀의 입술에서 차갑고 좀 들큰하기도 한 비의 맛 같은 것이 났다.

삼십 분 전이었다. 인사동 수도 약국 앞엔 갑자기 세찬 바람이 불고 평소엔 잘 눈에 띄지 않던 길 건너편의 플라타너스가 두꺼운 잎을 투덕투덕 소리 내며 흔들고 있었다. 길 이편의 버드나무가 치덕치덕 소리를 내면 다시 플라타너스는 그 소리를 받아 이상한 불협화음으로 투더덕 투더덕거렸다. 가을이 가라앉고 있었다.

나는 머리를 돌려 수도 약국 안을 들여다보았다. 그곳은 캄캄하고 편안해 보였다. 나는 문득 수도 약국 속에서 머잖아 다가올 겨울 내내 혼자 잠자고 싶었다. 밖에서부터 문이 잠긴 캄캄한 수도 약국 안에서 일인용 텐트나 하나 치고 그 안에서 잠자며, 어둡고 눈보라 치는 밤, 눈 오는 소리에 일어나 가로등 아래 함박눈 휘몰아치는 광경을 하염없이 바라보고 싶었다.

그런 생각을 하고 있을 때, 발걸음이 살짝 비틀리는 듯한 한 여자가 공평동 쪽으로 뚫린 골목길에서 불쑥 나타났던 것이다. 그리고 플라타너스에 기대서서 어지러운 듯 몸을 앞으로 약간 굽혔다. 밤 열두 시가 가까운 늦은 시간이라 가게들은 문을 닫고 행인들은 보이지 않고 가로등 불빛만 무대 세트처럼 빛나고 있었다.

나는 "수잔?" 하고 들릴락 말락 살짝 불렀다. 그러자 약국 건너편에 멈춰 서서 숨이 가쁜 듯 나무에 손을 기댄 그 여자가 머리를 천천히 들고 나를 쳐다봤다.

역시… 수잔이었다. 적당한 키에 허리는 오십 대라고 믿기지 않을 만큼 날씬하고 종아리는 스스로 장호원 무 같다고 속상해하던 그대로 똥똥했다. 그러나 자세히 보니 사이즈가 꽤 줄어서 그저 약간 통통한 수준으로 변해 있었다.

내가 통통한 것을 똥똥한 것으로 보고 싶어 한 것인지도 몰랐다. 옷은 흰색 바탕에 뭔가 무늬가 있는 원피스인데 희부윰한 불빛 때문인지 좀 낡아 보였다.

나는, "머리가 더 길어졌네." 하고 말했다. 그녀는 마치 술 취한 사람처럼 휑하니 나를 바라볼 뿐이었다. 무대 세트처럼 고요하고 차 한 대 오가지 않는 수도 약국 앞에서, 통행로를 사이에 두고 우리는 일 년 만에 서로를 바라보았다. 나는 비 예보 소식에 들고 왔던 긴 우산으로 돌바닥을 두어 번 콕콕 짚었다.

그녀는 내 아내이고 일 년 전에 간암으로 죽었다. 그러니 내 눈앞의 그녀는 살아있는 수잔이 아닐 수 있었다. 그러나 죽은 수잔일 수는 있었다. 아무려면 어떤가? 그녀가 수잔이기만 하면.

오래전 그녀를 처음 만났던 이곳에 왠지 자꾸 오고 싶어져서 지난 늦여름부터 이따금 오곤 했던 것이 벌써 아홉 번째였다.

그동안 물론 수잔은 오지 않았다. 나는 그저 한두 시간 그곳에 서 있다가 가슴이 싸하게 아프던 것이 조금 누그러지는 기미가 보이면 재빨리 다시 왔던 길을 돌아가곤 했다. 결코 그녀가 그곳에 나타날 수 없다는 걸 알면서도, 나올 때마다 나는 마치 그녀와 만날 약속이라도 한 사람처럼 묘한 흥분마저 느끼면서 그녀를 기다릴 때가 많았다.

시인의 벤치에 앉은 채, 우산 속에서 그녀가 내 얼굴을 물끄러미 바라보다 말고 갑자기 술기가 가신 사람처럼 또렷한 어조로 말했다.

"제주도 말로 할까?"

그 말에 나는 고개를 끄덕였다. 그녀는 제주도 사람이 아니다. 그녀는 서울 사람이다. 그럼에도 내가 고개를 끄덕인 건, 제주도 올레길에 대해 그녀와 나의 약속을 그녀가 지금도 기억하고 있다는 표징으로 그녀의 말을 받아들였기 때문이었다.

"몽생이 눈빛이 벨롱하다게." 하고 그녀가 말했다.

"그게 뭐지?" 하고 내가 말했다.

"당신 눈빛이 애들처럼 반짝반짝하다고요." 하고 그녀가 말했다.

"그게 나빠?" 하고 내가 말했다.

"또 또 공생이 건다." 하고 그녀가 말했다.

나는 이 이상한 말에 대해서 이것저것 더 따지고 싶지

않았다. 따지고 밝혀서 그 무엇이 깨지는 것은 더욱 바라지 않았으니까. 나는 그녀를 바라보며 그냥 고개를 아래위로 약간 흔들었을 뿐이었다.

"그렇지. 그렇게 배지근하게 봐야지." 하고 그녀가 말했다.

무슨 외계 언어 같았지만, 배지근하다…… 는 따뜻했다. 나는 또 고개를 끄덕거렸다. 그녀가 일어나더니 내 손을 잡아끌었다. 우리는 낙원 상가 쪽으로 걸어갔다.

우리는 근처의 미니 슈퍼에서 소주 세 병과 맥주 세 병, 막걸리 세 병, 스타벅스 카페라떼 두 병, 아이스크림 하나와, 북어포 하나, 머릿 고기, 그리고 양초 세 개를 샀다.

그럼에도 졸고 있는 알바생에게 돈을 준 기억은 없다. 이상한 일이었다. 뭔가 조금씩 더 세상이 비현실적으로 조용히 멀어져 가는 것 같았다. 그리고 두말없이 우리는 산호장 모텔로 들어갔다. 302호였다. 그녀와 내가 같이 살던 아주 조그만 빌라의 호수도 302호였었다.

그녀는 302호에 들어가자마자 거리낌 없이 원피스를 벗고, 브래지어를 풀고, 팬티를 벗은 후 곧장 목욕탕으로 직행했다. 다시 창밖에서 천둥이 쾅 하고 쳤다. 솨아아 하는 빗소리와 샤워 물소리가 겹쳐 들렸다.

나는 창가에 놓인 탁자 위에 술과 안주를 배열하고, 창문을 조금 열고, 전등을 끄고, 양초 세 개를 켰다. 오랜만에 따뜻하고 노곤하고 편안해졌다. 목욕탕에서는 샤워 소리가 그쳤음에도 아무 기척이 없었다. 나는 탁자 위의 유리잔에 막걸리를 따르고 천천히 마시기 시작했다. 세 번째의 막걸릿잔을 들었을 때 문득, 조금 전 그녀가 했던 '배지근' 같은 제주도 말들이 분명 지구보다 조금은 더 따뜻한 별나라의 말 같다는 생각이 들었다. 그러자 나는 가슴이 물큰해졌다.

두어 달 전 제주도 올레길, 무릉 곶자왈 쯤을 걸을 때였다. 수잔과 올레길을 다 걷기로 했던 예전의 약속을 지키려 수잔이 사망한 후 한 달에 한 번씩 혼자 제주도로 내려와 무턱대고 걷던 참이었다.

안개가 자욱한 숲을 지나고 있었다. 그날따라 몇 시간째 사람 하나 만나지 못했었다. 한 발 디딜수록 더 비안개가 피어오르고 다시 나무들 사이에서 누가 입김을 부는 것처럼 소리도 없이 안개가 솨아악 몰려나왔다. '안개에서 소리가 다 나네' 하는 이상한 느낌 때문에 나는 자주 발걸음을 멈추곤 했다. 사물이 모두 다 희고 뽀얀 막 속으로 숨고 있었다.

그때 나무 위 어딘가에서 갑자기 '딱 딱 딱' 하고 나무 쪼아대는 소리가 났다. 웬 딱따구리였다. 숲을 빠져나올 때까지 세 번, 마치 나를 숲에서 몰아내려는 듯이 그 새는 나를 따라오면서 울었다. 그 새는 숲 밖으로까지 나를 좇아오지는 않았다. 숲이 끝나는 갈림길에서 내가 영영 그 숲과 멀어질 때, 한 번 더 '딱 딱 딱' 하고 나무를 쪼아댔을 뿐이었다.

그 소리는 내게 어서 "가 가 가" 하는 소리로 바뀌어 들렸다. 뒤돌아보았으나 그 새는 보이지 않았고 울음소리도 더 들리지 않았다.

나는 숲에다 대고 살짝 "수잔" 하고 불러 보았다.

숲에서 마치 내 말에 대답이라도 하려는 듯이 안개가 회오리치며 피어올라 나무들에 휘감겼다. 숲이 더 조용해졌다. 나는 제 자리에 멈춰서 안개 속을 바라보았다.

그러자 주위의 풀이며, 잘 보이지 않던 작고 노란 꽃들이 드러나고, 안개비에 붉고 검게 변하는 나뭇등걸 하나하나까지 모두 머리를 세우고 몸을 구부리며 무엇엔가 귀를 기울이는 것 같았다. 나도 귀를 기울였다. 이 숲의 살아나는 고요함 속에 무엇인가 있다는 느낌 때문에 그랬다. 이 꿈틀거리는 듯한 고요가 뭘까? 하는 생각에 조금씩 더 마음이 애릿 해지고, 슬프면서도 기쁜, 무서우면서도 더 앞으로 나아가 보고 싶은 야릇한 울렁임 속에서 나는 몸속까지 비안개에 젖는 것도 모르고 오랫동안 그 자리에 서 있었다.

지금도 생각한다. 정말 그 고요 속엔 무엇이 있었을까? 그때도 난 누군가의 기척을 기다리고 있었나? 그 누구를 꼭 수잔이라고만 할 수 있나? 그럴 때 왜 가슴은 더 쿵쿵거리고 뻐근해지도록 아플까?

고요 속에 어떤 날것이 있었던 것은 분명하다. 점점 더 요동치며 짙어지는 날것의 움직임을 느낄수록 내장이 배배 꼬이는 느낌이랄까? 아무튼 그 야성을 더 견디기 어려운 지경이 되었을 때 나는 애써 그 순간을 외면하며 돌아섰다. 그 힘을 외면해야만 인간적으로 슬퍼하고, 인간적으로 평범하게 고통스러워하는 삶이 가능할 것 같아서였다.

그 날것의 힘 속에는 인간의 슬픔도 고통도 별것 아니라는 듯이 간단하게 제쳐버리는 힘이 있었다. 그 숲의 딱따구리는 그 힘을 알고 있었던 것만 같다. 그래서 '딱 딱 딱'이 아니라 '가 가 가'로 그 울음소리가 내 귀에 바뀌어 들렸던 것인지도 모른다. 쓸데없는 인간적 슬픔이나 한 보따리 싸안고 공연히 진짜 세계에서 얼쩡거리지 말라는 것처럼.

목욕탕에서 막 나온 수잔이 내게 다가오며 "소가 쪄" 하고 말했다. 나는 '미안하다'의 제주도 방언인 '소가 쪄'의 뜻보다는 그녀의 말 속에 들어있는 톤의 달콤함을 먼저 느끼며 그녀를 가만히 쳐다보았다. 그녀는 여전히 발가벗은 채였다. 그녀는 그 상태로 의자에 앉더니 다리를 꼰 채 탁자 위의 담배부터 한 대 꺼내 입에 물고 익숙한 솜씨로 유리잔 하나 가득 소주와 맥주를 반반씩 넣어 채웠다. 우리는 잔을 부딪쳤다. 그리고 그 이후 별말도 없이 마시기 시작했다. 우리는 서로를 바라보고, 마시고, 각자 잔을 또 채우고, 바라보고, 다시 마셨다.

창밖에선 또다시 꽈과광 하는 천둥소리가 터지고 그때마다 축포처럼 번개가 번쩍거렸다. 점점 더 그녀의 눈에 광채 같은 것이 어리기 시작했다. 비록 그녀와 햇수로 몇 년 안 되긴 하나 그래도 결혼 생활까지 한 처지인데도 그러한 모습을 본 것은 처음이었다.

그 광채는 아픈 질문과 아픈 답이 마구 서로 엉켜 공존하는 열렬한 빛이라고나 할 그런 종류의 것이었다. 서로 역할이 맞바뀌기도 하는 빛과 어둠의 실뭉치 같은 것. 알고는 있으나 어떤 이유에서인지 말할 수는 없는 자의 분노도 있는, 뭔가 뜨거운 한스러움에 가득한. 그녀가 살던 피라밋 속의 매캐한 냄새가 나는 꽉 막힌 공간이 아니라 피라밋 꼭대기에서 폭발하듯 수직으로 솟아올라 성층권보다 위쪽, 깜깜한 우주 공간에 혼자 내동댕이쳐져 있는, 뭔가 호소하려는 열망으로 가득 찬 빛이었다.

모텔 밖에서는 고양이들이 허공을 비틀어 찢는 듯한 소리를 지르고 있었다.

그녀의 눈 속에서 점점 더 태어나는 날것을 보면서, 나는 비애와 더불어 이상한 쾌감과 매력을 동시에 느꼈다.

그리고 나 또한 그 빛을 받으며 무언가 말하고 싶어졌다. 이때의 말은 어떠한 말이든 질문 같은 것이고, 그때 그녀의 대답은 무슨 말이든 답 같은 것이 될 것이었다.

질문이 반이고 대답이 반인, 그렇게 합쳐져야만 하나가 되는 그런 말.

함께해서 한마디 완전한 말이 되기 위한, 그 행복한 반쪽의 모름을 맛보기 위해서라면 나는 질문만 빼곡한 편지를 밤새 그녀에게 쓸 수도 있을 것 같았다.

내가 막걸리 두 병, 그녀가 소주 한 병과 맥주 한 병을 다 마셨을 때, 내가 말했다.

"미안해. 뭐든지 다. 그리고 난 당신이 그렇게 실제로 죽을지는 몰랐어. 보고 싶었어. 수잔."

그녀는 아무 말도 하지 않았다. 여전히 광채가 어렸으나 아까보다는 훨씬 더 슬퍼진 눈으로 그녀는 나를 바라보았다.

"거긴 살만해?" 하고 내가 다시 말했다.

그 말에 그녀는 약간 비스듬히 이상한 각도로 머리를 끄덕였다. 그것은 살만한 것도 아니고, 아닌 것도 아니라는 뜻 같았다. 또 창 너머로 번개가 번쩍였다. 그녀가 내 얼굴을 꼼꼼히 살펴보며 말했다. "춤출까?"

우리는 자리에서 일어났다. 품에 안아본 그녀는 언제나 그랬듯 내게 꼭 맞았다. 창밖에서 빗소리가 굵어지더니 쏴아악 하고 파도치는 소리가 났다. 음악은 쏴아악 하는 소리로 충분했다. 우리는 몸을 꼭 붙이고 빗소리에 몸을 맡긴 채 조금씩만 움직였다.

"이게 다 머꽈게." 하고 그녀가 말했다. 그녀의 쇄골이 가끔 격하게 움직였다. 그녀는 울고 있었다.

비가 끊임없이 쏟아졌다. 나와 수잔은 탁자에 앉아 다시 마시기 시작했다. 자세히 보니 그녀는 이미 많이 취해 있었다. 나는 막걸리 세 병을 다 비운 터라 새로 소주 한 병을 땄다. 술은 아주 달콤했고, 살아있는 사람처럼 말하자면, 죽을 때까지 마실 수 있을 것 같았다.

"이문세 틀어줄까? 옛사랑!" 하고 내가 주머니에서 핸드폰을 꺼내며 말했다. 그녀는 웬일로 고개를 가로저었다. 그 곡은 수잔이 제일 좋아하던 노래였다. 나는 두말없이 핸드폰을 그냥 탁자 위에 올려놓았다. 수잔은 내 핸드폰을 물끄러미 바라보더니 두 발을 의자 위로 올리고, 무릎을 맞대어 세우고, 두 팔로 다리를 감싸안았다. 그녀가 종종 취하던 자세여서 낯설지 않았다. 그녀는 나와 살던 때에도 가끔 그런 자세로 의자에 앉아 '옛사랑'의 첫 구절, '남들도 모르게 서성이다 울었지'를 따라 불렀고, '텅 빈 하늘 밑 불빛들 켜져 가면'쯤 가면 무릎 위에 머리를 고인 채로 눈이 빨개지다가 이윽고 눈물이 고이곤 했다.

나는 그녀가 태어나서 백일도 채 안 돼 새어머니에게 키워졌던 것부터 시작해서, 공부 잘하던 고3 시절, 가난 때문에 수상한 홀아비 영감에게 식모로 갔던 일까지, 믿기 어려울 만큼 힘든 성장기와 그에 못지않게 힘들었던 첫 결혼의 실패도 잘 알고 있었으므로 그저 그녀를 바라보고 그녀의 볼을 조금 쓸어볼 수 있을 뿐이었다.

그녀가 내 손 위에 자신의 손을 얹었다. 그녀가 마음속으로 흐느끼는 것이 미세하게 느껴졌다. 그녀는 한참 후 내 팔을 잡아끌어 내 몸이 탁자를 넘어오게 하더니 내 입술에 그녀의 입술을 살짝 포개었다. 그녀의 입술에서 또 약간은 차가운 비의 맛 같은 것이 났다. 서로의 눈물을 조금 비볐던 것도 같다. 나는 그녀의 가슴을 부드럽게 감싸 쥐었다. 그리고 천천히 아주 부드럽게 그녀 살결의 예민함을 전혀 거스르지 않으면서 쓰다듬었다. 이윽고 그녀가 내 얼굴을 쓰다듬을 땐 은단 알갱이 터지듯이 머릿속이 화해졌다. 나는 눈을 감고 싶어졌다. 그리고 오랫동안 이 따뜻한 동감에서 일어나는 접속을 누리고 싶었다.

그녀와 함께 갔던 일본 규슈 올레길의 한 거대한 향나무가 떠올랐다.

병원 측으로부터 가망 없다는 판정을 받고, 그렇다면? 하고 항암치료를 중단한 직후였다.

2주에 걸쳐 얼마나 많은 올레길을 걸었던가. 치료를 중단한 덕분인지 규슈의 낯설기도 하고 친근하기도 한 시골길을 그녀는 잘도 걸었다. 첫 주가 지나자, 혈색도 발그레하게 돌아오고 있었다.

그리고 자신을 위한 신사도 가지고 있는 그 거대한 향나무에 도착했다. 나이가 삼천 살이라고 했다. 나무의 텅 빈 속에는 시멘트로 만든 계단이 놓여있었다. 나는 후쿠오카로 출발할 때부터 그 나무 속에 그녀를 세우고 싶었다.

그녀는 한 손을 높이 쳐들고 환하게 그 나무 속에 섰다. 나는 나무와 그녀를 함께 볼 수 있는 위치에서 오랫동안 그녀를 바라보았다. 그녀가 한 팔을 허리에 얹고 다른 한 팔을 더 높이 치켜들었다, 보기에 따라서는 나무보다 더 높이.

찰칵하고 내가 사진을 찍었음은 물론이다. 찰칵찰칵 나는 계속 그 장면을 사진 찍는다.

찰칵 찰칵 찰칵 찰칵.

그리고 그녀는 내 곁에 없다. 그러나 그녀의 사망 후 일년에 걸친 찰칵 소리의 어떤 정점에서 그녀는 나와 다시 접속된다. 그것이 오늘이다.

양초가 심지를 태우며 빠직 빠직 소리를 냈다. 양초가 중간 너머 타들어 가고 있었다.

나는 탁자 너머 그녀에게로 기울였던 몸을 내 의자 위에 다시 앉혔다.

그녀는 다시 예전 같은 앉음새를 하고 몸을 조금씩 좌우로 흔들었다. 왠지 그녀가 마음속으로 이문세의 노래를 따라 부르고 있는 것 같았다.

나는 그녀의 호흡을 잘 살폈다. 그녀의 호흡에는 숨소리와 안개비의 솨아악하는 소리와 숲속의 '딱 딱 딱' 하는 소리가 다 묻어 있었다. 그리고 또 내가 모르는 수많은 모를 것들이 그녀의 숨 속에 있었다.

왜, 죽기 며칠 전, '이제야 사랑을 조금 배웠을 뿐인데' 하고 그리 힘겹게 말하면서도, 또 그토록 다시 이혼해 줄 것을 청했는지? 또 또, 모를 것 투성이었다.

나는 그러한 것에 대해 '그건 내가 몰라도 되는 것이다' 하고 쉽게 넘어가기는 싫었다.

왜냐하면 그 모름을 그냥 함부로 '모른다' 하고 끝내면, 그것은 그녀의 살아있을 때의 고통 못지않게 사후의 또 다른 지독한 일 년의 시간에 대한 무례가 될 것 같기 때문이었다.

나는 그녀의 숨 속에 들어있는 비밀을 '더 큰 크기에서' 모르고 싶었다.

나는 혼자 내기를 했다. 그 노래의 마지막 구절 '눈 녹은 봄날 푸른 잎새 위에 그대 모습 영원히 있네'를 서로 보이지 않는 헤아림 속에서 끝내면, 둘이 약속이나 한 듯 똑같이 술잔으로 손을 내뻗으리라고.

그리고 그것은 그녀가 죽었든, 살았든… 수잔임에 틀림이 없는 신호라고.

나는 눈을 감았다. 그리고 나도 몰래 잠깐 졸았던 것 같다. 몇 초? 혹은 몇 분?

그래도 노래는 이어졌고 곧이어 이상한 나라의 말들과, 제주도 말들과, 서울 말들과, 내 말과, 수잔의 말과, 이문세의 노랫말이 함께 두서없이 뒤섞이며 아득하게 들려왔다.

"메께라. 메께라. 이러지 맙써양. 여보. 자기는 몰라. 내가 왜 수도 약국 앞으로 갔는지, 이 방엔 왜 따라왔는지. 자기가 바람을 안다면 모를까. 자긴 내 맘을 알 수 없어."

"가능하지. 널 써보면 돼. 난 소설가야."

"그건 엉터리야. 난 써지지 않아. 당신은 진정 누구라고 생각해?"

"난 널 쓸 사람. 나도 이젠 바람이다."

"아냐 아냐 아직도 자긴 날 몰라. 내가 왜 떠났는지? 왜 영영 떠나가면서도 이혼하자고 했는지? 난, 산 것도 아니지만 죽은 것도 아냐. 날 봐. 난 지금도 반짝여. 내 알몸을 봐. 내 진실을 봐. 난 여전히 반짝여."

"당신은 죽어서야 겨우 반짝이지. 살아서는, 당신의 피라밋 안에는 빛이 없었어. 이상한 마른 풀 냄새뿐이었지. 항상 궁금했어. 그 냄새는 뭐지?"

"그건 기다림이 썩는 냄새야. 당신처럼 복 받은…… 평범한 인생은 절대 알 수 없는, 그래서 당신은 날 쓸 수 없어. 그리고 내가 죽어가면서도 이혼해달라고 했던 건, 내 전남편에게서 난 딸 때문이었어. 그다음은 얘기 하지 않겠어."

"당신 살아있을 땐 몰랐지만 나도 이젠 그 이유를 알아. 오랫동안 스스로 물어봤더니 저절로 알게 되더군. 그러나 내가 그 이유의 답을 알건 모르건 그것에 대해서 당신이 확인해 줄 필요는 없어. 그런 게 실은 별로 중요하지 않다는 걸 나는 알아버렸으니까. 심지어 우리에게 무슨 고통이 일어났건, 그것조차도 실은 거의 중요하지 않아. 이젠 당신이 내게서 답을 들을 차례야. 내 말은 당신이 죽었든 살았든 마찬가지고, 앞으로도 당신과 이혼을 열 번 한다 해도 마찬가지고, 자기를 아무도 몰라준다고 해도 마찬가지라는 거야. 내가 지금 죽어있다 해도 똑같아.

그러니까…… 우린 그저 조금 '반짝'거렸을 뿐야. 삶은 단지 그것뿐이야. 그저 '반짝반짝'할 뿐. 다른 건 아무것도 중요하지 않아."

"메께라 메께라. 그렇담 여보, 그렇담 소랑햄저, 그렇담

다 주꾸다. 다 주꾸다. 그대 모습 영원히 영원히 주꾸다. 그럼 이젠…… 폭낭상 아래가 검불로 갑소.”

“그건 뭔데?”

“자갸. 그건 팽나무 아래에서 잘 쉬다 가란 말이야. 인사동 근처에서 그만 떠돌고.

언젠가 우리 다시 돌아오면 눈 녹은 푸른 봄날, 제주도 무릉 곶자왈에서 다 주꾸다.

그리 혼저 옵소. 나무 위에서 또 딱딱딱 하고 그대를 반겨 주꾸마. 쏴아악 쏴아악 안개비 소리 나는 데로 옵소.

이제 나는 간다. 여보, 지금 자? 자 이제 나는 가요. 나는 가. 낭군아 낭군아.

앞으론 함부로 뭘 모른다고 하지 말고 함부로 뭘 미안하다고도 하지 마소.

그럴 땐 꼭, 뭘…… 깨닫고 나서 미안하다 말하소. 오늘 보니 조금 깨달은 것 같긴 하다만.

안녕 안녕 나는 가요. 그래도 소랑햄져. 스스스 소리 내는 유계(幽界)의 시인 주막에서 옛사랑 다 주꾸다. 다 주꾸다. 따악 따악. 따악.”

후렴까지 포함해서 그 노래가 다 끝났을 때 나는 눈을 뜸과 동시에 술잔으로 손을 내밀었다.

그러나 그녀는 자리에 없었다. 그녀는 방안 어디에도 없었다.

탁자의 양초는 거의 다 타들어 가고 있었다. 제주도 숲속의 그 딱따구리가 어디선가 다시 '딱 딱 딱' 하는 소리를 내는 듯하더니 안개비가 방 안 가득 쏴아악 하고 몰아쳤다.

왠지 후… 하고 한숨이 쉬어졌다. 이젠 나도 가야 했다. 아니 갈 수 있었다. 나는 자리에서 일어났다. 안개 속 같은 뿌연 길이 창밖 허공 속에서 슬며시 나에게로 다가왔다.

수잔과 살아있을 때처럼 만나 한 번 더 반짝이기도 했으니 이제 큰 여한은 없었다. 내 눈앞까지 다가와 펴지기도 하고, 뿌연 채로 다시 나타나기도 하는 이 길을 수잔이 그랬던 것처럼 나 또한 그저 걸어가면 되는 것이었다.

보름쯤 지난 후 은행잎이 무수히 져 내리던 날, 나는 또 인사동 수도 약국 앞으로 갔다. 꼭 열 번째였다. 그러나 이상하게도 이번엔 가슴이 싸아하게 아프지 않았다. 약국 앞에선 한 거리 악사가 큰 솥뚜껑처럼 생긴 금속 악기를 두드리며 인도의 명상음악을 연주하고 있었다. 사람들이 하나둘 그 앞에 모여들어 쪼그리고 앉아서 귀를 기울였다.

나는 마치 약속이라도 있는 사람처럼 위장하지 않고, 거리 악사의 음악을 듣는 구경꾼처럼 그 자리에 서 있을 수 있어서 좋았다. 구경꾼인 채로 한참을 서 있다가 문득 나는 무엇이 변했다는 것을 눈치채기 시작했다.

우선 수도 약국에서 바라보이던 길 건너편의 플라타너스가 보이지 않았다. 약국 바로 옆의 버드나무는 예전 모습 그대로 그 자리에 서 있었음에도.

나는 내 눈을 의심했다. 주변을 샅샅이 살펴보았으나 투덕투덕 나뭇잎 부딪치는 소리를 내던 플라타너스는 거기에 없었다. 없다니? 하며 나는 길을 지나던 사람들과 거리의 모습을 조금은 다른 눈으로 의아하게 바라보기 시작했다.

재빨리 인파 속을 헤집던 나는 뭔가 수잔과 비슷한 게 있는 한 여자의 뒷모습을 발견했다. 나는 꽤 먼 거리를 앞서가는 그녀를 뒤쫓기 시작했다. 그녀는 시인이 있는 골목길로 접어드는 것 같았다. 나는 부리나케 그 골목으로 쫓아 들어갔다. 그리고 골목이 끝나는 곳까지 뛰어가 보았으나 그녀는 보이지 않았다. 돌아서는 길에 바라본 시인은 김치골로 간판이 바뀌어 있었다. 나무 벤치가 있던 자리엔 웬 화단이 자리하고 있었고 거기엔 마지막 가을꽃이 시들어 가고 있었다. 그렇다면 이 식물들은 몇 달이고 그 자리에 심겨 있었다는 말이 되었다.

나는 한참을 그 자리에 우두커니 서 있다가 다시 수도 약국 앞으로 돌아왔다. 데엥—뎅 하는 소리를 내며 악사의 손놀림이 빨라지고 있었다.

나는 그냥 수도 약국 안으로 들어가 쉬고 싶었다. 그러고 보니 나는 그 약국의 안쪽으로 들어가 본 적이 한 번도 없었다.

문을 밀고 들어가니 약국 안은 대낮이었음에도 깜깜했다. 약사도 손님도 아무도 없었다. 진열장엔 박카스 한 병도 남아 있지 않았다. 그리고 바닥에 어딘지 모르게 낯이 익은 텐트 하나가 처져 있었다. 나는 약국을 한 바퀴 빙 둘러본 뒤 출입문 쪽으로 발길을 돌렸다.

문은 그새 바깥에서부터 쇠사슬로 잠겨 있었다. 나는 문간에 우두커니 섰다. 문 바깥쪽 사람들이 자꾸 헐겁고 가벼운 꿈속에서처럼 중력도 없이 달 표면을 걷듯 걸었다. 데엥—뎅 하는 악기의 소리도 더 이상 들려오지 않았다.

숨을 쉴 때마다 유리문에 김이 서렸고 점점 더 반투명으로 변해갔다. 나는 팔꿈치로 유리창이 되어버린 유리문을 닦았다.

바깥은 이미 어두워져 있었다. 플라타너스가 있던 자리에는 가로등이 있었고 그 아래론 함박눈이 내리고 있었다. 펑펑펑펑 하고 눈은 마구 쏟아졌다. 거리에 사람은 아무도 없었다. 나는 한참 눈보라가 휘몰아치는 인사동 길을 바라보았다. 세상이 하얗게 변하고 있었다. 거기엔 함박눈이라는 하얀 시간이, 그야말로 흐르고 있었다. 눈송이 하나하나가 싱싱한 물음표처럼 환하게 허공을 흔들고 있었다.

나는 뒤 돌아섰다. 수도 약국 안은 피라밋 속처럼 시간이 멈춘 채 삭아가고 있다.

마른 풀냄새 같은 것이 어디에서 나는 것 같기도 했다. 수잔의 체취가 느껴졌다.

나는 알고 있다. 수잔이 죽어가면서도 내게 이혼해달라고 한 건 연금 때문이었다는걸. 그 얼마 되지도 않는 연금이 딸에게 상속되도록 하기 위해서였다는 걸. 그러나 그 연금이 그저 돈이기만 했을까? 그건 돈이 아니다. 그건 수잔, 그녀의 날 것이다. 생명이다. 수잔은 그녀 자신을 딸에게 맡기고 싶었던 것이다. 주면서 동시에 맡긴 것이다.

"다 이해해." 하고 나는 허공에 대고 말했다.

약국 안은 아무 반향도 없이 그저 어둡고 무겁고 고요했다. 나는 허공에다 대고 고개를 끄덕였다. 이젠 내가 삭아 갈 차례였다.

나는 텐트 안에서 쉬고 싶었다. 나는 텐트로 다가가 무심히 지퍼를 열었다.

텐트 안에는 수잔이 오두카니 앉아 있었다. 나는 깜짝 놀라 '수잔' 하고 그녀의 이름을 불렀다.

그녀가 보일 듯 말 듯 살짝 미소 지은 것 같기도 했다. 나는 마음속이 환해졌다. 그녀가 아프기 전, 그러니까 무려 삼 년 만에 보는 미소였다.

"당신은 여기서 살고 있었어?" 하고 내가 물었다. 그녀가 또 보일 듯 말 듯 미소 짓기만 했다. 나 또한, 그녀처럼 산 것도 죽은 것도 아니었지만 이제 그런 건 중요하지 않았다.

중요한 건 그저 한 번 '반짝'이는 것뿐이다. 이렇게 그녀가 반짝이는 동안은, 인사동의 함박눈조차 수도 약국에서 흘러 나가는 것인지도 모른다. 이제 그녀를 향한 의문은 없다. 문틈을 비집고 들어온 몇몇 흰 눈송이들처럼, 내리는 눈이 질문이면 녹는 눈이 답인 셈이었다. 나는 수잔의 무릎을 베고 자리에 누웠다. 수도 약국 밖에서 함박눈 오는 소리가 하염없이, 날 것으로 펑펑펑 들렸다. 수잔이 내 볼을 살짝 쓰다듬으며 말했다.

"이젠…… 정말 폭낭상 아래가 검불로 갑소. 인사동 떠돌지 말고."

그 말에 나는 고개를 주억거렸다. 겨울잠이 비로소 천천히, 그러나 배지근하게 몰려왔다.

평창 탁구클럽

평창 탁구클럽

제주도 금능 해변 근처의 돌담길이었다. 한 여자의 빨간 원피스가 바람에 확 펄럭였다. 나는 마을 어귀의 팽나무 그늘에서 돌담에 쏟아지는 햇빛을 바라보고 있었다. 나는 멀찍이 나를 지나치는 새빨간 원피스와 날씬한 발목의 주인공을 무심코 쳐다보다 깜짝 놀랐다. 그녀는 평창 탁구클럽 주부반의 에이스 김 애순 씨였다.

어째서 이 시간에 애순 씨 혼자, 마치 살아있는 사람처럼 하얀 양산을 받쳐 들고 이곳을 하늘거리며 걷고 있단 말인가?

이상한 일이었다. 요즘 들어 유독 애순 씨 비슷하게 보이는 사람들이 자꾸 눈에 띄긴 했다. '아' 하고 놀라는 마음을 감추고 그런 이들을 자세히 들여다보면 그녀들은 단연코 애순 씨가 아니었다. 머리로는 그녀들이 애순 씨일 수 없다는 걸 알면서도 그 놀라움은 일주일에 한두 번씩, 벌써 몇 달에 걸쳐 계속되고 있었다. 그녀들은 애순 씨와 같은 옆얼굴— 전체적으로는 동글면서도 코끝 쪽은 조금 날카롭다 할까, 평범한 듯한데 다시 보면 섹시한 선을 보여주며, 장바구니를 들고 내 곁을 스쳐 버스에서 후다닥 내려 달아나 버리고, 애순 씨의 것이 분명한, 땅을 꼭꼭 짚는 듯한 단단한 발걸음으로 교보 문고의 어느 서가 옆을 휙 지나치고, 한 학생이 자랑스레 보여준, 장거리 수영에 도전하는 자기 엄마의 사진은 애순 씨와 쌍둥이같이 흡사해서 그 사진을 내 손에서 떨어트리게도 했다.

그녀의 등장으로 인해 사람 하나 없던 금능 해변의 돌담길은 갑자기 빛이 나기 시작했다.

그녀의 빛은 어젯밤 소나기 지나가던 제주 올레길 13코스 끝머리에 있는 민박에서 나 혼자 시랍시고 끄적이다, 시고 뭐고, 방바닥에 물이라도 쏟은 것처럼 마구 퍼져 나가기만 하던 글 속에도 들어 있었다.

<늦은 밤, 무심코 물컵에 손이 갔을 뿐인데 왜 이 세계가 조금 빛이 나는 것 같지? 이상하다. 나는 손을 거두고

하얀 물컵을 바라본다. 잘 빚은 사기그릇처럼 빛나는 하얀 것. 그러자 기억 어느 편에 숨어있던 또 다른 하얀 것이 물컵 속에서 어렴풋이 모습을 드러낸다. 그것은 티벳의 한 절벽 틈에서 낭창낭창 피어났던 새하얀 수선화였다. "너의 빛이었군" 하고 나는 고개를 끄덕거린다. 그 꽃이 피어있던 곳. 티벳. 그래 카일라스산 가는 길이었다. 수선화가 피어있는 절벽 아래론 콰르르 콰르르 천둥 치는 소리를 내며 속을 뒤집는 급류가 몰아쳤다. 브라마푸트라강이라고 했던가? 그 물 건너편 야트막한 절벽의 바위틈에 흰 수선화가 물보라를 덮어쓰며 피어 있었다. 시뻘건 토사물이 언제라도 솟구쳐 자신을 덮치기 전에 수선화는 힘껏 피었다. 그 결사적인 순백이라니! 그 죽자고 핀 순백이라니!

자신에게 닿을 듯 말 듯 솟구치는 시뻘건 흙탕물의 세례를 견디며, 흔들리면서… 온몸이 감전이라도 된 듯 흔들리면서 기어코 눈부시게 피었다.〉

거기까지 쓴 글을 기억하자 나는 애순 씨와 절벽에 홀로 핀 수선화가 또다시 겹쳐지고, 나 혼자 멋대로 그녀를 찬탄하며 바라보고 싶어졌다. 그 수선화는 강렬한 급류의 힘에 한 번만 스쳐도 이 세상에서 사라진다. 그래서 수선화는 있는 힘을 다 짜내어 흰빛에 윤기가 자르르 흐르도록 단 한 번 피어난 것인지도 몰랐다. 가지 끝에 떠오른 눈부신 흰 꽃들은 물보라의 세례 속에 마구 흔들렸고, 이루 말할 수 없이 열렬했다.

그러한 그녀를 우러르려면 나는 우선 무릎을 꿇는 자세가 되어야 한다. 그리고 어젯밤에 쓰던 시를 완성해서 애순 씨에게 바쳐야 한다. 그리고 나서야 나는 쨍하고 소리가 날 것 같은 새파란 하늘 위에 떠오른, 빨간 원피스와 이번엔 혹여 진짜일 수도 있는 애순 씨의 미소 띤 얼굴과 하얀 양산을 올려다볼 자격이 생길 것이다. 그럴 때 애순 씨는 내게 이렇게 말할지도 모른다.

"너의 시가 수선화의 누드처럼 들어오네"

왜 나는 이런 야릇한 말을 기대할까?…… 모르겠다!!

어쨌거나 그녀의 말에 나는 순간적으로 애순 씨의 누드를 보고 있기라도 한 것처럼, 넋이 나간 채 무릎을 꿇고 여신의 다음 말을 기다린다. 여신은 어깨가 다 드러난 원피스 속 윤기가 반지르르 흐르는 맨살을 빛내며 팔을 뻗어 금능의 연둣빛 바다를 가리키며 말한다.

"이걸 알어? 어서어서 바다에 점을 찍어. 그럼, 바다는 그걸 기억해."

내 상상 속이라 해도 이상한 말이었다. 바다에 점을 찍다니?

애순 씨는 집게 손가락으로 건반을 누르듯 바다에 점을 찍는 시늉을 하며 두말없이 뒤돌아서 돌담길을 다시 하늘하늘 걷기 시작한다. 나는 애순 씨의 뒷모습을 황홀하게 바라보기만 한다. 애순 씨가 돌담길을 휘돌아 사라진다. 빨간 치마의 끝자락이 고양이의 꼬리처럼 약간 위로 들리며 허공에 점을 찍듯 점 점 점 사라진다.

나는 바닷바람에 뒤틀린 팽나무 그늘에서 애순 씨를 바라보기만 했다. 그리고 돌담 끝에서 그녀가 사라지는 걸 보았다. 그녀는 실제의 애순 씨 일 수가 없다고 머릿속으로는 생각하면서도 눈은 계속 그녀가 사라져간 돌담의 끝을 놓치지 않았다. 그렇게 한 여름 낮의 이상한 꿈이 사라졌나?… 하는데 곧, 가버린 꿈도 어디선가는 저 혼자 다시 완성되어야 하지 않나? 하는 생각도 허겁지겁 뒤따른다. 안타까운 꿈이 굳어져 바위가 되어버린 게 제주도일 수도 있으니까 하는 당위도 재빨리 찾아내면서.

나는 그녀를 좇아가는 대신 팽나무 옆에서 언제까지나 그녀를 기다려야만 한다는 걸 안다. 내가 좇아간다고 해서 그녀가 내 손에 잡힐 수는 없다. 그녀는 요정이나, 유령, 혹은 귀신같은 차원에 속해있기 때문에.

난 그저 기다림 속에서, 피아노의 건반을 누르듯, 바다에 점을 찍는다는 것이 무엇인지를 알아내야만 한다.

그 점의 음정은 무엇일까? 높은 시일까? 도일까? 그녀가 좋아하던 베토벤 월광 소나타의 첫 음일까? 아니면 고통스레 어떤 한 소리를 머금고만 있는 청동 빛깔의 묵음일까?

그 묵음 속에서 그녀와 나는 오랜만에 탁구를 친다. 하얀 공이 똑딱 똑딱 소리를 내며 그녀와 나 사이를 오간다. 나는 조금 행복해진다. 그러나 달콤하기만 한 똑딱 소리는 시간이 갈수록 물안개 같은 뿌연 연기 속에서 점점 조용해진다. 그러다가 공은 그녀와 나 사이의 어느 한 점에서 허공에 뜬 채 소리 없이 가만히 멈춘다. 그 공은 물안개 속에서 점점 색이 흐려지다가 천천히 청동 빛깔로 바뀐다.

그것은 탁구공만한…… 그녀의 어떤 덩어리이다. 그러나 그것이 무엇인지 지금으로서는 알 길이 없다.

평창 탁구클럽은 이런 곳이다. 말하자면 그곳에서 전설적인 복싱 선수 조지 포먼과, 에반 더 홀리필드가 일반인 반의 탁구 챔피언 타이틀 전을 치른다고 하자. 포먼은 49

년생 소띠고, 홀리필드는 62년생 범띠다. 과거의 복싱 게임에선 범띠인 홀리필드가 피투성이가 된 채로 포먼에게 이기긴 했다.

그러나 평창 탁구클럽의 일반인 반 챔피언 타이틀전은 다르다. 막 부딪치려는 성난 늙은 소와 상대적으로 젊은 범 사이엔 그저 공기처럼 가벼운 하얀 공이 동동 떠 있다. 그리고 아직은 모든 것이 정지해 있다. 아직 클럽의 여신이 등장하지 않았기 때문이다. 그때 멀리서 봐도 날씬하기만 한 주부반의 에이스 애순 씨가 머리카락을 딱 부러지도록 정갈하게 뒤로 동여맨 채 라켓을 들고 탁구장에 나타난다. 그러면 탁구장은 금세 하얀빛이 돌고 선수들은 갑자기 자기 할 바를 깨닫고 게임을 시작한다.

선수들은 게임에 열중할수록, 공중에 동동 떠 있던 하얀 공이 저 혼자 똑딱 똑딱 소리를 내며 탁구대 위를 오가는 듯한 마법을 경험하게 된다. 애순 씨가 있는 동안은 그렇다. 누가 누굴 공격하고 수비하고 하는 따윈 점점 없어지다가 아예 사라진다. 선수들은 하얗게 똑딱거리는 소리를 들으면서 라켓에 저절로 와 맞고 튀어 나가는듯한 하얀 공의 춤을 본다. 그때 선수들은 이렇게 묻는다.

"이 평화는 대체 뭐지?" 그 순간 포먼은 본래 자기 직업인 목사로 돌아가고, 홀리필드는 성도로 돌아가게 된다. 그때부터는 목사와 성도의 싸움이다. 그러므로 그들에게 승패는 중요하지 않다.

"승패가 어디 있나요? 목사와 성도의 재미난 싸움이죠." 라고 전 WBC 밴텀급 챔피언 홍수환이 말을 한다면 그는 평창 탁구클럽에서 두 사람의 탁구 게임 심판을 볼 자격이 있다. 그들의 탁구 게임도 치열하긴 복싱과 마찬가지다. 그러나 게임이 끝나면 그들은 함께 할렐루야를 소리 높여 외친다. "할렐루야, 온 세상에 찬미!"

빛나는 하얀 공의 죄 없는 똑딱거림이 그들을 그렇게 만든 것이다.

그러면 애순 씨가 가쁜 숨을 몰아쉬는 늙은 소와 상대적으로 젊은 범을 향해 미소 짓고 나서 라켓을 내려놓고 여신답게 탁구장 근처 도깨비 봉의 하얀 숲길로 퇴장한다.

평창 탁구클럽은 북악 터널에 가까운 평창동 대로변에 있고 그 길 건너편은 산과 연결되어 있다. 그 주산은 북한산 보현봉이고 그 조금 아래엔 도깨비 봉이라고도 불리는 형제봉이 있다. 우리의 탁구클럽은 도깨비봉의 세력권에 가까우므로 평창 탁구클럽의 주신은 당연히 도깨비 봉이다.

나는 도깨비 봉에 대해서, 또 그 아래 도깨비 봉의 정령이 만든 것 같은 평창 탁구클럽에 대해서 좀 더 얘기해야만 한다. 그래야만… 뭐랄까, 애순 씨가 매끄러운 팔을 쭉 뻗어 보여주었던 연둣빛 바다에 점 하나를 찍을 수 있을 것 같기도 하기 때문이다.

그 점은 그냥 평범한 마침표만은 아닐 것이다. 금능의 바다에 찍는 점은, 찍을 수만 있다면, 그것은 청동 빛깔의 컴컴한 죽음이, 하얀 죽음으로 바뀌는 어떤 음이 되어 내게 돌아올지도 모를 일이다.

애순 씨와 나는 어차피 만날 운명이었다. 왜냐하면 애순 씨를 만나기 몇 년 전, 평창 탁구클럽의 주산인 도깨비 봉에서, 더 정확히는 도깨비 봉 아래 동녕 폭포에서 나는 이미 육 개월이나 온몸을 바쳐 노숙하기도 한 몸이니까.

그녀가 평창 탁구클럽에서 몇 년이고 죄 없는 하얀 공을 똑딱거리고 있을 때 나는 그녀를 알지도 못한 채, 그러나 바로 그 클럽 위의 북한산 동녕 폭포에서 텐트 하나 치고 죄 많은 몸이나마 비스듬히 걸쳐는 놓고 있었으니까. 그 폭포의 물은 탁구클럽 옆의 개울까지 흘러들어 언제나 애순 씨의 똑딱거리는 공 소리와 섞이고 있었을테니까.

동녕 폭포는 봄에서 늦여름까지 비가 많이 오는 계절에만 진짜 폭포가 되어 쏟아진다. 나는 그 근처 대학의 시간강사였다. 술꾼인 나는 어느 날 학교 앞 주막, 이모네 식당에서 막걸리가 가득 담긴 찌그러진 양철 주전자를 앞에 놓고 혼자 취해가던 중이었다.

그날따라 김수영의 시 〈폭포〉 중의 한 구절 '곧은 소리는 곧은 소리를 부른다'라는 부분이 갑자기 의아하게 생각되기 시작했다. 그 고딕 스타일의 건물을 보는 듯 당당한, '곧은'의 행렬이 취한 눈에 희한하게도 갑자기 도드라져 보이는 것이었다. 지금 와서 생각해 보면, 내 경제적 무능력에 더해, 말하기도 창피한 여러 가정적, 사회적, 기타 등등의, 겹치고 겹친 구조적 요인으로, 하나도 곧을 수가 없었던… 그러나 그런 것에 대한 고통스런 자각은 언제나 있는, 내 찌부러진 삶에 대한 어떤 반작용이었는지도 모르겠다.

나는 술김에, 그 곧다는 소리의 실체와, 내 마음속에서 짚이는(혼술의 달인들 특유의 감각 속에서) 뭔가 예사롭지 않은 '곧은'의 무게를 처음엔 그저 확인만 해 보고 싶었다.

나는 동녕 폭포가 평창동 등산로에서 10분 거리에 있고,

서울 도심에서 가장 가까이 있는 자연 폭포라는 걸 산악인인 후배 시인을 통해 수년 전부터 알고 있었다. 나는 양복을 입은 채 택시를 타고 그 등산로 입구까지 가서 구둣발 그대로 등산로를 따라 올라갔다. '이즈음부터가 진짜 산이군' 하는 느낌과 더불어 골짜기를 하나 돌아들자, 계곡에 자욱이 울려 퍼지는 폭포의 소리가 낭자했다. 숨도 채 차지 않은 거리에 진짜로 높이가 이십 미터는 됨직한 폭포가 휘어지며 쏟아지고 있었다. 나는 길도 없는 비탈을 가까스로 걸어 내려가 폭포의 아래에 섰다. 동녕 폭포는 절벽 중간에서 물길을 한번 꺾은 채로 위압적인 소리와, 작은 무지개를 피워내는 물보라를 끝도 없이 뿜어내고 있었다.

나는 김수영의 시에 쓰인 대로, '금잔화도 인가도 조용해지는 밤'이 오기를 기다렸다. 몸속이 시원해지도록 폭포를 맞아들이고 또 받아들이는, 일종의 세례식을 거치자 밤이 왔다. 칠흑같이 어두운 밤이었다. 폭포의 모습이 시야에서 사라지고 나자 폭포의 소리만이 점점 더 자욱이, 또 아득히 숲 가득 퍼지기 시작했다.

폭포 소리는 점점 알 수 없는 어떤 울림으로 들렸다. 폭포의 소리는 '라' 음에 가까웠지만 그 울림은 '솔' 음에 가까웠다. 울림은 끝도 없이 이어졌다. 나는 그 울림과 소리에 취해 점점 몽롱해졌다. 한밤 어느 순간 그 울림의 성격을 김수영은 어떻게 한국말로 '곧은 소리'라고 이름 지을 수 있었을까 하는 의문도 일어났다.

폭포의 소리는 '곧은 소리'라고 부를 만도 했지만, 폭포의 울림은 곧기만 한 것이 아니었다. 그 울림은 곧기만 한 소리 보다는 음의 면이, 아래위로 훨씬 넓었다. 그래서 더 풍부하게 퍼져나가는 울림이 되어 골 안을 메우고 있었다.

곧기만 한 것보다 더 풍부한 울림이 생기는 이유는 동녕 폭포가 한 차례 휘었기 때문이었을까…? 그것은 여전히 알 수가 없다. 그러나 김수영은 폭포의 '울림'이라 하지 않고 '소리'라고 했으므로 굳이 이해하자면 못 할 것도 없었다. '라' 음에 가까운 폭포의 뛰쳐나갈 듯한 느낌을 주는 소리는 문자 그대로 곧았으니까.

나는 또, 시에서처럼 폭포의 '곧은 소리'가 정말 '곧은 소리'를 부르는지 어떤지 알기 위해 밤이 하얘지도록, 가방에 넣고 간 진로 빨간딱지 한 병을 다 비우면서 기다렸다.

그러자 '곧은 소리는, 곧은 소리를'이라고 반복해서 쓰고 그 소리들의 관계를 서로 '부른다'로 연결하면, 폭포의 힘은 폭발적이지만 끈적이지 않게, 오롯이 살아난다는 걸 알듯도 했다. 나는 오랜만에 해보는 전적인 탐구 생활에 만족해하면서, 좀 추워졌지만 몸을 바싹 오그린 채로 새벽이 오도록 폭포의 소리에 귀를 기울였다. 그러다 알게 되었다.

폭포는 정말로 '곧은 소리'를 '불렀'다. 그리고 그 힘이 문자에 실려 투명하고 명백한 '뜻'으로 바뀌면, 그러니까 그러한 '올곧음'이 투명하고, 먼지 하나 없이 깨끗하게 문자에 실리면, 그것은 강력한 명령이 되어, 오라는, 혹은 나타나라는 그 부름을 받은 대상은 반드시 올 수밖에 없다는…… 확신이 따라붙는 건…… 신기한 일이었다.

자연은 더욱더 그런 순수한 부름을 거스르지 않을 것이었다. 인간살이에서조차, 지방문에 '현 조고 학생 부근 신위'라고 정성껏 쓰면, 나타날 '현'이라는 명령어에 따라, 나타나라는 정성 어린 요청을 받은 조상은 그야말로 현현해야 하는 것이었다. '문자라는 것이 보통이 아니구나' 하는 걸 나는 먼동이 트기 직전 폭포를 뒤로 하고 산길을 걸어 내려오면서 처음 알았다.

그러니 애순 씨도 '곧은'이 '곧은'을 부르는 내 글이 완성되면 내 앞에 다시 나타나야만 한다. 그런데 이 뙤약볕이 끓어오르는 시각, 달아오른 돌담을 쏘아보며 아무리 생각해 봐도 나라는 인간은 '곧지'않다. 그것이 문제다. 오히려 많이 굽었다.

'그래도 괜찮은가?' 하고 나는 뙤약볕을 바라보며 살짝 물어본다. 답은 의외로 간단히 돌아온다. 열렬한 뙤약볕이 가르쳐 주고 있다.

그저… '열렬하면 된다'고. 그렇게 점 하나만 금능 바다에 찍으면 된다고.

'곧은'이 못 되는, '굽은'도 '굽은' 속에서 먼지 하나 없는 투명함으로 올곧게 부르면, 그녀는 오게 되어있다고.

산 모양을 따라 저절로 굽은 길이, 깊은 골짜기를 따라 더 깊게 굽은 길이 될 수도 있으니까. 그것은 그것대로 옳으니까. 곧기만 했던 그녀도 지금은 저절로 아름답게 굽어 있을지도 모른다. 청동 빛깔의 묵음처럼.

무엇보다 동녕 폭포는 아름다웠다. 북악 터널을 지나자마자 평창동 쪽으로 걸어 올라 20분도 채 걸리지 않는 거리에 그런 곧은 소리의 마술이 펼쳐지고 있다는 것에 나는 열광했다. 나는 동녕 폭포 위에서 폭포가 되려는 좁은 물길을 건너뛰어 폭포가 내려다보이는 으슥하고 평탄하며 조그만 땅을 발견했다. 낙원 같았다. 이혼한 지 채 얼마 되지도 않은 무렵이었다.

나는 곧 월세방을 정리하고 작은 텐트와 기타 캠핑 용구를 남대문에서 장만한 후 아예 동녕 폭포에서 살기로 작정했다.

굽을 대로 굽은 나는, 곧은 소리가 서로를 고래고래 소리 높여 불러대는 것이 필요했을 것이다.

나는 그 당시 시간 강사를 하고 있던 터라 일주일에 두 번 수업이 있을 때만 숲속의 텐트에서 넥타이를 매고, 폭포로 흘러드는 물에 세수하고, 학교로 달려가면 되었다.

그곳에서 산지 육 개월이 지난 초가을 밤이었다. 나는 낮술을 꽤 마신 뒤였다. 그날따라 무슨 생각이었는지 은신처에 들러 넥타이를 풀 생각도 하지 않은 채, 나는 동녕 폭포를 지나쳐 사람 하나 없이 하얀 달빛만 쏟아지는 산길을 무턱대고 걸어 올라갔다. 두 시간여 나는 무엇에 홀린 듯, 두 뿔이 선명한 도깨비 봉 정상까지 올라갔다. 그리고 육 개월째 그 품에 사는 동안 가까운 삼촌처럼 친근해진 건너편의 보현봉을 올려다보았다. 보현봉이 달빛을 즐기느라 얼굴이 훤해져 있었다.

나는, '삼춘, 저 왔어요.' 하고 말했다. 그러자 마치 응답

하듯 보현봉 정상께에서 얼핏 무언가 움직이는 것 같기도 했다. 내가 아는, 보현봉 북서쪽 절벽에 사는 참 매이면 좋겠다 싶었다. 그곳에는 참 매의 둥지가 있다. 나는 그 매를 품에 안고 오랜만에 녀석의 날개 냄새를 맡아보고 싶었다. 녀석과 나는 어차피 북한산에 같이 사는 주민들인 셈이었으니 같은 동네 주민들끼리 안부가 궁금한 건 당연한 일이었다.

그 매를 처음 만난 건 그때부터 두어 달 전의 늦은 오후였다. 나는 어느 한갓진 날, 은신처에서 나와 보현봉으로 걸어 올라갔다. 그리고 사람도 오가지 않는 보현봉 정상께의 북서쪽 절벽 틈에 가까스로 등을 기대고 앉아 두 다리를 거의 허공에 떨구고 대롱거리는 채로 멀리 고양 쪽 시가지와 그 너머 흐릿하게 보이는 서해 바다를 바라보고 있었다.

그때 절벽 옆면의 허공을 끼고 날아왔을 어떤 물체가 갑자기 내 시야에 나타나더니 바로 내 코앞으로 확 들이닥쳤다. 거대한 참 매였다. 내가 앉아 있는 절벽 틈 어딘가에 제 둥지가 있어서 그렇게 된 것인지도 몰랐다. 매는 거기에 사람이 있으리라고는 전혀 예상치 못한 것 같았다. 거의 서로 부딪힐뻔하는 바람에 나도 매도 깜짝 놀랐다. 그러자 매는 진초록 빛 눈을 번쩍이며 재빨리 날개를 비틀고 거대한 앞발로 바람을 찍어 누르며 공중에서 급정거 브레이크를 걸었다. 그리고 날개로 내 다리를 슬쩍 스치며 가까스로 방향을 틀어 절벽 아래로 미끄러져 갔다. 매는 절벽 아래에서 멋진 포물선을 그리더니 내 눈높이까지 다시 날아올라 왔다. 그리고 내게서 등을 돌려 날개를 펄럭이지도 않으면서 초여름 오후의 뜨거운 햇빛을 등에, 날개에, 가득 쬐며 서쪽 하늘로 천천히 날아갔다. 멀어지는 매의 몸에서 햇볕에 날개 타는 냄새가 강하게 나는 것 같았다.

그 매가 밤하늘을 헤치고 내가 서 있는 도깨비 봉으로 다가와 줬으면 싶었다. 매의 진초록으로 빛나는, 악의라고는 하나도 없는 곧고 힘찬 눈과, 멍하게 굽어 지기만 한 내 눈을 한번 환하게 맞춰보고 싶었다. 나는 달빛 가득한 밤하늘을 다시 올려다보았다. 하늘에선 아무것도 날아오지 않았다. 나는 방향을 돌려 산 아래의 시가지를 내려다보았다. 잘 닿아지지 않는 사람들의 불빛이 반짝거렸다. 그러자 넥타이를 매고 구두를 신은 채 불 밝힌 서울 시내로 매처럼 날렵하게 미끄러져 날고 싶어졌다. 나는 누군가의 창을 똑똑똑 두드리고 싶었다.

지금 생각하면 그 두드리고 싶었던 창이, 그땐 채 알지도 못했던 수유리 쪽 애순 씨의 창이었을지도 모르겠다는 생각이 든다. 그녀도 나도 각자의 굽은 길을 혼자 밤새도록 걸어야만 하는 시기였다.

나는 실제로 두 발을 굴러 도깨비 봉에서 뛰어오르는 상상을 하다가 다시 가방을 챙겨 들고 물소리가 들려오는 평탄한 등산로로 내려왔다. 동녕 폭포가 가까운 곳이었다. 달빛에 하얗게 빛나는 길이 숲속으로 나 있었다. 그곳에서 나는 신발과 양말을 벗었다. 그 길엔 튀어나온 뾰족한 돌이 거의 없다는 걸 나는 알고 있었다. 나는 그 길에 맨발을 살짝 대어보았다. 나무 잎사귀가 일렁이고 내 발 위로 잎사귀의 그림자도 일렁거렸다. 그 잎사귀들이 실제로는 참나무 등 속이었으나 나는 왠지 그 잎사귀가 무화과 잎사귀 같은 거라고 자꾸 상상하고 싶어졌다. 잎 모양도 모양이지만 무화과라는 말이 나는 좋았다. 그 시절, 나는 그 아슬아슬 하기만 한, 꽃이 없는, 무화과 같은 것이 되고 싶었는지도 모른다.

추억도 조금은 보듬고 돌보아야 한다. 내가 돌보지 않

은 추억들은 내게서 서서히 늙고, 낡고, 성형되고, 때로 더 오랫동안 돌보지 않은 추억들은 죽어갔다. 그래서 나는 빗방울이 후두둑 쏟아지던 어느 밤, 텐트 속 양초 랜턴 밑에서 이렇게 썼다.

〈솟대〉
사람이 깎아 만든 새를 하늘 높이 올려놓고
돌보지 않으면 야성이 생긴다.
더 돌보지 않으면, 그 새도 죽는다.

무화과 잎사귀가 달빛에 제 그림자를 만들어 천천히 부드럽게 일렁거렸다. 도깨비 봉에서 내려보낸 바람 줄기가 산 경사면을 스치면, 숲은 온갖 나무들의 소리를 바람에게 내어 준다. 나무들의 소리로 몸을 가득 채운 바람은 서울 시내로 슬쩍 머리를 돌려 그 나무들의 소식을 평창동 대로변에 쏟아 놓는다. 솨솨솨 하는 소리를 내며. 그리고 그 길 끝에 〈평창 탁구클럽〉의 불빛이 반짝거린다.

산들끼리는 서로를 안다. 그럴 때면 청와대 뒤쪽 북악산은 알았다는 듯이 북악 팔각정의 불빛으로 하여금 도깨비 봉을 향해 눈을 한 번 깜박거리게도 한다.

나는 오래오래 숲속에 드리운 하얀 길을 바라보았다. 땅의 체온이 내 맨발을 타고 온몸을 차지하는 바람에 나는 그 길의 속내를 느낀다. 시원하고 보드랍고 서늘해진다. 더 할 수 없이 고요한 시간이었다. 나는 모든 마음의 방어벽을 버리고 천천히 그 길에 한 발을 내디뎠다.

길 끝에 하얀 옷을 입은 아름다운 누군가가 기다리고 있는 것도 같았다.

나는 아주 천천히 그녀에게 다가가야만 한다.

그리고 두 발째를 디딜 때였다. 폭포 건너편, 내 텐트가 있는 어두운 산 경사면에서 갑자기 허공을 갈가리 찢어 버릴 듯한 고함이 터져 나왔다. 수백 명이 한꺼번에 내지르는 끔찍한 비명소리였다. 그것은 "주여어어어!" 하는 외침이었다. 가깝고 어두운 숲속에서 수많은 사람들이 똑같이 온 힘을 다해 폭발시킨 그 소리는 전혀 방어력이 없어진 내 몸의 가장 깊은 곳을 찔렀다. 나는 양복에 맨발인 채로 들고 있던 신발도 가방도 놓쳐버리고 그야말로 혼백이 흩어지는 충격을 느끼면서 뒤로 발라당 나자빠져 버렸다. 그 숲속의 고요 파괴자들은 나중에 알고 보니 무슨 알 수 없는 선교회라고 했다.

하필이면 그때, 그들은 그 어두운 숲속에 삼백 명이나 모여 앉아 몸을 가진 채로 승천하기 위해 주님에 의한 들림을 기다리던 참이었다. 그리고 리더가 약속한 시간을 넘겨, 달이 중천에 떠오를 때까지 아무리 기다려도 그들의 몸은 떠오르기는커녕 달싹거리지도 않았다. 그래서 리더의 지시에 의해 마지막 젖 먹던 힘까지 다 짜내어 그들의 주에게 "주여어어어어" 하고 외쳤다. 그러니 그 힘이 오죽했겠는가.

나는 분노에 가득 차 폭포로 흘러드는 좁은 시냇물을 건너 그들 곁의 컴컴한 숲속으로 잠입해 들어갔다. 거기는 내 집이 있는 곳이었다. 그곳의 지형지물, 그러니까 바위 경사면으로 흘러내린 돌 한 조각, 풀 한 포기, 까치가 물고 가다 어제 떨어뜨린 삭정이 하나의 위치까지 나는 다 알고 있었다. 나는 온갖 요상한 말들을 그들의 예민해진 귀에 속삭이면서 그들 사이를 귀신처럼 은밀히 헤집고 다니기 시작했다.

"좀 이상하지 않아? 성도님은 얼마나 바쳤니. 다 바쳤습니까? 사는 게 뭔지. 이 짓 정말 계속 해야 되는 걸까? 달이 밝네요!"라고 나는 속삭였다.

그날 이후 나는 점점 시커멓게만 보이기 시작한 도깨비

봉에서 하산했다. 분노를 모두 쏟아 버린 곳과의 관계는 휴지기가 필요한 법이었다.

그리고 오랜 시간이 지난 후 나는 우연히 버스를 타고 그쪽을 지나가다가 무심코 본 차창 너머로 까마득히 잊고 지냈던 <평창 탁구클럽>을 새로이 발견했다.

그 간판을 보는 순간 느닷없이 속이 환해졌다. 그야말로 '이 풍진 세상'에 난데없는 탁구라니. '일반반 주부반 학생반 회원 모집'이라니.

그것은 내게 마치 천사들의 집합소 같은, 어떤 구원의 느낌을 주었다. 어디서 어디를 돌아 어디까지 굽어 있는지도 모를 세상에서 죄 없는 똑딱 소리나 주고받으며 그저 탁구나 조금 치자 하는 구원 말이다.

나는 북악 터널을 향해 가면서 동녕 폭포 쪽으로 오르는 평창동 길을 너무도 오랜만에 바라보았다. 그러자 오랫동안 잊고 지냈던 폭포 곁의 하얀 숲길이 퍼뜩 떠올랐다.

그리고 그녀를 기억해 냈다. 빛나는 달밤이면 언제나 맨발로 만져보던 하얀 길 저편에 혼자 가만히 서 있을 것 같은, 신인지 인간인지도 모를 여자.

그 여신은 무슨 법무사 사무실이나, 부동산 중개소, 무슨 마트, 무슨 건축사 사무실에 깃들 존재가 아니었다. 그녀는 오직 도깨비 봉의 세력권 안에서 하얀빛 같은 탁구공을 또닥또닥 주고받기만 할 뿐인 것이었다.

나는 북악 터널의 시커먼 어둠 속으로 들어가기 직전 머리를 돌려 뒤를 바라보았다. 도깨비 봉의 여신이 내게 보낸 달빛에 가득 찬 초대장이 빛나고 있었다.

그것은 '급구! 일반 반 회원 모집'이라는 문구였다.

애순 씨가 사라진 돌담길은 조용했다. 바람도 멈춘 팽나무 곁의 정자각에서 나는 두 다리를 모아 잡은 채 꼼짝도 않고 앉아 있다. 내가 애순 씨를 사랑한 시작점이 언제였나? 하고 나는 자신에게 살짝 물어본다. 애순 씨의 빨간 원피스 자락이 사라진 돌담에는 해가 하얀 탁구공처럼 떠올라 쟁글쟁글거리며 끓어오르고 있다. 햇살뿐인 길 끝으로 기다림이 바늘처럼 날아가 허공을 꼭꼭 찌르고 있다. 그러나 그 길 끝에 무엇이 있는지 확인하고 싶지는 않다. 내가 애순 씨를 지금처럼 열렬히 사랑 했던 적이 있었던가? 하고 나는 다시 내게 물어본다.

일반인 반에 등록을 해야 하나? 하고 평창 탁구클럽 앞을 서성일 때였다. 바깥 햇빛이 워낙 밝아 탁구장의 내부는 조금 컴컴한 듯했다. 그때 막 탁구 수업을 끝낸 회원들이 입구 쪽으로 우르르 몰려나왔다. 그리고 누군가 김 애순 하고 그녀를 불렀고 애순 씨가 자기를 부른 사람을 향해 고개를 휙 돌렸다. 나는 그렇게 처음 그녀의 이름을 알았다. 그리고 지금 그 환한 얼굴과 이름을 조심스레 불러본다. 김.애.순.

나는 새삼스럽게 "당신은 누구지?" 하고 돌담길을 바라보며 혼잣말로 애순에게 말한다. 돌이켜보면 우선 애순은 하얗다. 거의 숨이 넘어가면서 겨우 들릴락 말락 한 목소리로 "이혼해 줘"라고 말하는 애순은 내 기억 속에서 그냥 하얗다. 시뻘건 토사물이 절벽에 핀 하얀 수선화를 휩쓸기 직전이었을까? 그때 수선화는 자기를 겨우 겨우 붙잡고 있는 절벽에게 말한다. "이혼해 줘." 그러나 그 말 앞에는 '차라리'가 생략되어 있다. '차라리… 이혼해 줘.' 그리고 그녀는 또 말했다. 꺼져가는 목소리로 숨을 몰아쉬며 느릿느릿 "사랑해요…… 그래도 아직 사랑을 잘 모르겠어요…… 미안해요"라고.

'사랑해요'와 '그래도 아직 사랑을 잘 모르겠어요'가 한

문장 안에서 닿을 수 있는 말인가? '사랑해요'와 '아직 사랑을 모르겠어요' 사이의 휴지부에 담긴 그녀의 속을 나는 알고 있는 것인지. 그러나 오늘 다시 만난 제주도의 그녀는 어쩐 일인지 예전보다 더 눈부시도록 새하얗다.

나는 이번 생에서 만났던, 몇 명의 사랑했던 여자들을 내 멋대로 같은 선에 모아 세워 본다. 그리고 내 멋대로 오랫동안 그들을 바라본다. 하얀 탁구공 같은 해의 뜨거움조차 조금은 나른한 것으로 바뀔 때까지.

그리고 뭔가 알아차린다. 나는 누군가 들어 줄 사람이 있기라도 한 것처럼 일부러 소리내어 말해본다.

"그녀들은 왜 항상 멀리 있는 걸까?"

나는 주머니에서 시를 적은 쪽지를 꺼내 다시 들여다본다. '흔들리면서…… 흔들리면서 피었다'에 시는 멈춰 있다. 수선화가 피어있던 절벽 아래쪽 그 시뻘건 물의 힘은 야트막한 절벽 중턱에 아슬아슬하게 매달려 있는 수선화쯤은 한 번 스치는 것만으로도 아예 흔적조차 지울 수 있다. 그 일 초 일 초의 긴장 속에서도 수선화는 향기가 강

건너에서도 보일 만큼 피어있었다. 그러나 누구도 그 폭포 같은 강물의 진동 속에서 흔들리고 있는 수선화에게 가 닿을 수는 없다. 수선화를 도울 수도 없다. 나는 가슴이 에인다. 그러나 다음 시 구절에 가슴이 에이는 애상이든, 기쁨이든, 어떤 종류의 감탄이라도 더 들어가면 안 된다, 왜?

나는, 너무 아름다운 것은 차라리 만나지 말아야 할 사람이니까.

그런 아름다움 앞에서 나는 누구나 그렇게 하듯이 찬탄을 바치지만, 그 찬탄의 시간은 기껏 사 오 초에서 길어야 사 오 년에 불과하다. 감탄이 끝나면 나는 그 즉시 시선을 다른 곳으로 옮긴다. 또 다른 감탄 거리를 찾아서. 그때 수선화는 안타까이 내게 손을 흔들지만 나는 이미 감탄을 다 바친 이후이므로 그쪽을 돌아보지 않는다. 나는 안녕하고 수선화를 떠난다. 그리고 먼 길을 걸어가면서 지금처럼 생각한다.

'그녀들은 왜 항상 멀리 있는 걸까?'

그러므로 내 감탄의 결과는 결국 수선화에게는 어떤 모욕이 되고 마는 것이다. 나는 여태 사랑을 돌보려 하지 않았다. 항상 발견만 하면 그걸로 끝이었다. 그리고 발견되면 '오케이 사랑이니까 만족해' 하고 잠깐의 감탄을 바친 후 나는 곧 그곳을 떠났다. 그래서 내게는 사랑이 없다.

내 속은, 수도 없이 많은 사랑의 감탄이 파 놓은, 물도 고이지 않는 텅 빈 우물이다. 감탄을 바치고 떠날 때마다 조금씩 더 깊어진 우물은 저 혼자 '텅' 하는 소리가 나도록 비어 있다.

북한산도, 매도, 카일라스산도, 애순씨도, 수선화도…… 내게 파 준 우물 속은 그래서 늘 춥다. 나는 그러면 그럴수록 사랑을 살아보지 못하고 그저 사랑을 조금 알기만 하는 자의 이상한 고독 속에서, 그때마다 더욱 굽어지는 세상을 더 몸부림치며 떠돌아야 했다.

그래야 또 사랑을 발견하니까. 그리고 가슴이 에이도록 감탄을 해야 그 기간만이라도 살아 있는 것처럼 살 수 있으니까.

그러니 이제는 함부로 감탄하지 말아야 한다. 떠돌지도 말아야 한다. 그만해야 한다.

나는 자리에서 벌떡 일어났다. 시에서 이미 결론은 났다.

나는 시뻘건 토사물을 건너 수선화에게 다가가야 한

다. 나는 한 번의 맨발이라도 그 폭발하는 듯한 강물 속에 나를 디밀어야 한다. 나는 북한산 하얀 숲길에서 완성하지 못한 발걸음을 이곳에서는 내딛어야만 한다. 그녀를 향해 한 발 또 한 발. 그렇게 물 위를 걸어 절벽 아래에 당도해야 한다. 그리고 절벽 위로 기어 올라가야 한다. 그렇게 나는 수선화를, 그녀를 만나야 한다. 그리고 그 수선화의 뿌리를 더 꽉 붙잡은 절벽이 되어야 한다.

돌담길이 주황빛을 띠기 시작했다. 나는 금능의 바다 위를 힐끔 바라보았다. 불쾌한 얼굴로 하늘색이 바뀌고 있었다. 나는 정자각에서 나와 돌담의 끝을 향해 곧장 걸어갔다. 그리고 길 끝에서 주저 없이 코너를 돌았다. 애순 씨는 없었다.

그러나 거기엔 애순 씨 대신 엉뚱하게도 어떤 할망의 석상이 있었다. 난데없는 할망의 얼굴이 석양 녘의 햇빛에 불쾌하게 취해 있는 듯했다. 나는 그 할망 곁으로 다가갔다. 그리고 바람에 찢길 대로 찢긴 오래된 할망의 얼굴을 바라보았다. 할망 곁에 모여 있던 순비기나무들이 애릿한 향기를 마구 뿜어내고 있었다. 해녀들의 거친 숨비소리가 할망 곁에서 보라색 향기로 변해, 바다를 향한 덩굴손을 뻗고 있다고나 할까. 이상한 광경이었다.

석상 옆 표지판엔 설문대 할망이라고 씌어 있었다. 나는 애순 씨에 대한 무슨 정보라도 찾아내려는 듯이 안내문을 읽어 내려갔다.

'할망은 치마폭에 흙을 담아 한라산을 만들었고 치마에서 흘린 흙은 삼백육십 개의 오름이 되었다. 할망은 오백 명의 아들이 있었다. 할망은 어느 날 아들에게 먹일 죽을 어마어마하게 큰 가마솥에서 끓이다가 실수로 가마솥에 빠져 죽었다. 돌아온 오백 명의 아들들이 그날따라 죽이 유난히 맛있다며 아우성이었다. 막내아들만 어머니가 안 보이는 게 이상해서 그 죽을 먹지 않고 밑바닥을 헤쳐 보았다. 거기서 사람의 뼈가 나왔다. 막내아들은 슬피 울다가 몸이 굳어 서귀포의 외돌개가 되었다. 나머지 아들들도 나중에 그 사실을 알고 고통에 몸부림치다가 역시 몸이 굳어져 영실의 뒤틀린 바위들이 되었다.'

애순 씨는 해변의 돌담길을 지나 그 바위틈 어딘가로 가고 있었나? 하고 나는 문득 생각했다. 순비기 나무의 애릿한 향이 더 짙게 풍겼다. 나는 설문대 할망 옆에 가만히 서서 할망의 얼굴을 살짝 만져보았다. 할망의 얼굴은 아주 거칠었다. 나는 나 자신에게 물어보았다.

'이 할망이 평창 탁구클럽의 여신과 무슨 관계가 있나? 이 할망이 도깨비 봉의 하얀 숲길에서 나를 기다리던 그 여자이기라도 한 건가? 수선화의 정령이라도 된단 말인가?'

나는 그 무엇도 긍정할 수 없었지만 그렇다고 함부로 그 무엇을 부정 할 수도 없었다. 할망의 삶 또한 굽을 대로 굽어 버렸지만 열렬함으로 가득 차 있었으리라는 걸 부정할 수는 없었으니까. 또… 애순이 인도해 준 길이었으니까.

설문대 할망의 석상 뒤 야산은 공동묘지였다. 묘지의 주인들이 모두 설문대 할망 곁으로 오백 아들처럼 옹기종기 모여 있었다. 나는 가까운 산자락으로 올라가 한 무덤의 자그마한 돌담 곁에 주저앉았다.

금능 해변의 하늘이 서서히 보랏빛으로 바뀌다가 이내 어둠이 되었다. 산이 서늘한 바람을 해변 쪽으로 실어 보내기 시작했다. 공동묘지를 지나온 바람 속에는 묘지의 주인들이 누구를 얼마나 사랑했는지에 대한 소식만 가득 들어 있는 듯했다. 도깨비 봉이 나무들의 소식을 잔뜩 품은 바람을 서울 시내로 내려보내듯이. 바람이 불었다. 나는 할망에게 말했다.

"할망, 내 마누라가 많이 아프다가 얼마 전에 죽었어. 그래서 도깨비 봉의 하얀 길 끝에 아무도 몰래 수목 장을 했지. 죽기 전에 처가 이혼해 달라고 간청하더군. 재혼까지 한 처지에 자기만 일찍 죽게 돼 미안하다고. 나를 사별까지 경험하게 하고 싶지 않대나. 그러니 그냥 자기를 떠나래."

할망은 잠잠히 내 말을 듣는다. 바람이 또 분다. 나는 할망을 바라보며 다시 말한다.

"여긴 마누라와 처음 같이 여행 했던 곳이야."

그러자 할망이 천천히 고개를 돌려 나를 바라보며 묻는다.

"너는 그 우물 속에서 뭐 되고 싶은 게 있냐?"

나는 한참 생각하다가 대답한다.

"되고 싶은 건 없어. 하지만 난 요즘 명랑이라는 단어가 새로 보이긴 해. 그 말…… 명랑하지 않아?"

내 말에 할망이 고개를 끄덕인다.

"이제야 바다에 점 하나 찍었네, 할망이 바다 보고 고개 한번 끄덕였으니" 하고 새빨간 원피스의 애순 씨가 어느 결에 내 곁에 서서, 산 사람처럼 말한다. 나는 사랑하는 애순에게 말한다.

"당신은 요즘 어때? 그쪽에선 지낼 만해?"

애순은 무슨 말을 더 할 듯하다가 입꼬리 한쪽을 고양이의 꼬리처럼 점 점 점 위로 끌어올리기만 한다. 그리고 애순 씨는 예전에 그렇게 했던 것처럼 내 어깨에 기대어 검은 밤바다를 바라본다.

그녀가 좋아했던 베토벤 피아노 협주곡 월광 제1악장의 첫 음이 '둥' 하고 시작된다. 나는 할망과 그 뒤의 오백 아들들에게 평창 탁구클럽의 빛나는 초대장을 보내고 싶어졌다.

애순 씨에게도 똑같이. 거기엔 빛나는 하얀 공의 죄 없는 똑딱거림이 들어 있다.

김덕남에게 장미를

김덕남에게 장미를

갑자기 내리는 눈 속에서도 나무들은 열렬하게 가만히 서 있다. 여기는 강릉 초당, 허난설헌 생가다. 눈이 점점 많이 온다. 소나무 숲을 거쳐, 삼수의 어깨에 닿는 싸락눈은 톡톡 소리를 내기 시작한다. 톡.톡.톡.톡.. 토독.. 톡. 딱. 따딱. 싸락눈은 이삼 분가량 이상한 리듬을 숲속에 쏟아 놓더니 갑자기 뚝 그친다. 그리고 눈은 이내 무너지듯이 소리 없는 함박눈으로 바뀐다. 눈바람이 불고, 키 높은 적송들이 어디가 시려운 듯 어깨 한번 우쭐댄다. 숲속이 금세 하얘지면서 뽀얗게 눈안개가 인다. 삼수는 숲의 소리에 귀를 기울인다. 나무들은 열렬하게… 가만히… 서 있다. 그 모습을 꽤 오래 지켜보다가 삼수는 핸드폰을 꺼내 들고 카톡으로 덕남에게 편지를 쓴다.

'나무들은 눈 속에 가만히 서 있다. 귀 기울여 듣고 보니 걔네들은 열렬하게 서 있다. 이토록 열렬한 이유는 무엇일까? 뜨겁게 기다리는 게 있나? 지밀(至密)은 잘 있는지? 산에 잘 다녀올게. 어릴 적부터 그 산은 가장 추운 날에 가고 싶었다. 지금이 내 인생에서 가장 추운가벼. 거기 가면 나도 지밀같은 비밀 하나 갖게 되겠지. 가슴 간수 잘하시길.'

덕남은 창 너머로 점점 눈이 쌓이는 들판을 넋 놓고 바라보다가 카톡에서 나는 '까톡'소리에 황급히 핸드폰 폴더를 열고 삼수의 편지를 읽는다. 그의 편지는 차갑고… 따뜻하다. 파랗게 무언가가 숲속에서 반짝이는 듯하다고 덕남은 생각한다. 그는 지금 강릉에 있고, 오늘 밤 속초로 간다. 그리고 내일 오전 속초항에서 러시아의 짜르비노로 가는 여객선을 탈 것이다. 그는 러시아 경유 중국 비자를 급히 만들었었다. 그는 짜르비노를 경유해서 곧 중국 훈춘으로 들어갈 것이다. 이 추운 날 백두산에 가야겠다고 나선 삼수가 덕남은 여간 걱정스러운 것이 아니다. 굳이 등산복도 마다하고 강릉 중앙시장에서 샀다는 이만 원짜리 솜바지와 오천 원짜리 아이젠이 쓸만하다고 자랑하는 저 이상한 고집으로 어떻게든 산을 오르겠지. 그는 그 산과 무슨 약속이라도 한 건가? 결국 그가 산에서 돌아오면 그에게서 내가 사라질 것이라는 사실은 그도 안다. 덕남의 머릿속이 약기운으로 불을 놓은 듯 흔들린다. 달팽이 언니가 보내준 물김치가 먹고 싶어 덕남은 자리에서 일어난다.

짜르비노항이 멀리 보인다. 싸늘하고 깨끗한 북방의 아침이다. 삼층 데크에 서 있는 삼수의 눈높이에서 러시아 갈매기가 날고 있다. 갈매기의 눈은 그쪽 사람들처럼 무표정하다. 보랏빛의 큰 산들 역시 무표정하고 광대하게 펼쳐져 있다. 배가 얼음을 가르는 소리가 요란하다. 삼수는 간밤엔 백 명이 한꺼번에 자는 삼등 객실에서 화려한 차림을 한 가난한 보따리상들과 함께 동해 바다를 북상했다. 인천에서 서해를 가로질러 천진으로 가는 배도 삼수는 여러 번 타 봤지만 동해 바다는 파도의 격이 다르다. 여긴 그러니까 태평양이다. 갑자기 솟아난 거대한 삼각파도가 팔천 톤급 여객선을 한번 후려치면 배는 파도와의 복싱 경기에서 강한 훅을 맞은 것처럼 쿵 소리를 내며 옆으로 뒤로 주춤거리며 오 미터 이상이나 밀려났다. 그럴 때마다 삼수는 일어나서 선창에 매달리지만, 얼굴에 덕지덕지 꽃 분장한 오십 대 아줌마들은 그냥 더 거세게 코를 골 뿐이었다. 그는 간밤에 세 번이나 선실을 나와 연통이 검은 연기를 뿜는 삼층 데크로 올라가서 눈보라 속에 가까스로 담배에 불을 붙였다. 지독하게 춥고, 지독하게 바람은 거세고, 지독한 배 안에서 인간은… 보따리에 한국산 의류를 가득 싣고… 이 밤, 새까만 동해를 건넌다. 새벽에 잠깐 잠이 드는가 했는데 어느새 바다는 맑게 개어 있다. 꽈르르릉 꽈르르릉 위동(weidong)호는 짜르비노항의 얼음을 무지막지하게 부수며 항구로 다가가고 있다.

덕남은 수술한 부위가 조금 선듯해서 기름보일러 온도를 조금 올려놓고 마루에 깔아놓은 담요 속으로 돌아온다. 그는 잘 갔을까?…. 그가 정녕 닿고 싶은 곳은 어디일까? 이 추위에… 건강하긴 하지만, 나이가 오십이 훨씬 넘은 홀아비 혼자서. 그가 겨울나기 새는 아니지 않는가? 그럼, 늑대? 늙은? 거울 속의 덕남이 오랜만에 웃고 있다. 오랜만에 웃다가 다시 거울 속의 자신을 본다. 얼굴은 넙데데하게 크고, 턱 쪽의 피부는 까맣게 다 죽었다. 모자를 벗어본다. 항암치료제 탓에 빡빡 깎은 민머리에서 다시 수북이 머리털 알갱이가 떨어진다. 거울 속의 자신이 물속으로 잠수를 거듭하듯이 마구 일렁거린다. 오늘은 컨디션이 좀 낫다. 가장 힘들다는 항암 4차를 넘고 있는 중이다. 서둘러 눈가를 훔치고, 다시 모자를 쓴 뒤 집을 나선다. 아침에 일어나자마자 미슬토 5cc를 일회용주사기에 넣어 배꼽에서 멀리 떨어진 아랫배의 피하지방에 찔러 넣었다. 컨디션이 좀 나은 것은 그 탓일 것이다. 그걸 맞으면 이상하게 식욕은 임신 6, 7개월 때처럼 갑자기 왕성해진다. 그 덕에 배는 진짜 임신한 여자처럼 불룩해졌다. 덕남은 읍내 대중목욕탕으로 간다. 오늘은 대학생인 딸이 에미를 간호하겠다고 오는 날이다. 추운 날씨 탓인가? 탕안에 사람은 아무도 없다. 옷을 다 벗고 전신거울 앞을 지나다가 새삼스레 깜짝 놀란다. 여전히…… 꿈인가 싶게…… 가슴이 한쪽 없어졌다. 젖무덤이 있던 자리에 등굽은 노인 같은 시커먼 흉터가 어깨 쪽으로 향해있다. 배는 두툼해졌고, 얼굴은 흠씬 얻어맞은 사람처럼 피부가 다 죽었다. 탕 안의 수증기가 자욱하다. 탕 안이 기이하게 조용하다 했는데, 안개를 뚫고 사람 하나가 갑자기 나타난다. 흠칫 놀라 돌아보니 맥반석 한증막 안에서 아담하고 다부진 할머니 한 분이 걸어 나온다. 할머니는 어린아이처럼 피부가 빨개져서 김이 모락모락 난다. 할머니는 덕남을 본체만체하고 때 미는 침상으로 걸어가더니 그 자리에 벌렁 눕는다. 6개월 전에도 이런 때가 있었다. 그때는 암 선고를 받기 전이었다. 이십 년 넘게 기른 긴 머리가 출렁대던 때였다. 그때도 아무도 없는 줄 알았던 안개 낀 탕 속에서 벌떡 일어나 덕남에게 다가온 건 씨름선수 같은 체격의 여자였다. 사십 대 후반쯤일까? 그녀 또래로 보이는 여자는 짧게 깎은 스포츠머리를 노랗게 물들이고 귀걸이를 귀 한쪽에만 네 개를 해 박았다. 자세히 보니 골반 밑에 빨간 장미의 문신이 커다랗게 새겨져 있었다. 피식 웃음이 나오는데, 그녀가 말했다. "왜, 부러워요? 내가 소개해 드릴까? 인천에 아는 언니가 이쪽으로 기술잔데 솜씨가 있어."

6개월 전과 6개월 후, 텅 빈 목욕탕 안에서, 안개 속에서, 맞닥뜨린 사람은 골반에 빨간 장미가 있는 근육질여자에서 지금 어린애 같은 할머니로 바뀌어있다. 그리고 사람들은 이제 머리카락이 사라진 덕남을 스님, 스님하고 부른다. 알 수가 없다. 세상이 어디까지가 끝인지…… 그 사람의 끝도 나의 끝도. 끝이면 그걸로 정말 끝인지?…… 그러나 그 세상 끝에도 대중목욕탕은 있을 것이다. 끝이니까. 몸이라도 깨끗이 씻어야 하니까. 그리고 세상의 끝에 있는 대중목욕탕에는 지중해의 바다 색깔이 나는 종이 인형이나, 사하라의 주황빛 모래 색깔의 도깨비들이나, 여덟 개의 발과 무수한 빨판으로 욕조 바닥에 딱 붙어있는 문어나, 황소만큼 큰 말하는 해바라기들이 "왜 부러워?" 하고 수증기 속에서 슬몃 나타나 내게 말을 거는 건 아닌지… 그럼, 그때에도 나는 사람인가? 지금처럼 천연 염색하는 여자인가? 그냥 스님인가?…… 혹시 가슴 하나 없기 때문에 그 이미지의 괴물들 속에서도 친구 대접을 받는 건 아닐까…? 그녀는 알 수가 없다.

삼수는 훈춘을 거쳐 이도백하를 지나 백두산 입구에 들어섰다. 장백폭포의 소리가 들리는, 그럼에도 소름 끼치도록 조용한 여관에서 일박을 하기로 한다. 여관에 손님이라곤 아무도 없다. 삼수는 얼어붙은 듯한 방에 짐을 풀고 주인이 가르쳐준 온천 욕실에 문을 열고 들어간다. 그냥 시멘트 바닥에 뜨거운 물이 넘쳐흐르는 큰 통과 바가지 하나가 시설의 전부이다. 영하의 실내 온도와 손도 못 댈 정도로 뜨거운 물 때문에 삼수는 옷을 벗다가 말고 목욕을 포기한다.

외투까지 그대로 입고 자야 하는 냉기 속에서 한밤 내내 들려오는 것은 장백폭포 쏟아지는 천둥 같은 소리뿐이다. 그러나 사람 없는 여관은 너무나 고요해서 삼수는 점점 고통스러워진다. 그냥 혼자만 우주 어딘가 겨울 지옥으로 유배된 느낌이다. 밤이 깊어질수록 그 느낌은 점점 또렷해져서 삼수는 이를 악물고 일 초 일 초 살아있다는 사실을 견디고 있다.

다음 날 아침 삼수는 많은 눈으로 자동차 출입이 통제된 찻길을 따라 아이젠을 차고 백두산 정상을 향해 무작정 출발했다.

여섯 시간째 걷고있는 중이었다. 출발할 때 여관의 외벽에 매달아 놓은 온도계의 기온이 영하 28도였다. 자작나무숲을 지날 때만 해도 걸을 만 했다. 그런데 흑풍구가 가까워지면서 그야말로 흑풍이 5초 간격으로 쉼 없이 몰아쳐 오기 시작했다. 비스듬히 앞으로 몸을 기울여도 쓰러지지 않을 정도로 바람이 거셌다. 산에 취해 한때는 히말라야의 안나푸르나 베이스캠프도 올라갔던 삼수지만 이런 추위와 바람은 상상 밖이었다. 이 산을 경험한 적이 있는 친구는 백두산 천문봉 아래까지 도보로 서너 시간쯤 걸린다고 했었다. 거기에 기상관측소를 겸한 숙소가 있고, 그 숙소를 산장처럼 방을 빌려주고 있는 조선족 청년이 있다는 것이었다. 친구 말만 믿고 이리 올라온 것이 잘못이었다. 소변을 봐도 물이 바닥에 닿기 전에 얼어버리고, 숨을 쉴 때마다 내뱉는 호흡 속의 물기가 바로 얼어 입 주변이 다 얼음이 되었다. 바람이 흑풍구에서 몰아쳐 올 때마다 도저히 걸을 수가 없어서 그는 30kg이 넘는 배낭을 멘 채로 바람을 피해 바닥에 엎드렸다. 그리고 바람이 멎은 2, 3초 사이에 재빨리 일어나 다시 몇 발자국을 전진할 수 있을 뿐이었다. 죽을 것 같다는 생각이 들었다. 이젠 몸이 다 얼었기 때문에 대여섯 시간을 되돌아서 돌아갈 수도 없었다. 산에 오르는 사람 하나 없는 이 추위에 숙소는 무슨 숙소이겠는가…? 싶은데 빙빙 돌아가는 언덕 하나를 마저 오르자, 웬 짓다 만 듯한 단층의 콘크리트 건물이 있기는 있었다. 가까스로 그곳에 도착했을 때는 이미 입이 얼어 말을 할 수 없는 지경이다. 삼수는 거의 마비된 팔을 들어 올려 문을 쾅쾅 두드렸다. 아무 기척이 없다. 그는 다시 가까스로 몇 번 더 문을 두드렸다. 역시 기척이 없다. 그가 기진맥진해서 그 자리에 주저앉는데, 놀랍게도 철컥 소리를 내며 문이 열리더니 두 남자가 그를 빤히 내려다보았다. 그는 그대로 혼절했다.

삼수는 얼마나 잤는지, 자신에게 무슨 일이 일어났는지도 모른다. 눈을 뜨자 우선 천정에서부터 한쪽 벽까지 내려온 거대한 얼음덩어리가 보인다. 그럼에도 다행히 방에는 온기가 조금 있다. 키가 작고, 몸이 단단해 뵈는 한 청년이 북한 말투로 말한다.

"살아났네요? 나 참 아저씨, 여기가 어떤 덴 줄 알고… 만약 우리가 여기 없었으면 어찌할 뻔했소?"

그러면서 여기는 실내조차도 일주일은 연탄을 때야 천정의 얼음이 다 녹는다고 말한다. 그러자 그릇을 손에 들고 80년대식 장발을 한 다른 청년이 문을 밀고 들어온다.

"한국인 사업가가 음력 1월 1일에 고사를 드린다고 값을 많이 준다는 바람에 우리가 사흘 전에 이도백하에서 올라와서 사흘 내내 연탄을 때서 겨우 이 방 한 칸 녹여놨는데, 우리가 엉뚱한 아저씨 수발을 들고 있네" 한다. 겨우 몸을 추슬러 청년이 끓여준 죽을 한 그릇 먹고 나니 비로소 제정신이 돌아온다. 통성명을 해보니 그들은 둘 다 35세 조선족 노총각들이다. 한 사람은 연변의 법대를 나와 중국 변호사 시험을 준비 중이라고 하고, 한 사람은 거들먹거리며 자기네는 중학교 동창이며, 자기는 좀 주먹이 센 사업가라고 한다. 그리고 모두는 곧 호롱불을 끄고 자리에 누웠다. 예비 변호사가 "여기는 왜 왔소?" 하고 묻는다. 떠듬떠듬 내가 대답한다.

"글쎄요…… 엇튼 여긴 가장 추울 때 오고 싶었어요."

장발 청년이 헛헛하고 실소를 한다. 곧 둘의 코 고는 소리가 시작될 때쯤 삼수는 점점 더 정신이 또렷해진다. 문밖에서 이상하게 쿵쿵쿵쿵하고 방아 찧는 소리가 끊임없이 들려오기 때문이다. 그는 자리에서 일어난다. 옷을 있는 데로 껴입고 얼굴을 꽁꽁 싸매고서 그는 군대 내무반 같은 복도를 지나 심호흡을 한 후에 문을 열어젖히고 밖으로 뛰어나간다. 눈을 못 뜨게 할 정도의 추위가 순식간에 온몸에 꽉 들어찬다. 바람 부는 쪽을 외면하고 쿵쿵쿵 소리 나는 쪽으로 머리를 향했더니, 멀리 백두산 분화구의 동쪽 사면이 한눈에 들어온다. 소리는 그 분화구의 속에서 들려오고 있었다. 허연 산의 입김이 무슨 떡시루에서 떡을 찌는 듯, 그 거대한 분화구에서 솟아올라 하늘 높이 솟아오르고 있다. 그곳에서부터 끊임없이 쿵쿵쿵쿵하는 소리가 울려 나왔다. 잠깐 쳐다본 하늘엔, 세상에…… 초록색의 별이 다 있다. 노란색, 파란색, 색깔 없는 색, 온갖 별들이 가까운 별, 먼 별 순으로 하늘 속에 입체적으로 배열해 있다. 그 별 들을 향해 입김을 토해내는 백두산의 거대한 아가리가 입을 벌려 그에게 가르쳐준다. 여기도 별이다.

한 밤이다. 잠든 딸애 곁에서 덕남은 벽에 걸린 지밀(至密)을 흔들어 본다. 지밀은 그녀가 수술을 받을 때, 삼수가 선물한 나무 인형이다. 지밀도 그가 붙여준 이름이다. 그는 나무 인형을 조종하는 끈을 잡아당겨 인형을 한번 춤추게 하면서 '지밀'은 세상의 가장 깊은 비밀에 이른다는 말이라며 너는 곧 세상의 깊은 비밀에 도달하게 될 것이라 했다. 나무 인형이 마음에 들어 덕남은 '막'이라는 성까지 정해주었다. 마구마구 막.지.밀. 몸통에 연결된 줄을 잡아당기면 야자수로 치부를 가린 지밀은 마구마구 다리를 머리 위까지 들어 올리며 춤을 춘다. 그녀는 지밀을 한번 당겨 보려다 이내 그만둔다. 왠지 지밀이 침울해 보이기 때문이다. 춤출 기분이 전혀 아니니다. 딸이 잠든 것을 확인한 후 휴대폰을 꺼내 들고 삼수에게 문자메시지를 쓴다. '좁다란 공간에서 그것도 먼지로 뒤덮인 곳에서 숨을 쉬는 일이 반복된다면… 언젠가 익숙해지기 마련이다. 누군가로부터 무한의 사랑을 받는 일도, 경멸스러운 눈빛으로 미움을 받는 일도, 이 모든 것들은 시간이 흐를수록 자연스러운 일이 되고, 그저 당연하게 여기게 된다. 슬퍼해야 할까? 기뻐해야 할까? 당신을 만난 지 일주일 만에 암 진단을 받았지만, 그 전부터 오래오래 버티다 곪아 터진 내 삶의 무게는 당신과 다르다. 내 고통이 단순히 인간과 인간이 주고받는 감정 따위의 문제였다면 내 삶이 덜 비참했을지도…… 이젠 죄 없는 당신을 놓아 보내야 하는데, 나 홀로 정해놓은 틀 속에서 열심히, 멍청하게, 어쩔 수 없이 쳇바퀴를 돌고 있는 꼴이 우습다. 요즘은 아무도 내게 화내지 않았음에도 겁이 나고, 가슴이 답답한 걸 보면 아직도 멀었나 보다. 익숙해지는 일도— 어른이 되는 일도— 지금 어둠에 섞여 흩날리는 백설에 내 동공이 얼어 멈춰버리기라도 할 것 같이…….'

메시지를 쓰다 말고 '어라!' 하고 덕남은 깜짝 놀란다. 자신이 순간 깜박 잊고 있었던 존재 때문이다. 옆에서 병든 에미를 지키다가 코 고는 딸년의 존재. 덕남은 소중한 그 무엇을 다시 되찾기라도 한 것처럼 딸을 한참 동안 바라본다. 그리고 삼수로서는 이해하기도 어려운 푸념을 자신이 늘어놓았다고 생각하다가, 메시지를 그냥 지우고 만다. 그녀는 딸 곁에 머리를 더 가까이 두고 눕는다. 코끝이 살짝 아려온다. 눈보라가 창밖을 후다닥 한 번 더 때린다. 지밀이 눈보라 속을 뜨겁게 응시하는 것이 느껴진다.

산장에서 눈을 뜨니 오늘이 김정일의 3주기 장례식이라고 중국 변호사 공부를 하는 청년이 말해준다. 그저 여기가 중국이로구나 하는 앎과 함께 오히려 담담해진다. 삼수는 그동안 사흘을 내리 앓았다. 바깥의 한밤은 계속 영하 사십 도가 넘었다고 한다. 아픈 중에도 천지로 내려가 봐야겠다고 우겼으나 청년은 고개를 가로저었다. 사흘 내내 눈보라였다가 안개의 바다였었다. 사흘 내내 떡시루 같은 백두산 분화구에서 쏟아져 나오는 방아 찧는 소리만 들었다. 쿵쿵쿵쿵쿵, 쿵쿵쿵쿵쿵, 쿵쿵쿵쿵쿵……. 그 소리 속에서 그는 줄곧 고열에 들떠 헛소리를 지껄이다가, 또 오한 속에서 이가 딱딱 마주쳤다. 아픈 내내 까무룩 하게 잠속으로 잠깐 빠져들기라도 하면 마음속에는 이도백하에서 백두산 초입까지 새하얗게 수 십 킬로미터를 줄지어 서 있는 자작나무 숲이 떠올랐다. 눈 속의 희고 차가운 나무들… 그 틈으로 보이던 얼지도 않고, 힘차게 흐르는 시냇물들, 너무도 맑아서 왠지 검게 느껴지는 무거운 물들의 경쾌하고 재빠른 움직임, 그리고 알 수 없는 숲속의 어떤 시선들. 초등학교 교실 한쪽 벽 크기라도 될 만큼 거대하고 투명한 눈동자가 이 모든 것을 보고 있고, 또 숲속 저편에는 작고 강렬하게 반짝이는 파란 눈동자가 나무들 사이에서 언뜻언뜻 재빠르게 지나가곤 했다.

그야말로 사과 궤짝 위에서 중국법전을 공부하던 청년이 삼수를 불러 세운다.

"낼쯤이면 날이 갤 겁니다. 내가 위에서 내려다보면서 소리 지를 테니 안내하는 쪽으로만 내려갔다 오우." 삼수는 고개를 끄덕인다. 그는 한국에 돌아가면 곧, 의뢰받은 무진 스님의 책을 내야 한다. 스님은 77세다. 홍천 가리산에서 장좌불와 10년, 나무 위에서 수행 3년, 기타 도합 40년의, 탁발을 기본으로 한 피비린내 나는 수행으로 도가 통했다고 했다. 삼수는 그를 열흘 전에 만났고, 두 차례 이야기해 본 것뿐이지만 사람을 무턱대고 잘 믿는 삼수는 그를 또 터무니없이 인정한다. 성철스님과 김수환 추기경 이후로 도 닦는 분들을 다시 마음속에서 인정해 보기는 이분이 처음이라고까지 생각했지만, 삼수는 한 편으론 또 하나의 고통이 그의 몸에 척 달라붙는 것도 동시에 느꼈다. '그는 나와 삶의 차원이 다르다.' 그래서…… 그런데…… 그러니까…… 어찌해야 할 바를 모르겠다. 그는 내가 속초항으로 떠나기 삼 일 전 서울의 포교당에서 삼수의 손을 잡고 한 음절씩 힘주어 말했다.

"나를 도와줘." 옆에 있던 상좌 보현보살이 "야, 우리 스님이 누구한테 도와줘 하는 소리 8년 상좌 생활 만에 처음 듣는다." 하고 추임새를 넣었다. 큰 스님은 제자인 보현보살의 간청으로 책을 내기로 수락하고 나서 백일을 기다렸는데, 그 기다림 끝에 나타난 사람이 나라고 했다. 이 어이없는 사실에 삼수는 그저 한번 고개를 끄덕일 수밖에 없었다. 거기다 덧붙여 적어도 경(經)·율(律)·론(論)으로 나누어 세 권은 내야 스님의 법을 어느 정도 펼 수 있겠다고 말씀은 드렸지만, 삼수는 그 책을 보시하듯 내드릴만한 돈이 없었다. 스님도 돈이 없다. 보살도 돈이 없다. 삼수에겐 그저 자그맣게 살아갈 만한 돈이 있을 뿐이다. 그렇다고 돈만 없는 건 아니다. 이 팍팍한 시절에…… 스님의 도는…… 남북의 통일문제보다 더 멀다. 아주 근원적이지만 현실과는 반대 방향이어서 그 둘은 점점 멀어진다. 그래서 거기엔 꼭 필요한 적정 거리가 없어진다. 그 이도 저도 아닌 막막한 사이에서 그저 가슴이 양방향으로 다르게 당겨져 찢어지는 걸 느끼는 삼수가 살고, 또 그 옆 어디쯤에 가슴이 잘리고 머리털이 홀랑 빠져버린 덕남이 산다. 각기 다른 인간들의 세상과, 또 머나먼 별들 사이에도, 서로 닿지 못하는 안타까운 연민과 냉소만이 가득할 뿐이다. 출판사는 삼수 개인의 책을 조그맣게 내는 것부터 시작하려고 했었다. 고통을 느끼며 삼수는 잠이 든다. 그러자 곧 비몽

사몽간에 산장의 얼어붙은 옆방에서 푸르딩딩하게 얼어붙은 무진 스님이 나타난다.

꿈속에서도 삼수는 기가 막힐 노릇이다. 그는 서로의 차원의 다름 앞에서 몸서리가 쳐진다. 우선 그부터 스님의 차원에 살고 있지 않고, 사람들은 스님의 차원으로 살려 하지도 않는다. 점점 멀어져 갈 뿐이다. 그런데 스님은 또 어디에다 무엇을 편다는 말인가. 이번엔 다른 얼어붙은 방에서 입술이 새파래진 덕남이 나타난다. 그녀는 지금 당장 자기를 떠나라고 한다. 그건 그녀가 처음 만나 곧 암 진단을 받은 6개월 전부터 줄곧 해왔던 말이긴 했다. 자기는 이제 누구와도 재혼할 수 없고, 또 이 병이 안 걸렸다 하더라도 또다시 누군가의 집안의 굴레로 들어가는 일은 결코 할 수 없다고 한다.

삼수는 이번에도 어안이 벙벙해진다. 그녀는 삼수의 속내를 전혀 이해하지 못한다. 삼수는 그녀에게 결혼을 요구해 본 적이 없다. 그는 단지 추위에 새파랗게 얼은 그녀의 입술과 손발을, 몸을, 마음을, 온몸으로 녹여주고 싶을 뿐이다. 엉뚱하게 규격화된 미래에 그녀 역시 저당 잡혀 있다는 사실에 삼수는 놀란다. 그러자 그녀는 천천히 자기의 얼어붙은 방으로 다시 돌아간다. 그리고 안에서 철컥하고 문을 걸어 잠근다.

이번엔 산장의 입구 가장 가까운 방의 문이 열리더니 또 한 사람이 걸어 나온다. 자세히 보니 엉뚱하게도 죽은 김정일이다. 그는 오히려 조금은 가벼운 표정이다. 삼수는 웬일로 그에게 반갑게 다가간다. “형님 오랜만입니다.” 하는 삼수의 말에 김정일은 한참 동안 묵묵부답이다가 누가 듣기라도 할세라 삼수의 귀 가까이에다 살짝 말한다.

“다시는 나를 형님이라고 부르지 마라. 내가 살아있는 시절 같았으면 그 자리에서 너를 죽였다.”

삼수는 오히려 “예 형님!” 하고 씩씩하게 어깃장을 놓고는 머리를 한번 숙여준다.

삼수는 산장의 모든 얼어붙은 방에서 문을 걸어 잠근 채 밤새도록 온몸이 파랗게 얼어가고 있는, 서로 차원이 다른 무수한 사람들과 얽히고설키는 꿈을 밤새도록 꾼다.

일어나 바깥을 보니 구름 한 점 없이 청명하다. 삼수가 산장에 머문 지 오 일째 되는 날이다. 바람도 잦아들었다. 그는 예비 변호사 청년이 천문봉 꼭대기에서 가르쳐준 대로 북한 쪽 백두산 능선으로 이동해서 발밑의 천지를 향해 하산하기 시작한다. 아이젠을 찬 발로도 몹시 미끄러워 몇 번을 나동그라진다. 천문봉에서 천지까지는 표고 500m 정도 차이가 난다. 한 시간을 숨을 헐떡이며 내려오자 얼어붙은 천지가 가까이 나타난다. 천문봉 쪽으로 손을 흔들자 작은 점처럼 보이던 청년의 실루엣이 휙 하고 시야에서 사라진다. 청년이 가르쳐준 데로 북·중 경계라는 자그마한 나무가 하나 서있다. 화구 안에서는 유일한 나무라고 했다. 삼수는 그 불같은 나무를 잡아본다. 그때 삼수는 문득 덕남을 느낀다.

한참 불나무를 잡고 서 있던 삼수는 조심스레 천지 안으로 들어선다. 천지는 눈이 덮여 새하얗다가도 갑자기 불어닥치곤 하는 엄청난 바람에 또 눈이 다 날려가서 투명한 얼음판이 그냥 듬성듬성 드러나 있다. 나무 아래 얼어붙은 호수의 가장자리에서 보글보글 물 끓는 소리가 난다. 가까이 다가가 보니 거기에는 얼음이 얼지 않고 그 대신 뜨거운 물방울이 솟아오른다. 그제서야 왜 그 추운 한밤에 분화구 안에서 허연 입김이 솟아올랐는지, 그 쿵쿵 소리는 또 무엇이었는지 짐작이 간다. 백두산은 살아있다.

삼수는 얼어붙은 천지의 동쪽 끝에 서 있다. 그가 갈 방향은 천지 서편의 제석봉이다. 막상 수면에 올라서고 보니 아득하게 멀다. 직선거리로만 십 리 길이다. 삼수는 얼어붙은 천지를 가로지르기 시작한다. 한참을 걷는데 까마득히 먼 북한 쪽 수로국 경비초소에서 자동소총의 노리쇠를 후퇴 전진시키는 철컥하는 쇳소리가 들려온다. 삼수는 이상하게 전혀 겁이 나지 않는다. '여기서 총 맞으면 영광이다'라고 그는 생각한다. 그는 곧바로 천지를 가로질러 횡단을 시작한다. 중간중간 눈이 걷혀 속이 드러난 천지 위에 가만히 서본다. 얼음은 온통 투명한 유리 벽이다. 50센티 이상 된 얼음의 두께마저도 환히 드러나 보인다. 중천에서 햇볕이 쏟아지는데도 그 속은 새까맣다. 그는 의아해진다. 자작나무 숲 사이로 흐르던 맑고도 검은 느낌이 나는 물이 떠오른다. 왜 이럴까? 햇빛의 직사 속에서 얼음과 물이 이렇게 투명한데도 어떻게 깜깜할 수가 있는가? 그러다 그는 깨닫는다. 이 물의 깊이는 300미터가 넘는다. 그러니 햇빛이 직사로 내리쬐도 햇빛은 200미터까지 밖에는 도달할 수가 없다. 그래서 그 이하의 깊이는 한낮에도 시커먼 어둠이다. 그 깊은 어둠이, 너무도 투명한 천지의 물이어서 햇빛 속에서도 제 어둠을 잃지 않고 그냥 드러난 것이다. 어둠과 빛이 동시에 공존할 수 있다는 걸 처음 보았다. 혹시 간밤 꿈에서의 이 차원과 저 차원도? 라고 생각하자 그는 속이 시원해지는 것을 느낀다. 공존이란 이런 것인가 하는…… 그러자면 어느 한쪽은 끝도 없이 깊어야 한다. 머릿속 깊은 데가 알 수 없이 조금 해결되는 듯해지자, 쌓였던 눈 더미가 바람에 날아가 깨끗해진 천지의 투명하고 깊은 물이 다시 발 아래에서 삼수를 향해 올라온다. 너무도 두려운 섬뜩한 경외심이 천지의 깊은 곳에서 올라와 그의 발끝에 살짝 닿는다.

두려움 속에서도 '순간 여기가 푹 꺼져서 저 깊은 밑바닥에 내려가 죽어도 좋으리' 하는 차갑지만 따뜻한, 이상한(감정과 정신이 한 덩어리가 된 듯한) 파란 불덩어리가 가슴 속에서 생겨난다.

삼수는 계속 걷는다. 사십여 분을 걷고 나니 천지 한 복판이다. 정면으로 북한 쪽 장군봉이 거인처럼 우뚝 서서 그를 가만히 본다. 큰 눈! 그는 제자리에 서서 가만히 고개를 돌려 상하좌우를 살펴본다. 사람이라곤 화구 안에 북한군 초소의 병사와 얼음 위의 그밖에 없다. 뭔가 냉정하고, 깊고, 뿌듯하고, 외경스럽고, 정다워서…… 그는 그도 몰래 모자를 벗고 장갑을 벗는다. 그리고 동서남북에다 각각 한 번씩 절을 한다. 절을 하고 일어나니 이상하게 수도꼭지라도 튼 듯 눈물이 뿜어져 나온다. 그는 웃으면서 마구 눈물을 흘린다. 그리고 눈물이 그칠 때쯤, 요술처럼 천지 위에 사각형의 유리로 된 작은 방들이 벌집처럼 서로 붙은 채로 수천 개도 넘을 투명한 방들이 천지 호수를 다 메우며 무수하게 나타난다. 그리고 그 모든 방들은 각각 하나씩의 황금빛 박달나무 기둥들을 가지고 있다. 간밤의 꿈처럼 모두들, 안에서 스스로 걸어 잠그는 얼어붙은 방 따위는 하나도 없다. 천지 위의 방들은 천정도 지붕도 없고 방의 위쪽은 그냥 천지의 새파란 하늘로 열려있다. 그 요술 같은 환상이 오 분쯤 지속된다. 그는 그저 이것이 무슨 선물인 것만 같아서 두 손을 모으고 바라볼 뿐이다.

천지를 왕복하는 데는 꼭 세 시간이 걸렸다. 그리고 다시 한 시간 반을 천문봉으로 기어올라 어둑해질 무렵에야 산장으로 되돌아왔다.

그로부터 이틀이 더 지나고 음력 1월 1일 설날이다. 한국인 사업가가 중국 공안의 설상차를 타고 요란한 소리를 내며 나타났다. 그가 내리는 자루에서 돼지머리가 삐죽이 보였다. 조선족 청년들이 황급히 자루와 여타 재물들을 넘겨받았다. 삼수는 산장을 떠나며 위쪽 언덕을 오르다 말고 그 광경을 내려다보았다. 날씨는 맑다. 삼수는 조선족 청년이 가르쳐준 새로운 능선 길을 따라 흑풍구의 머리 위를 지나 백두산을 내려왔다.

그 후에도 삼수는 만주를 꽤 떠돌았다. 연변에서 용정, 얼어붙고 삭막한 해란강까지. 그리고 여기는 다시 중국과 러시아의 국경도시 훈춘이다. 좀 늦은 밤이어서인지 훈춘의 북한 식당은 문을 닫았다. 그래서 그는 건너편의 조선족이 경영하는 식당에 들어갔다. 칠십 위안짜리 홍게를 시키고 고량주를 청했다. 마시면 머리를 두 번 돌려준다는 이과두주다. 손님이 없는 가게에는 주인과 삼수 둘뿐이다. 그는 서서히 취해간다. 비디오와 연결 되어있는 TV에선 오년 전쯤의 한국 쇼 프로그램이 나온다. 소녀시대가 하얀 해군 복장을 하고 핫팬츠를 입고 요염하게 한 다리를 흔들며 꼬는 동작으로 춤을 춘다. 춤이 끝나자, 이번엔 주인이 뮤직비디오를 갈아 끼운다. 이번엔 십 년도 넘은 옛 비디오다. 몸이 앳된 여가수 이정현이 나와서 보랏빛 부채를 들고 와와하고 노래를 부른다. 배가 툭 튀어나온 삼수 또래의 식당 주인은 TV곁으로 바싹 다가앉더니 얼굴이 해바라기로 변한다. 자기는 특히 이정현을 좋아한댄다. 그래서 이정현 뮤직비디오를 10년째 소장하고 있다고…….

삼수는 두 병째의 이과두주에서부터 머리가 빙글빙글 돈다. 법을 펴야 하는 무진 스님과, 떠나라고 하는 가슴이 잘린 그녀와, 저의 아버지에 뒤이어 얼굴이 납빛이 된 김정은과, 이번엔 오만 도깨비 분장을 한 이정현까지 가세해서 부채를 돌리며 마구마구 삼수의 머리를 돌려준다. 그 모든 것이 합성되어 머릿속에서 짐승이 튀어나올 것 같다. 갑자기 삼수는 으르렁대고 싶어진다. 책상이건, TV건, 술병이건, 중국 도자기건, 이정현 뮤직비디오건, 눈에 보이는 건 다 파괴하고 싶다. 그는 눈앞의 이과두주 병을 꽉 잡았다. 그리고 병째 벌컥벌컥 마셔버리고 깨어져라 술병을 탁자에 탕 하고 놓는다. 주인이 깜짝 놀라 삼수를 쳐다보더니 서둘러 뮤직비디오를 툭 끈다. 다섯 번도 더 되감겨서 끊임없이 와를 외치던 이정현부터 브라운관 속으로 사라진다. 모두가 하나하나 얼어붙은 자기 방으로 돌아간다. 삼수는 서둘러 계산하고 밖으로 나간다. 겨울임에도 이곳의 공기는 탁하다. 발밑에선 저벅저벅 얼음이 깨어진다. 산에서 겨울 늑대로 살아야 하는가? 아니면 길을 잘못 들어 시내로 난입한 늑대로 살아야 하는가? 또 애꿎은 문학 이론이나 팔아먹으며 샌님 책상물림인 척 해야 하는가? 내가 어찌 살건…… 덕남의 사라진 한쪽 유방은 대체 어찌해야 한단 말인가? 그 흉터를 해결하지 않고서야 도대체 나에게 무진 스님의 법은 뭐 하는 거며, 죽은 김정일과 동상에 걸려 죽어가는 김정은은 대체 어디다 쓰는 물건이냐고. 그러다 삼수는 그 모든 걸 백두산 분화구— 그 떡시루에다 다 집어넣고 푹 쪄버려? 하고 생각한다. 그런데 그렇게 하는 방법을 찾을 수가 없다. '내가 천지속을. 하늘을 뭘 알어…… 난…… 아무 것도 아닌데.' 하고 삼수는 자포자기한다. 그는 그가 묵을 여관의 지하로 내려간다. 노래방이다. 되는대로 돈을 지불하고 칭따오 맥주를 시킨다. 그리고 손짓발짓으로 아가씨는 필요 없다고 말한다, 컴컴한 방에서 천정의 알록달록한 조명기구만 지구처럼 번쩍거리며 돌아간다, 차분해지자고 몇 번 속으로 되뇌인다. 그러면서도 큰 컵에 따른 맥주를 단번에 들이켠다. 여기는 대체 어디인가? 삼수 스스로 묻고 스스로 대답한다. "옆! 여긴 앞도 아니고 뒤도 아니야! 위도 아니고 아래도 아니야! 여기는 옆이야! 인간 세상이라는…… 옆. 우주의 옆 동네… 곁가지 인간 세상이야. 그것뿐이야. 그냥 잡동네야. 막 섞여 돌아가. 그래서 이 동네에선 무진도, 나도 다 잡놈이야. 계통도 없는 실타래들이 마구 뒤엉킨 한 덩어리의 털 뭉치일 뿐이라고. 막지밀! 너는 모른다. 야! 늑대! 어이 백두산 늑대 새끼! 너도 더 이상 내 옆에서 주접 떨지 말고 숲으로 돌아가. 지금 당장!"

삼수는 남은 칭따오 맥주를 병째 들이킨다. 지구가 마구 마구 돌아간다. 맥주병이 탁자 밑으로 떼구르르 구르더니 바닥에 떨어져 산산조각이 난다. 그는 이제 거의 의식이 없다. 그러는 중에도 내일이면 다시 만날, 짜르비노의 커다란 산자락이 위안처럼 떠오른다. 그 산은 유두도 없고 젖무덤 같이 봉긋 솟은 능선도 없다. 그러나 거기엔 상처도 없다.

곤지암 버스 정류장이다. 마른 햇빛 속에서 몹시 말라 있는 덕남의 모습이 보인다. 그녀는 모자를 벗은 대신 가발을 쓰고 있다. 삼수가 그녀를 처음 만났을 때의 치렁치렁한 머릿결 그대로이다. 그는 버스에서 내려 덕남에게 다가간다. 그녀는 어린아이같이 방그레 웃고 있다가 삼수의 손을 꼭 잡는다. "새 지밀은 얻었어?" 덕남이 묻는다. 삼수가 고개를 끄덕인다. "무슨?" 덕남이 다시 묻는다. 삼수는 대답하지 않고 마음씨 좋은 시골 할아버지처럼 웃다가 덕남의 손을 몇 번 크게 흔든다.

다음날 삼수는 덕남과 함께 인천으로 갔다. 인천 차이나타운 언덕의 북쪽 끝자락을 한참 헤매다 '코모도 타투'라는 이름의 가게를 발견한다. 퇴락의 냄새가 역력한 가게의 문을 열자, 레슬러 같은 몸집에 노랗게 물들인 스포츠머리를 하고 한쪽 귀에만 네 개의 귀걸이를 한 여자가 그들을 맞는다. 여자가 가발 쓴 덕남을 뚫어져라 쳐다본다. 삼수는 잠자코 덕남의 외투를 벗게 하고 머플러와 스웨터를 벗기고 남방의 단추를 세 개 글러서 오른쪽 어깨와 가슴이 드러나게 한다. 그리고 젖무덤이 사라진 가슴을 보여준다. 그러자 레슬러 같은 주인 여자는 몇 발짝 침대가 있는 쪽으로 걸어가다니 낡은 비로도 장막을 걷는다. 그러자 살림방인 듯한 문이 나타난다. "언니 나와봐, 이건 내 과가 아닌 것 같아." 그러자 문을 열고 등장한 언니는 눈이 뱀처럼 날카롭게 찢어지고 그러면서도 아직 뱃사람 특유의 야성이 남아있는 장발의 오십 대 남자이다. 금빛 해바라기가 수놓아진 화려한 남방을 입은 그는 덕남의 유방이 있던 자리에 남겨진 십오 센치 길이의 시커먼 흉터를 당황하지 않고 찬찬히 살펴본다.

삼수가 말한다. "이 흉터를 장미 줄기로 삼아서 가시를 네 개쯤 집어넣고 그 끝에 세상에서 제일 새빨간 장미를 새겨주세요." 가게 안이 조용해진다. 시간을 들여 상처 자국을 바라보던 언니가 말한다.

"올드스쿨로 가야겠죠?" 언니의 말에 삼수는 당연하다는 듯이 고개를 끄덕인다.

"난 영구 문신밖에 안 해요. 아시죠?" 이번엔 언니가 덕남을 보고 말한다. 덕남도 천천히 고개를 끄덕인다. 언니는 덕남의 남방 단추를 마저 그르고 옷을 벗게 한 후 간결하고 큼직하게 그녀의 가슴에 밑그림을 그린다. 그러고 나서 언니는 기구 중에서 꽤 굵어 보이는 바늘을 골라 라이터 불을 한번 두르더니 검은 잉크를 듬뿍 찍고 덕남을 다시 쳐다본다. "조금 아플 겁니다. 검은 물이지만 살 속에 들어가면 약간 푸른색의 가시로 바뀔 겁니다. 아시겠어요?" 덕남은 또 한 번 고개를 끄덕인다. 언니는 선 하나에 각각 다섯 번씩 한땀 한땀 검은 물을 찔러 넣기 시작한다.

검은 물이 쏜살같이 자작나무 숲을 통과하기 시작한다. 투명하지만 무겁고, 유속이 빠르며 깊어서, 아무 소리도 나지 않는 백두산 아래 숲속의 검은 물 말이다. 레슬러 같은 주인 여자가 어디론가 사라지고, 실은 남자인, 언니의 날카롭고 진지한 집중 때문에 가게에는 어떤 열렬함이 생겨난다. 덕남이 그 열렬함을 전이 받아 눈안개 속의 나무들처럼 열렬하게 서 있다. 고요한 가게에 시간이 한땀 한땀 흐른다.

이윽고 커다랗고 시커먼 가시가지를 가진 무섭도록 새빨간 장미가 덕남의 가슴에 새겨진다. 석양의 햇빛이 수평으로 가게 유리창을 통과하면서 코모도 타투의 코모도를 확 비춘다. 덕남이 숨 쉴 때마다 부풀어 오르는 갓 태어난 장미에게 코모도가 붉은 혀를 내민다. 언니가 닭피 묻은 바늘을 그때까지 손에 꼭 쥔 채로 '아!' 하는 비명인지 탄식인지 모를 소리를 내지른다.

날자, 나쁜 꿈 꾸지 말고

날자, 나쁜 꿈 꾸지 말고

TV가 스스로 진화를 한다? 어찌 된 영문인지 짐작 가는 바가 있어 나는 원룸텔의 허공에 대고 고개를 끄덕인다. 1시간 전 나는 내 허공의 TV에 요즘 들어 부쩍 자주 등장하는 고려 중기의 시인, 이규보 선생과 쟁론하고 있었다. 그는 "삶만이 즐겁다고 말하지 마라, 죽음 또한 즐거운지 누가 알겠는가?"라는 화두를 꺼내 들었고, 나는 재빨리 옛 기억을 되살려 그가 쓴 동국이상국집 제9편 '미인과 희롱하는 꿈을 꾸고 나서'를 예로 들며 오히려 이 선생이야말로 꿈속의 꿈이 현실이 아니라는 증거를 대 보라고 그를 몰아붙였다. 그러자 선생은 죽음과 삶을 말하기 전에 변(變)과 화(化)의 과정을 얘기해 보라고 다시 나를 다그쳤다. 자기 주변의 1미터 이내의 허공만 이해하면 우주의 모든 것을 알 수 있다던 나의 옛 스승의 말씀은 거짓이 아니었다. 그 순간에 문득 두서없이 화면이 바뀌며 명 아무개 작가가 내게 원고 청탁을 했던 장면이 컴퓨터의 배너 광고처럼 떠올랐고, 메인화면에 나타난 글자는 <즐거운 편지>였다. 요 며칠 사이, 쌍방 소통이 가능할 정도로 부쩍 진화한 내 허공의 TV가 던져준 갑작스런 메시지는 <즐거운 편지>를 쓰라는 것이라고 나는 받아들이기로 했다. 그래서 쓴다.

이런 이상한 말을 하긴 하지만, 나는 지금 분열도, 강박도, 어떤 혼돈도, 아닌 상태다. 한마디로 말해서 멀쩡한 정신으로 충무로 오투(O2) 원룸텔 23호에 있다. 오랜만에…… 어쩌면 수십 년 만에 멀쩡해져서, 이번 여름 방학 이후, 칩거 4주 만에 펜을 드니 한글이라는 문자가 멀미 날 정도로 딱딱하게 보인다. 그러면서도 그 문자들의 밀도는 꽤 낮아서 또한 아주 공허하게까지 느껴진다. 나의 현재의 이런 감각과 예민함은 오랜 단식에 따른 의식의 빨라진 속도와 담백함이랄까 하는 것 때문임이 분명하다. 배고픔이 고통으로 인식되는 시간은 이미 지나갔고, 나는 점점 이러한 청명함과, 일생 동안 한 번도 경험 못 했던 신묘한 감각의 제국을 즐기고 있다…… 라고 믿으련다.

어쨌거나 한글'ㅇ'(이응)의 부드러운 모양마저 없었다면 한글의 운명이 어떻게 달라졌을까? 나는 저절로 그 답마저 알 것만 같다. 너무 오래 굶어서 그런가? 나는 점점 더 아주 가볍게 대상의 껍데기를 무사통과해서 그 알몸을 바로 만날 수 있다.

나는 'ㅇ'에서 시작하는 최초의 말을 나열해 본다. 아아아…… 라고 나는 우선 써 본다. 그러자 묘하게도 글 끝에 진저리 치는 'ㅇ'의 시커먼 고뇌가 따라 나온다. 밝고 명랑한'아'와, 어둡고 슬픈'아'의 서로 다른 톤이 지나칠 정도로 대비되어, 그 두 개의 '아'는 서로를 알아보지도 못하고 각기 다른 세계를 향해 서로 등진 채 서 있다. 나는 그 둘의 엇갈림이 안쓰러워 이번에는 자포자기하는 심정으로 하하하하하하하하하하하! 라고 마구 쓰고 느낌표를 콱 찍는다. 그러자 이 뭐라 말할 수 없는 'ㅇ'(이응)의 간극 속에서, 빼빼 마른 채 늙어버린 'ㅇ'이 구겨진 도포를 입고 낡은 갓을 쓰고, 가는 수염을 떨며 마구 헛웃음을 터뜨린다. 이상한 그림이다.

지금 내가 있는 곳은 서두에 쓴 대로 충무로고 오투(O2) 원룸텔이며 23호실이다.

말이 원룸텔이지 여긴 방안에, (변기에 앉으면 무릎이 출입문에 닿는) 폭 60cm짜리 화장실이 딸려 있다는 것만 빼면 일반 2평짜리 고시원과 다를 바가 없다. 그리고 방 한 켠에 A4 용지 두 장만한 창문이 달려 있고, 그 창문 밖으로는 멀리 대한극장이 보이고, 창문에다 고개를 간신히 디밀고 오른쪽을 꺾어 보면 남산이 아주 가깝다.

지금이 방학 기간이기도 하지만, 내가 이곳 23호에서 바깥을 안 나가본 지가 오늘로 23일째다. 장난처럼 시작한 단식이…… 알고 보니 장난이 아니었다. 좀 진지한 장난이나 실험의식으로 시작했지만, 날짜가 거듭되고 보니 이 짓은, 장난을 빙자한 나의 깊은 '자멸에의 열망'이었다는 게 드러났다.

처음부터 완전한 단식으로 시작한 건 아니었고, 하루에 야채죽 하나로 시작해서 일주일이 지나, 다음 단계의 단식으로 가보느냐 마느냐 하는 지점에 이르렀을 때, 그야말로 내 속의 진짜 나가 더할 나위 없이 진실되고, 낮고, 힘 있는 목소리로 "계속해"라고 말했다. 좀 이상하겠지만 그 명령을 따르는 건 달콤했다. 누군가 스스로 자신의 왕이 되어 본 적이 있나? 라고 한다면, 이 경우가 바로 '그렇다'이다. 그러니까 나는 얼마전 나 자신에게 '멸함'을 명령했던 것이다. 사람의 삶에서 이러한 끝을 명령할 수 있는 자가 있나?…… 있다면?…… 또 그걸 진짜로 수행한다면…… 그는 진정한, 적어도 자기 자신의 왕이다. 내 나이 58세, 나름 버틸 만큼은 버텼다. 약간 까실한 생의 미련이 남아 있긴 하지만.

나는 모 대학의 철학과 겸임교수다. 전공은(좀 낯설겠지만) 죽음학이다. 말이 겸임교수이지 방학 기간에는 연구비 20만 원이 전부다. 새삼스레 그런 걸 탓하고 싶지는 않다. 사춘기가 되기도 전부터 관심이라곤 사람이 죽는다는 것 밖에는 없었던 꼬마가 나름 생물학적 번식기를 지나 이 나이까지 그러그러하게 살아있는 것 자체가 내겐 작지 않은 기적이다. 그 기적들 끝에 나는 완전히…… 지쳐 버렸다.

내가 완전히 지쳐버렸다고 쓰자 무엇인가 아주 따뜻하면서도 연민에 가득 찬 느낌을 주는 손길이, 완전히 지쳤다는 딱딱한 글자 사이사이에 스며들어 완전히 지친 자를 감싸안기 시작한다.

완전히 지쳤다고 내 현실을 있는 그대로 쓰자마자, 돌연 깊은 곳에서부터 포근해지기 시작하는 건, 아마 지친 자와 감싸안는 자의 사이가 그동안 벽으로 막혀 있다가(자멸의 마당에 이르른 이상) 그 벽이 더 이상 존재 할 이유가 없어져서(어둠과 빛 같은) 두 명의 나가 서로 쉽게 만나기 때문일 것이다. 만나고 보니 너무 쉬웠던 'ㅇ'의 해후처럼 말이다. 덕분에 나는 계속 쓸 동력을 얻는다.

완전히 지친 것과, 완전한 절망과는 어떻게 다른가? 그런 건 또 다른 문제다. 나는 지금처럼, 벽 안의 나와 벽 밖의 나가 서로 만나 만들어내는 수만 가지 길의 파생에 가급적 휘둘리지 말고 중심을 잡아나가야 한다. 중심에서 단순화되어야 한다. 그래야 목표를 이룬다. 그런 관점에서 이제 내게 남은 건 오직 머릿속의 검은 밤과 머릿속의 검은 낮 뿐이다. 그래 나는 완전히 지쳤으므로 완전한 휴식을 원한다. '완전한 휴식' 그것이 '멸(滅)'일 것이다.

단식 3주째부터 나타나기 시작한 가장 재미있는 현상은 허공의 TV이다. 그건 문자 그대로 내 눈앞 사방 1m의 허공이 TV로 바뀐다는 거다. 채널은 내 마음대로 돌린다. 내일 뉴스를 보고 싶으면 뉴스 채널로 돌리고, 만약 '쓰나미와 일본의 미래'라는 다큐멘터리를 만들어 보고 싶다면, 제목만 떠올려서 다큐멘터리 채널로 돌리면 된다. 물론 화면은 옛날식으로 말하자면 총천연색 시네마스코프이다. 이렇게 재미있고 유익한 TV는 세상에 둘도 없을 것이다.

조금 전만 해도 나는 '열 개의 지옥'을 소개하는 다큐멘터리 중에서 '두 번째 지옥'을 구경했었다. 거기에서는 모두들 소처럼 쟁기를 끌면서 죽어라 일만 한다. 강원도 철원이나 도계 같은 대협곡이었다. 그곳에선 모두가 열렬히 고통받았지만 놀랍게도 모두가 열렬하게 성실했다. 나같이 게으른 자들이라면 그곳에서의 삶에서 배우는 바가 있을 것이다. 어쨌든 그들의 자발적 열성은 의아스러웠다.

어제는 쌍둥이 애들이 항상 붙어서 재잘거리며 사는 이상한 천국도 구경했다. 그곳에서는 집도, 달도 모두가 쌍둥이였다. 외롭게 죽었던 아이들도, 외롭게 죽은 별도, 외롭게 죽은 해도, 거기에서는 혼자서도 둘이니까 외로울 수가 없었다. 그들의 외로운 그림자는 모두 즐겁게 살아있는 실체로 변해 있었다.

그러나 그건 TV 속 얘기이고, 내가 이 원룸텔 — 그냥 고시원이라고 하자 — 에서 동국대생들과 성냥갑처럼 늘어선 인쇄공장의 젊은 직원들이 주 고객인 젊은이들 속에서 중늙은이의 부스스한 머리털과 반바지 차림으로 한층 위의 (여기는 6층이다) 주방에서 공용으로 만들어 놓은 밥과 김치를 노란 냄비에 퍼 담으며 섞여 지낸 지 어언 2년이 가까워 온다. 추석도, 정월 대보름도, 설날도, 나는 오투 원룸텔 23호에서만 보낸다.

그러기 전에 어이없게도 '동서 대화합 국민운동연합'이라는 사회운동단체를 만들지 않았다면 좋았으련만, 나는 그걸 했었다.

그 대목에서 이응(ㅇ)이 내게 연정을 품은 기생처럼 변해 자신의 비단 치마폭에 나를 누이고 내 머리를 섬섬옥수로 매만져 준다. 올려다본 'ㅇ'의 얼굴은 여자가 아니고, 남자도 아니고, 코도, 입도, 머리카락도 없는, 환한 보름달이다.

아무래도 나는 한글 중에서 가장 사랑하는 존재를 고를 때 'ㅇ'과, '푸르른 날'할 때의 '겹치는 ㄹ' 사이에서 고민할 것이다. 'ㅇ'이 사랑스런 보름달이라면, '겹치는 ㄹ'은 차원의 문을 여는 하늘색의 깊은 울림이기 때문이다. 나는 이제 허리를 반드시 펴고, 관만한 크기의 1인용 침대에 누워 '눈이 부시게 푸르른 날'의 하늘색 울림을 감상할 것이다.

2006년 늦가을 샛노란 은행 나뭇잎이 마지막 잎을 떨구던 때, 대학로의 마로니에 공원이었다. 수백 명의 젊은이들이 마스크에 X자를 그리고 청년실업에 대항해서 침묵시위를 벌이고 있었다. X자를 그린 마스크를 쓴 저 젊은이들의 심정이 오죽하랴 싶어서 구경꾼들에 섞여 그들을 지켜보고 있었다. 그때 한 청년이 재채기가 났던 지 마스크를 벗었다. 낯이 익은 듯 해서 자세히 봤다. 그는 바로 그 전날 내가 강의하는 한국 중세 철학을 들었던 4학년 학생이었다. 가장 진지하게 강의실 맨 앞자리에서 언제나 내 수업을 경청했던 '노진수'였다. 그는 한 달 전 수업 후 학교 부근의 선술집에서 나와 함께 막걸리를 마시며 말했다.

"저, 헤어졌어요. 4학년 2학기에도 CC를 계속하는 애들은 부르주아죠."

그가 부끄러워할까 봐 나는 마로니에의 군중 속으로 숨었다. 그들은 샛노란 마지막 은행잎을 몸에 받으며 그 후로도 2시간여를 피켓을 든 채 굳어 있었다. 그 침묵에 동참하는 동안 서서히 부아가 치밀어 올랐다. 그러니까 공적인 의미의 어른들, 소위 나리님들, 이를테면 이 지역 구청장이나 국회의원은 이 절규의 현장에 나타나지 않고 도대체 어디서 무얼 하는가 하는 분노 말이다. 생각해 보니 그들은 또 다음 선거에서 공천을 줄(우리들이 아니라) 영·호남당의 보스들에게 가 있었다. 나는 지역주의가 우리 애들의 실업 문제에도 직결되는 망국병이라는 것을 그때 알았다. 별 정치적 색깔도 없는 철학자인 내가…… 말하자면, 나라도 나서야 했다.

이러한 생각의 와중에도 얼굴이 보름달인 'ㅇ'의 손길은 예민하며 따뜻하다. 전신이 부드럽게 핥아지며 녹아드는 느낌 때문에 나는 고해성사 하듯이, 저 자음의 여신에게 무엇이든 기꺼이 꺼내놓고 싶어진다.

나는 전라도 광주의 옛 전남도청 앞에서 노.찾.사 멤버들까지 초청해서 동서 대화합 국민운동연합 1차 대회를 열었었다. 나는 무려 3천만 원의 빚을 내서 그 일을 시작했던 것이다. 나의 후원자들은 계속해서 정신적 후원만 줄기차게 해 주다가 2차 부산대회의 찬조금을 부탁하자 갑자기 정신적 후원마저 그쳤다. 나는 꼼짝없이 부산대회는 커녕 1차 광주대회의 빚 3천만 원을 그대로 감당해야 하는 처지가 되고 말았다. 그 이후 나의 주변머리에서 원금을 갚기는 고사하고 제1, 2 금융기관을 거쳐 대부업체의 돈을 다시 빌리기에 이르렀고, 원금과 이자는 무섭게 눈덩이처럼 불어나 수미산보다도 높아졌다.

그러나 이자율보다 무서운 건 그 과정에서 내 안의 무엇이 부서지고 있다는 거였다. 마빡에 피도 안 마른 젊은 대부업체 여직원의 거듭되는 모욕과, 끝없는 견딤 등등. 지금 와서 보면 모욕보다는 그 끝없는 견딤이 더 문제가 아니었나 싶기도 하다. 끝없이 견디다니? 지금 와서 보면 그게 뭐라고 그렇게까지 끝없이 견뎌야 했나 싶지만 어쨌든 처음엔 '애가 마른다'는 표현 그대로 창자가 마르기 시작하더니 급기야 내 정신은 분열과 강박, 조증과 울증의 거의 모든 과정을 마스터했다. 더 무슨 말을 하리? 아아아…… 라고 나는 쓴다. 그러자 '아아아'가 한 글자씩 흩어져서 우주의 미아처럼 뱅글뱅글 돌며 지구 저편으로 밀려나기 시작한다. 나도 뱅글뱅글 돌기 시작한다. 중심을 급히 잡지 않으면 나 역시 '아아아'처럼 깜깜한 암흑 저편으로 밀려나고 말 것이다. 나는 주문을 외듯 가슴을 쾅 하고 두드리며 외친다. "내 이름은 빨강!"

그러자 '아아아'는 순식간에 까만 어둠 속으로 날아가 버리고 나는 빨강 때문에 가까스로 중심을 잡는다. 지금의 (아주 아주 가벼워진) 내 존재의 무게를 기준으로 보자면, 제법 무게가 나가는 '빨강'은 허공의 닻처럼 내 혼을 잠시 붙들어 맨다.

내 이름은 빨강! 이것은 내가 너무도 좋아하는 터키 작가 아르한 파묵이 2006년에 받은 노벨 문학상의 대표작 제목이다. 그 소설에선 생물이든 무생물이든 다 입이 달려 자기 자신의 속내를 얘기한다. 심지어 터키 세밀화에 깃든

빨간색조차도 자기 자신의 비밀에 대해서 입이 달린 것처럼 얘기를 한다. 파묵의 세계는 사물과 사람이 모두 소통한다. 요즘 들어 내 허공의 TV도 진화하여 쌍방 소통이 가능해졌다. 그뿐만 아니라 스스로 생각하고 내용을 만들어서 내게 보여주기도 한다.

화면에 이규보 선생이 다시 등장한다. 그는 주역의 61번째 괘인 풍택중부(風澤中孚) — 연못 위에 바람이 불어 출렁이는 상(像)에 대해서 말을 한다. 그는 빨간색도 말할 수 있는 파묵의 세계를 변(變)과 화(化)의 묘리를 통해서 내게 주장해 보려고 한다. 나는 갑작스레 끼어든 (자기주장이 너무 센) 허공의 TV는 외면한다. 그 대신 이 선생에게 (그가 알 리 없는) 히브리 사막이 나오는 TV 화면을 선사한다. 화면에선 검독수리보다 큰 날개를 펼친 천사들이 "공중에 나는 새와 들판에 핀 백합화를 보라, 솔로몬도 이 꽃 하나만큼 차려입지 못하였노라"를 내 상상대로 합창하고 있고 그것을 요한 세바스찬 바흐가 새로운 칸타타의 영감을 받으며, 황톳빛 벽돌로 된 건물의 (그늘이 깊은) 2층 테라스에서 듣고 있다. 나는 청중으로 온 장자 선생에게 합창을 들은 소감을 부탁한다. 장자는 천지라는 커다란 방(巨室) 에 대해서 새로이 느꼈다며 울면서 이야기한다. 이규보 선생이…… 아니 허공의 TV 자체가 장자의 알 수 없는 흐느낌 때문에 비로소 조용해진다.

나는 지금껏 바보 같은 내 삶의 과거에 대해서 여러분에게 중언부언하려 했던 것이 아니다. 그것은 여러분의 이해를 돕기 위해 내 과거의 일단을 공개한 것뿐이고, 내가 이 글을 지금 쓰는 이유는 바로 아르한 파묵이 미처 말하지 못한 빨강색의 진실과 같은 것. 나의 붉음이라고나 할까, 내가 지금 생사를 오락가락하며 놀랍도록 생생히 겪고 있는 이 죽음과 삶의 새롭고 명확한 실체를 여러분께 전하려 하고 있는 것뿐이다. 내가 앞으로 할 얘기들을 순전히 그야말로 소설쯤으로 본다면 그건 할 수 없는 일이긴 하다.

그러나 지금 이 자리에 지금도 생생하게 생존해 있는 내 사랑하는 작가 아르한 파묵이 오게 된다면 나는 귀신같이 생사의 문을 열어보는 놀라운 영혼의 작가 파묵에게, 곧 진짜 귀신이 될 내 입장에서 죽음 저편의 이야기를 진솔하게 들려줄 수 있다. 화담 서경덕 선생이 그의 득의의 논문, '귀신 사생론'에 대해서 강의해 주시기로 약속을 해 주신 지도 벌써 5초나 지나있다. 죽음에 가까워질수록 5초라는 시간은 아주 길다. 심지어 1초조차도 열배 백배로 쪼개지며 펼쳐지기도 한다. 문제는 내가 아직 정신이 말짱해져서 현실로 돌아오기도 한다는 데 있다. 그럴때엔 현실의 시간과 각각 다른 차원의 시간들이 서로 충돌을 일으켜서 예기치 않은 분열의 파편을 내게 꽂기도 한다. 그러면 내 안에서 그나마 늦게라도 맥락을 알 수 있던 최소한의 질서마저 무너진다. 지금의 내가 그러한 때일지도 모른다. 여하튼 계속해 보자.

물어보라, 아르한 파묵 선생, 내게 빨강의 진실에 대해서, 빨강의 옆구리에 대해서, 그렇지 않으면 코발트 빛 파랑이 두툼해지면 왜 하필 차원의 문을 여는 입구가 되는지에 대해서. 또 내 가까이 지금 으르렁거리듯 돌진해 오다가 말았다가 하는 저 수정처럼 맑은 포도송이들의 벌집 같은 결합체가 진짜로 'ㅇ'의 속내라는 것을 아는지 모르는지….

왜 다른 한 켠으로 또 내가 건너야 할 강이 있고, 또 강저편에 작년에 돌아가신 우리 어머니가 아직도 채 못 건넌 강의 저편 끝에서 하얀 손을 흔드시는 지에 대해서…… 내가 지금은 저 강을 건너기 어려울 것 같다는 예감과 더불어서 또 이미 강을 건넌 사람에게만 나타나야 하리라고 생각되는 거대한 파도 너울 같은 이 투명한 빛의 너울에 이르기까지.

파묵 선생, 내게 물어다오, 여러분도 할 수만 있다면 내게 물어봐 주기를.

그렇다면 나는 마치 좋은 선생처럼 한껏 세심하게 이 진실을 파묵 식으로 이야기 해 볼 수도 있으련만. 그러나 나의 상태는 실은, 맑은 빨강이 아니라 시커먼 붉음이다. 내 이름은 검붉음. 허공의 TV에서 누군가 말한다. "그건 가라앉을 수도 없는 불확실한 이름" 그래 맞다. 이것은 아직 독기를 뿜어내는 분노의 아가리 속이다. 분노의 아가리를 생각하자 TV에서 가라앉을 수도 없다고 말했던 사람이 등장한다. 아인슈타인이다. 그는 인자한 얼굴로, 늙은이에겐 편안한 고독만큼 달콤한 것은 없다고, 설득 조가 아니게 이야기한다. 그러자 나의 마지막 분노가 조금 가라앉는다. 이럴 땐 나 자신을 약간 용서하려고 한다. 그럴 때만 내 잠재의식과 무의식은 서로 속삭이듯 소통한다. 그때 예기치 않은 기이한 융복합이 일어나기도 하는 것이다.

이럴 때면 나는 죽음학 전공자로서 죽음의 최종 단계의 세밀한 디테일과 그 죽음 너머가 사실 설레이며 기다려지기도 한다. 이규보 선생이 다시 웃으며 말한다. "죽음 또한 즐거운지 누가 알겠는가?" 두 번의 노크 소리가 들려온 건 그때였다.

죽은 것 같은 친구 권오석이 찾아오다

나는 23호의 문밖에 누가 서 있는지 안다. 나는 문을 열어 주어야 할지 말아야 할지 곰곰이 생각한다. 그는 틀림없이 20년째 종적을 감춘 내 친구, 권오석이다. 노크 소리는 짧고 간단하고 뒤끝이 전혀 없이 개운하고 명백하다. 잡티가 없이 좋은 구리로만 만든 작은 종처럼 텅 비어 울린다. 이러한 노크 소리를 낼 수 있는 사람은 단언컨대 권오석뿐이다.

그는 아주 조그맣고 광대뼈가 우뚝한 사내면서 1976년도 나의 대마초 동기다. 대마초가 한참 유행이던 그 시절, 한 개비에 500원씩이나 하던 그 값을 감당 못 하게 된 지경에 이르자 그와 나는 야생 대마초 수집에 나섰었다. 경포대 근처의 야산에서 수집한 대마 잎을 마당에 펴서 말리고 빻아 사전 종이에 말아 피던 그 대학 시절, 그가 내게 말 했었다.

"친구야, 우리 아예 이 길로 나서지 않을래?"

"……."

"나는 이게 좋다. 이 맛. 이게 쾌락의 맛 아니겠나, 사람이 왜 사나, 이러니저러니 해 봐야 모두들 쾌락과 모럴 사이에서 적당히 타협하며 살 뿐이잖아. 실은 마음속 깊이 모두가 원하는 구원은 이 쾌락 아니겠나, 그러면서도 끝장은 다들 못 보고 원하기만 하다가 죽잖아. 어디 속 시원히 저 자신의 욕망을 꺼내 보지도 못하고, 친구야 난 니가 좋다. 우리 같이 쾌락의 끝을 탐험해 보지 않을래? 죽으면 죽고, 살면 살고, 쾌락의 대모험을 떠나 보지 않을래?"

나는 이 어마어마한 제의에 혼비백산해서 아무 대꾸도 할 수 없었다. 오석이는 그로부터 3년 후 복학하고 대학을 졸업하던 해 쾌락의 끝을 보기 위한 구도 여행을 떠났다.

그리고 10여 년 후, 내가 30대 중반의 시간 강사가 되어 수업 중이던 북악관 602호였다. 동양철학 특강쯤 되는 시간이었고 창밖에서 아카시아 향이 묻어오던 날이었다. 도산서원에 아직도 보관되어 있는 퇴계의 지팡이 얘기를 하다 말고 나는 뜬금없이 창밖을 보며 이상의 시 '꽃나무'에

대해서 별 주변머리 없는 얘기를 하고 있었다

"이상이 꽃나무 앞에서 도망치는 건 말이지. 꽃이 너무 열심히 피기 때문이야. 순도 100%. 그게 무서운 거야. 순도 100%라는 건 뭐든지 무서운 거야. 그게 무심히 아름다워 보였던 꽃일지라도. 그 꿈틀거림을 보면 무서운 거야. 왜 그럴까?"

그때 지금과 똑같은 톤의 노크 소리가 두 번에 걸쳐 강의실 문에서 들렸다. 나는 그가 권오석이라는 걸 즉시 알았다. 거부할 수 없이 선연하고 분명한 그 목어(木魚) 치는 듯한 순도 100%의 소리. 나는 강의실 문을 한 번 바라보고 나서 큰 종 속에 혼자 서 있는 것 같이 세상이 조용해지는 것을 느끼면서 학생들에게 말했다.

"오늘 수업 이걸로 마치겠습니다. 예기치 않은 귀한 손님이 오신 것 같네요."

그리고 손에 들었던 백묵을 놓고 벗어 놓았던 상의를 팔에 걸쳐 들고 강의실 밖을 확인하지도 않고, 문을 열면서 곧장 말했다. "오석아."

당연히 거기엔 권오석이 서 있었다. 첫인상은 해골! 그렇게밖에 말할 수 없다. 그냥 뼈만으로 된 볼과, 뼈만으로 된 입과, 뼈만으로 된 눈동자를 갖고 있는 그런 사람은 이

지상에서 그때나 지금이나 권오석 외에는 본 적이 없다. 말없이 악수를 나누고 우리는 10년 전에 간 적이 있는 돈암동의 컴컴한 맥줏집에 들어갔다. 낮술을 시켰다. 우리는 그저 서로 바라만 볼 뿐이었다. 그가 말했다.

"한 시간만 기다릴래? 나 시간이 되어서. 잠깐 미아리 텍사스에 갔다 올게, 한 시간이면 된다." 얼어붙은 나를 뒤로하고 그는 자리를 떴고 거의 정확히 한 시간 후에 그는 돌아왔다. 그리고 내게 영어 발음이 섞여 있는 강원도 사투리로 말했다.

"너네는 사정하면 기름이 흐르재? 나는 뼈가 녹는다. 그게 전부다. 뼈가 녹는다!"

나는 10여 년 전 쾌락의 대모험을 떠나자는 제의를 받았을 때처럼 얼이 빠진 채로 그와 헤어졌다. 외아들이었던 그가 집 두 채를 팔아 멕시코 남미 등지로 10년을 떠돌었다라는 얘기는 그 후에 친구들에게 들었다. 술자리에서건 어디건 그는 그저 조용히 웃기만 할 뿐 아무 얘기도 하지 않는다는 것도 들었다. 그렇게 오석이 다시 한국에 머문 3년 동안 무슨 일이 일어났던가?

그 당시 폭력에서 사이비 사업가로 변신한 많은 깡패들이 판을 치던 건설 시행업계에서 무지막지한 조폭 깍두기들도 이상하게 오석이 앞에만 서면 순한 사슴처럼 변한다는 것과, 모두를 다 속여도 오석이에게는 그들이 아무것도 속이지 않으려 한다는 것. 그가 아파트 1,000세대 분양에 성공하여 백 억대 돈을 벌었다는 것과 그 후로 멕시코와 중남미 어디 국경지대로 간다고 했다는 것, 그 후로 생사를 모른다는 것. 여기까지가 내가 들은 것의 전부다.

그런데 그가 지금 내 고시원의 문밖에 와서 그때와 똑같이 두 번의 노크 소리를 내고 있다.

지금의 나는 또다시 그러한 쾌락의 구도 행렬에 참가할 수는 없다. 나는 그의 '쾌락'보다 더 깊은, '멸'을 선택했기 때문이다.

그리고 그럴 리는 없지만 "넌 왜 사냐?" 하고 1976년의 젊은 날처럼 그가 내게 묻는다면 이젠 나도 그처럼 쾌락의 끝을 보진 못했지만, 그에게 보여줄 것이 있다. 어쩌면 내가 이젠 예전의 오석이와 같이 촉루를 빛내는 뼈의 사내가 되어있을지도 모른다. 그나저나 지금 오석이 헤어진 지 20년 만에 내 방문을 그때와 똑같이 두드리고 있다. 나는 묵묵히 편안하게 그저 내 응답을 기다리는 23호의 문을 바라보기만 한다.

내가 존경하는 노르웨이의 한 자연주의자 부부는(그들은 둘 다 의사다), 남편이 암으로 죽음이 가까워지자 한 달간의 단식 프로그램을 작성했다. 한 달 내내 충분한 수분섭취와 더불어서 처음 일주일은 야채스프로 하루 한 번, 그 다음 일주일은 이틀에 한 번, 3주째는 정 허기가 돌 때 한번, 마지막 일주일은 수분만 섭취하면서 배고픔도 없이 맑고 편안한 정신인 채로 이 세상을 떴다.

그리고 그들은 마지막 순간까지 그것을 기록으로 남겼다.

나는 지금 그 마지막 4주째 코스를 밟고 있다. 나는 23일 전 이번 생에서 마지막으로 땅을 밟아보기 위해 내 고시원에서 가까운 남산한옥마을을 산책했다. 6년 전 광주대회에서 진 빚을 갚기 위해 처음으로 친구로부터 청탁용 사업계획서를 건네받은 것도 이곳이었다. 비록 그러한 돈벌이 알바에 아무 성과도 없었으나, 6년이나 버텨 냈으니 이제 빛나는 졸업장을 받을 때도 된 것이었다. 막상 스스로 졸업을 하고 보니 땅을 걷는다는 것이 그 자체만으로도 이토록 자유로울 수 있다는 걸 23일 전 처음 알았다.

그리고 산책을 마치는 길에 천우각 옆의 연못에 슬픈 소통뿐이었던 핸드폰을 살며시 가라앉혔다. 그리고 고시원

6층의 23호실로 13봉지의 야채 죽을 사가지고 올라왔다. 단식 2주 코스를 마쳤을 때 한 3~4일간 구토 증세가 오기는 했다. 그 구토는 마치 사르트르의 소설 '구토'에서 로깡뗑이 바닷물에 휩쓸려 구르는 소리를 내는 어이없이 이 세상에 실존하는 돌을 바라보며 뒤틀려 쏟아지던 구토와 비슷한 점도 있긴 했다. 그러나 그의 구토가 정신적인 것이었다면 나의 구토는 그저 단순히 빈사 상태에서의 육체적인 반응일 뿐이다. 관 크기만 한 침대에 비스듬히 가로 앉아 창밖의 햇빛을 바라보기만 하면 울렁거리면서 구토가 일었다. 창문을 닫으면 그 구토는 진정되었다. 왜 햇빛을 보기만 하면 구토가 일어나는지 그 정확한 이유는 모른다. 정 궁금하면 그렇게 되기까지 코스를 누구나 밟아보면 된다. 그러면 누구나 같은 상황이 될 것이고 그중에 누군가는 그 이유를 알 수 있기도 하겠지만. 지금은 그저 노르웨이 자연주의자의 표현대로 이물스러운 느낌도 지나가고 그저 고요하고 맑을 뿐이다.

권오석은 지금도 문밖에서 나를 기다린다. 나는 그냥 편안하다. 굳이 문을 열어 줄 필요조차 느끼지 못한다. 그와 나는 이제 잠긴 방문 따위로 무엇이 가로막히는 사이가 아니다. 나는 마음으로 그에게 말한다.

"쾌락의 끝을 보느라 수고했다. 뼈가 녹는다더니…… 지금은 뭐가 녹냐?"

그 말에 그가 수십 년 만에 빙그레 웃는다. 나도 웃는다. 하하하하하! 갓을 쓴 늙은 'ㅇ'이 이번엔 기쁘게 웃는다. 볼도 제법 통통해진 'ㅇ'이 처음으로 기쁘게 웃는 모습에 나는 약간 흥분한다.

"오석아, 이젠 나도 너에게 말해줄게. 뼈 다음에 뭐가 녹는지 말이다. 너가 쾌락의 대모험을 하고 나서 10년 만에 학교로 나를 찾아왔을 때 나는 너 때문에 깊은 회의에 빠졌었다. 한마디로 말해 너 앞에 서니 모든 것이 구차했다. 민주니, 인류니, 홍익인간이니… 그 당시 죽이던 김완선이니, 당시는 꿈도 못 꿀 금강산 구경이니…… 내가 느끼기엔 모두 다 너의 진솔함만 못했다.

쾌락의 끝을 본 자에게……. 지식도 혁명가적 앎도 다 거기서 거기였다. 지저분한 욕망의 살도 다 녹고 이제 깨끗한 뼈만 남아 촛농처럼 뼈까지 녹이고 있는, 세상에 둘도 없는 잡놈인 너가 내 눈엔 괜찮은 선생인 체하는 나보다 훨씬 더 깨끗했다."

갑자기 허공의 TV에선 몰락한 영주의 맏아들인 내가 10년 만에 발군의 사무라이가 되어 돌아와 단독으로 새 영주의 성에 잠입해서 복수의 칼부림을 시작하려 하고 있다. 나는 붉은 머리끈을 질끈 동여맸다. 나는 칼을 휘두르는 대신 붉고 칼처럼 긴 혀를 쑥 뽑아 댄다. 적들이 당황한다.

이런 화면이 나의 정상적인 의식의 흐름을 깨고 난데없이 뛰어드는 횟수가 점점 잦아지는 것은 내 제어력이 아주 아주 약해진 탓이며, 이젠 이것을 복구하기도 거의 불가능할 것이라는 예감이 든다. 어쨌거나 나는 오석에게 입술을 움직이지도 않고 하는 말을 계속한다.

"오히려 내가 지저분했다. 혼탁한 머릿속에 든 추접한 욕망이 다 까발려진 느낌에 나는 무슨 말을 해도 너 앞에서는 위선밖에 되지 않는다는 것을 알았다. 그리고 너는 떠나갔지. 그렇다고 넌 감정이 메말라 있지도 않았다. 일체의 가식 없이 머릿속의 솔직을 넘어서서 뼈에 이르른 정직함 뿐이었다. 투명한 박달나무 속 같은 것."

성의 무사들이 여러 명 나를 포위한 채 빙빙 돈다. 나는 그들을 주시하며 붉고 긴 혀를 내밀어 적들을 감각하며 공격과 수비의 타이밍을 조절한다.

"그래서 아마 그 후 건축 시행 판에서 어떤 조폭 깍두기들도 너에게는 허접한 겁주기를 할 수 없었던 게지. 아마 그들은 나처럼 너 앞에서 멋모르고 주접떨어보려던 자기 자신이 부끄러웠을 거야. 자기의 살과 기름에 튀겨진 허위를 감추고 싶었을 거야. 너에게만은 말이다."

나는 공격해 오는 성의 무사들에게 길이가 조절되는 붉고 긴 혀를 휘두른다. 무사들이 내 혀에 맞아 속속 나가 떨어진다. 'ㅇ'이 어둠 속에서 '아아아'라고 탄식을 한다. 복수극을 완성한 나는 그 서슬에 오석에게도 내 혀를 겨눈다.

"너는 내가 이번 삶에서 만난 당대 최고의 구도자 중 한 사람이다." 그러자 다시 이규보 선생이 해결사처럼 등장한다. 그가 탄식하며 차디찬 달의 표면 같은 얼굴이 된다. 달 표면의 절대 고독이 바로 태허(太虛)의 표정이라고 TV에서 자막이 떠오른다. 그러자 붉고 긴 내 혀가 그 차디참에 질려 시커매진다. 혀는 내 입에서 떨어져 나와 적들의 피로 물들은 성의 바닥에 툭 떨어진다. 그것은 순식간에 메마르며 쪼그라들기 시작한다.

이 선생은 다시 표정을 온화하게 바꾸며 죽음은 그저 변(變)이며 다음엔 화(化)가 있다고 말한다. 그리고 화(化)가 다시 변해서 생으로 바뀌고, 그렇게 순환하는 것이 61괘 풍택중부의 묘리라고 말한다. '귀신 사생론' 강의를 약속했던 서경덕 선생이 그 순간 나타나서 말없이 부채를 확 하고 펼쳐서 두어 번 펄럭인다. 없던 바람이 태어난다. 허공은 애초에 바람을 품고 있었던가?

23호실 방문을 사이에 둔 채로 오석이는 내 말에 일체 대꾸가 없다. 창밖 대한극장 쪽에서 구급차 소리가 쏜살같이 달려오다가 사라진다.

"구급차 소리가 왔다가 가니 이상하게 마음에 꽃이 피네. 연분홍색… 듣도 보도 못한 큰 꽃송이가 수국처럼 수북이 자꾸자꾸 열매 맺히듯 열리네." 나는 나도 몰래 이상한 말을 지껄인다.

그제서야 오석이 우려스러운 눈으로 내 머리를 바라보는 게 느껴진다. 순간적으로 켜 본 허공의 TV에선 나의 이상한 헛말의 원인을 알려 준다. 그것은 빈사 상태에서 햇빛에 촉발된 가슴 속의 자체 보유 에너지가 이제 눈으로 올라온 거라는 것이다. 그 에너지가 정수리를 거쳐 몸과 완전히 분리될 때가 소위 말하는 죽음의 순간이라고, 허공의 TV는 그때의 내 모습까지도 컬러로 보여준다.

"그렇군! 아주 그럴싸한 시스템이야." 나는 고개를 끄덕인다. 그리고 방문을 유령처럼 통과해서 내 이마를 짚으려는 오석의 손을 슬며시 밀어낸다. 그리고 말을 계속한다.

"나는 그때, 쾌락의 정직한 실현 속에서 오히려 편안하게 고민하고 편안하게 무엇이든 바라보던 너가 난생처음 보는 진짜 죽음의 모습 같았다. 너라는 뼈는 내가 처음 본 죽음 그 자체였다."

그러자 허공의 TV에선 오래전 홍수에 실족사했던 작은아버지가 이규보 선생의 등에 업혀 큰물에 쓸려내려 가면서 마셨던 물을 울컥울컥 게워 낸다. 그리고 그는 곧 속초 화장장의 불꽃 속에서 자신의 뼈를 다 녹일 거라고 말한다. "네. 작은아버지"라고 말하고 나는 고개를 끄덕인다.

"너가 떠난 후 나 또한 내 알량한 지식의 축적을 중단했다. 발버둥 치며 죽음으로 진행해 가는 모든 것들은 너라는 뼈를 이기지 못한다는 것을 알았으니까. 너는 가장 순수한 죽음 그 자체니까.

나는 너를 떠나보낸 후 나도 내 식으로 세상을 알기 위해 몸부림쳤다. 10년이나 말이다. 이젠 나도 너에게 보여 줄 게 있다." 나는 허공의 TV를 켜고 그에게 폭 10cm에 길이 1m 정도의 투명하고 흰 바람으로 된 막대를 보여준다. 오석의 눈이 동그래진다.

십수 년 전 어느 날, 오대산 동대 정상 부근, 한 겨울이었다. 나는 한창 이 땅의 4대 원소인, '지.수.화.풍' 중의 '풍' — 바람 공부를 하던 때였다. 바람 공부라는 말에 오석이 흥미를 느끼며 방문 저쪽에서 내게 바싹 다가오는 것이 느껴진다.

"그래, 임마, 바람 공부! 미아리 텍사스에서 뼈 녹이며 바람피우는 것 말고, 지수화풍의 마지막 단계, 바람 말이다. 바람공부 — 숨 공부." 그 말에 녀석이 웬일로 침을 꿀꺽 삼킨다.

TV 속에선 이규보 선생이 서경덕 선생의 부채를 손가락으로 가르켜 오석에게 보여준다. 서경덕 선생의 부채에서 없던 바람이 또 생겨난다. "시원하긴 하네요." 내가 선생에게 말한다. 나는 무엇을 찾기라도 하듯이 사방을 휘둘러본다. 어둠 속에 떨어진 'ㅇ'은 보이지 않는다. 나는 이제부터 너에 대해 말할 거라고 보이지 않는 'ㅇ'에게 말한다.

"나는 질 좋은 1인용 텐트와 영하 30도에도 견디는 영국제 침낭으로 무장하고 대관령 통 바람부터 미시령 큰바람, 그 해 첫 봄 구정 들판의 땅속에서 솟아오르는 차가운 숨 같은 바람에 이르기까지, 나는 미친 듯이 섭렵하고 다녔다. 그러다 오대산 동대에 이르렀지. 그곳의 바람은 땔감으로 쓰기 위해 팬 장작처럼 작고 단단하고 날쌨다. 그 하나하나가 1m 길이의 나무통 같지. 이 화면 보이지? 바로 이렇게 생겼어. 나는 TV 속의 바람 막대를 손가락으로 가리킨다.

한밤 내내 그 바람들은 쉴 새 없이 제멋대로 날아다니면서 내 텐트의 한 면은 쑤시고, 한 면은 들어 올리며, 한 면은 가라앉히고, 한 면은 할퀴었다. 말하자면 누워있는 내 엉덩이 쪽은 들어 올리면서 어깨 쪽은 내리누르고, 텐트의 지붕 쪽은 마구 할퀴는 식이었다. 나는 오석을 잊어버리고 본격적으로 'ㅇ'에게 'ㅇ'에 대해서 말하기 시작한다.

지독하게 추운 겨울밤이었다. 그러자 TV 화면이 동대산의 강렬한 추위와 바람의 움직임을 사실 그대로 박력 있게 보여준다. 심산(深山)에선 그런 날 새들이 죽는다.

"그래, 그 새는 아마 지빠귀 종류였을 거야. 갑자기 바람이 자는 듯하더니 그 맹렬하던 바람은 동대 관음사 쪽으로 다 내려가 버리고 그곳은 살을 옥죄는듯한 추위만 남아 이상하리만치 고요해지더군. 갑작스런 진공상태 같은 고요함이 의아해서 자리에서 일어나 앉아 텐트의 앞 지퍼를 열었지. 별빛도 얼어붙는 밤이었어. 그런데 지빠귀 한 마리가 나뭇가지 끝으로 걸어 나와 혼자 앉아 있는 거야. 아무런 움직임도 없이…….”

화면에선, 새의 시선이 북북동쪽의 찬란한 별 하나에 박혀 고정되어 있다. 어쩌면 강추위가 근방의 바람마저 얼렸다가 부수어 땅바닥에 투명한 얼음조각처럼 흩어 버린 건지도 몰랐다. 기이하게도 달의 표면이 느껴지는 듯하던 때, 빠개질 듯 산이 옥죄이는 소리가 났다. 아마 부근에 강이 있었다면 ‘짜악!’ 하며 쪼개는 소리가 얼음 속을 불로 지지듯 휘저으며 강 저편으로 튀어 나갔겠지만. 그때 지빠귀의 심장 속으로 그 힘이 ‘쑤욱’ 파고들자 지빠귀의 심장은 툭 깨어졌다. 그리고 수직 낙하. 지빠귀는 즉사했다. 나뭇가지 위에서 먼저 죽고 그다음에 돌멩이처럼 뚝 떨어졌다. 그러자 맑고 싸늘한 그 무엇이 깨끗하고 힘차게 허공 속을 지나갔다. 나는 천천히 되뇌었다.

“좋은 밤이었지!”

“좋은 밤이다.”

이규보 선생이 동의한다. 서경덕 선생 역시 고개를 두어 번 끄덕인다.

그러자 비로소 TV 화면이 멎는다. 나는 평화롭고 행복한 Fade out을 느낀다. 나는 관만 한 크기의 침대에 가만히 눕는다. 눈 속에 몰려있던 열기가 정수리로 서서히 이동한다. 오석이 23호 방문 밖에서 등을 기대고 앉는 것이 느껴진다. 눈가가 시원해진다. 그리고 시간이 얼마나 지났는지는 모른다. 5분일 수도 있겠고, 다섯 시간일 수도 있었다. 머릿속은 훨씬 더 맑아져 있다.

"그 새는 왜 그 추위 속에서 둥지 속에 있지 않고 오히려 둥지에서 기어 나와 그 나뭇가지 끝에 가 앉았을까?"

그러자 오석이 20년 만에 처음 내게 입을 연다.

"기다리려고"

"무엇을? 죽음을?"

"아니, 새벽을." 그 물음에 내가 묻는다.

"뭘 경험하려고?"

오석은 더 이상 말이 없다. 내가 말한다.

"지빠귀가 기다렸던 건 죽음이 아니고 새벽이 아니고…… 절정이야." 그 말에 오석이 고요해진다.

나는 채널 선택을 TV에 맡긴 채로 화면을 오석에게 돌려준다.

TV에선 북극의 오로라가 나타나 진한 녹색의 춤을 춘다. 나는 다시 말한다. "우리 양양 남대천 변의 사과 밭에 계집애들하고 놀러 갔던 것, 기억하지? 춘혜, 영란이 이런 애들하고… 근데 말이야. 거기로 연어들이 돌아온다는 건 사십이 넘어서 알았다."

"연어는 남대천에 온다. 춘혜와 영란이도 온다. 남대천은 한 달 이상, 회귀하는 연어를 따라 그때부터 거꾸로 흐른다. 그 강은 최상류까지 올라 연어의 모태가 되고 거기서 나와 춘혜와 영란이는 마침내 땅과 하늘을 한꺼번에 만난다."

그때 허공의 TV가 갑자기 켜지면서 양양 남대천 내수면 연구소에서 쳐 놓은 배구 네트 같은 그물이 쫙 갈라지는 화면이 나타난다. 현실에선 연어들이 그물에 걸려 모두 몽둥이에 얻어 맞아 죽고 사람이 연어의 몸에 손을 넣어 알을 훑어낸다.

그러나 화면에선 춘혜와 영란이와 연어들이 갈라진 그물 사이로 미친 듯이 법수치(法水峙)쪽 최상류로 내달린다.

"그 공간! 거기에다 춘혜와 영란이는 알을 낳고 나는 미친 듯이 안개 같은 정액을 뿌리고 그 절정에서 연어와 영란이와 춘혜와 나는 우리의 'ㅇ'을 만난다. 연어라는 불덩어리가. 지빠귀라는 빨강이, 그 작열의 절정에서 각각 자기 자신의 영혼으로 화(化)한다. 젠장!"

오석은 아무 말이 없다. 그리고 한참 후에 입을 연다. "그래 다 녹아서 'ㅇ'이 돼버렸다고 치자 그럼, 그다음은 뭐냐? 끝이냐? 너 말대로 치면 몸이 다 녹아서 'ㅇ'이 된 오대산 바람토막들은 밤새도록 불어 다니며 무슨 짓을 한 거냐?"

이렇게 오석이 길게 말할 줄은 몰랐기 때문에 나는 잠깐 놀랐다가 그의 묻는 말에 대답한다.

"다음 날 아침이었다. 나도 관음사 쪽으로 내려간 바람이 궁금해서 눈 뜨자마자 텐트 밖으로 나가 관음사 쪽을 내려다보았지."

23호에 등을 기대앉았던 오석이 몸을 틀어 내 얼굴을 바라본다. (이상하게 나는 그가 그렇게 하고 있는 것을 방문을 투과해서 보듯이 안다)

그의 눈에서 처음 산 자의 생기가 살짝 어린다. 나는 말한다.

"그 작은 나무토막 같은 바람들이 말이야. 관음사 앞마당에 투명한 두 개의 탑을 만들었더라고. 작은 바람토막 하나하나가 각각 건축 자재가 되어서 하룻밤 만에 다보탑 같기도 하고 석가탑 같기도 한, 두 개의 탑을 떡 하니 만들어 놓았던 거야. 그 투명하고 빛나는 모습이라니……. 그때 나는 바람이 — 숨이 — 세상에서 무엇을 하는지를 알았지. 또한 바람의 절정이 무엇인지도 말이야." 오대산에 5만 개의 탑이 있다는 전설은 사실이었어.

TV에선 서경덕 선생이 부채를 탁 놓더니 이번에는 주먹을 꾹 쥐어 내민다. 그러자 이규보 선생은 자신의 꾹 쥔 주먹을 활짝 펴 부채처럼 만들더니 좌우로 마구 부친다. 거기서도 바람이 인다. 역시 허공이 바람을 품고 있는 것은 확실해 보인다.

화면에선, 관음사의 아담한 앞마당이 나오고, 거기엔 바람이 만든 두 개의 무영탑(無影塔)이 투명하게 빛난다. 나는 아주 평안해진다. 이제 가슴의 불은 정수리께로 옮겨 앉는다.

오석이 23호 방문 밖에서 쪼그려 앉아 얼굴을 어깨에 파묻는다. 천하의 권오석이가 지금 울고 있나? 무엇 때문에? 나는 의아해하면서 이번엔 내가 방문 안으로 손을 쓱 집어넣어 방문을 통과해서 오석의 어깨를 감싸안는다. 그러자 오석이 내게로 돌아앉는다.

오석과 나는 23호 방문을 사이에 두고 서로 얼싸안아 버렸다.

그 안음 속에서 오석의 시커먼 몸이 겨울의 새파란 하늘 같은 물속을 끝도 없이 하강하는 것이 느껴진다. 자기 자신이 그렇게 끝없이 차갑고 투명하며 끝없이 하강할 수 있다는 것에 깜짝 놀라 오석은 세 번째의 눈을 뜬다.

그라는 죽음이 새파랗고 혹독하게 차가운 물 속에서 죽음이 아닌 무언가로 바뀐다. 이 너무도 차가운 새파란 물은 무엇인가? 나는 그것이 의아해진다.

을지로 쪽에서 새벽을 알리는 전령처럼 긴 구급차 소리가 다가온다.

오석은 23호 방문 밖에서 눈가를 훔친 후 서둘러 자리를 뜬다. 가기 전, 휙 하고 한번 뒤 돌아본 오석의 눈동자는 더 이상 누릿한 빛이 도는 뼈로 되어있지 않다. 오히려 새파란 야성이 어려있다. 녀석과 이별한 후 나는 다시 관만 한 크기의 침대로 기어 올라간다. 녀석은 오석의 모습으로 가장한 저승사자 임이 분명하다고 나는 생각한다. 오석은 울지 않으니까. 그럼, 저승사자는 우나? 그건 잘 모르겠다. 나는 다시 혼곤한 잠에 빠져든다. 잔다는 느낌도 이번이 마지막이 아니겠는가 하는 생각이 든다.

잠에서 깨어나 보니 한 낮이다. 겨우 머리를 들어 방충망이 쳐진 A4 용지 두 장만한 창밖을 보니 옛 세운상가를 개조해 만든 호텔 PJ의 이니셜이 눈에 들어오고 충무로 인쇄 골목의 어수선함이 여전하다.

나는 자리에서 일어난다. 일어나서 보니 염색이 거진 풀려 뿌리까지 반백인 머리에, 뼈로만 된 듯한 사내가 한 팔을 관만 한 크기의 침대 바깥으로 슬쩍 떨어뜨린 채 숨이 멎어 있다. 아직 개봉하지 않은 야채 죽 한 봉지가 베갯머리 맡에 놓여 있다.

"저게 나였다니?"

나는 친근하면서도 낯선 내 얼굴을 한참이나 바라보다 말한다.

"누군 구두 9켤레로 남았다던데… 너는 겨우 야채죽 12봉지로 끝냈구나."

나는 23호의 문을 천천히 연다. 문밖엔 아무도 없다. 24호와 25호라고 쓰인 방이 있을 뿐이다. 살아 있을 때처럼 공동 신발장에서 신발을 꺼내 신고 나는 한층 위의 옥상으로 올라간다. 그리고 흡연자들을 위한 파라솔 밑 의자에 앉는다.

멀리 북쪽으로 북한산과 도봉산이 푸르게 펼쳐져 있다.

평소에 나는 항상 북한산을 더 좋아했는데 오늘은 왠지 도봉산의 뾰족뾰족한 솟아오름이 더 예쁘게 다가온다. 도봉산이 마치 예쁜 족두리를 쓴 새색시 같다.

나는 주머니에서 담배를 하나 꺼내 피운다. 여기는 흡연자들의 파라솔 밑이니까. 너무 오랜만이라 한 모금 빨자마자 머리가 핑그르르 돈다. 산 사람의 느낌과 너무 똑같아서 나는 여기저기 내 몸을 만져본다. 내 존재라는 느낌은 변함이 없다.

담배를 모래가 깔린 재떨이용 항아리에 비벼 끈다. 딸에게 전화를 한번 할까 하다가 휴대폰을 24~5일전(정확히 얼마 전인지 잘 모르겠다) 남산골 한옥마을의 천우각 연못에 버린 것이 기억난다. 그래…… 그러한 것이…… 이제 와서 무슨 소용이 있으랴. 딸은 잘 자라 주었다. 그저 고마울 뿐이다.

나는 계단을 내려간다. 23호가 있는 6층을 지나쳐서 1층까지 곧장 내려간다. 한 층마다 9개씩 한번 꺾여 18계단이다. 세상이 환하다. 나는 매일경제신문 건물을 지나친다. 길거리 진열장에 내 붙인 신문들의 내용이 신선하게 느껴진다. 새누리당의 지지율은 의외로 조금 올라가 있고,

류현진은 LA 다저스에서 계속 잘 던진다. 좋다. 다 좋다. 나는 횡단 보도를 건너 남산한옥마을로 가지 않고 명동 방향으로 거슬러 올라간다. 내가 가는 곳은 교통방송국 앞의 문학의 집이다. 그곳에 도착하니 막 점심 식사를 마친 젊은 샐러리맨들이 테이크아웃 커피를 하나씩 들고 내가 마지막으로 앉아 보고 싶었던 〈문학의 집〉의 정원에 놓인 하얀 의자를 다 차지한 뒤다.

나는 그곳에서 돌아 나와 남산으로 올라 가는 길에 접어든다. 산 냄새를 맡고 싶어진다. 나는 예상보다 훨씬 수월히 남산의 서울 타워까지 올라왔다. 충무로의 인쇄 골목 사람들보다 이곳의 사람들은 훨씬 가볍다. 가벼워서 좋다.

나는 마지막으로 서울 시내를 한번 휙 둘러본다. 아무런 미련도 없고 아무런 아쉬움도 없고 아무런 원망도 분노도 없다. 그저 가벼이 축복하고 싶을 뿐이다. 왜 이렇게 모든 것이 다 가벼워졌을까 하고 사방을 휘둘러본다.

1990년대 초반 세종문화회관 전시회에서 본 독일 소설가 헤르만 헷세의 데드마스크가 얼핏 떠오른다.

죽음을 지나가면서 맞았을 어떤 움직임이 그의 입가에 걸려 있었다. 왼쪽 입꼬리 근처에서 바람처럼 스쳐있던 그 미소 말이다. 나는 그때 “역시” 하며 고개를 끄덕였다.

이제 내게 그 순간이 가볍게 왔다는 느낌이 든다.

아주 좋다.

나는 이제 새색시같이 단장하고 선 도봉산 쪽으로 뛰어 오르려 한다. 그 쪽빛 산 위에서 눈부시도록 흰, 빛의 너울이 슬쩍 어린다. 그리고 그 위로 너무 깊어 햇빛도 닿지 않는 백두산 천지 속처럼 시커먼 허공이 펼쳐져 있다. 음도 양도, 빨강도 파랑도 아니다. 그저 묵직하고 믿음직스럽고 시커멓다.

나는 마지막 심호흡을 하고 아주 가벼워진 충무로 인쇄 골목과 을지로의 금융가와 여의도의 국회의사당 주변과 광화문 일대를 내려다보며 말한다.

"날자, 나쁜 꿈 꾸지 말고."

그리고 나는 허공으로 가볍게 뛰어 올랐다. 그랬는데 갑자기 아주 가까이에서 '딱' 하고 마른 삭정이 부러지는 소리가 났다. 나는 즉시 사태를 알아챘다. 내 몸은 관만한 크기의 침대에서 곧장 바닥으로 내동댕이쳐져 있었고 팔이 부러져 손목이 심하게 뒤틀려 있었다. 순식간에 엄청난 양의 아드레날린이 분비되어 한 3분간은 아무런 통증이 없을 것이었다. 창문 밖으로 하얀 뭉게구름이 출발 대기 중인 꼬마 자동차 붕붕 같은 모양을 하고 정지해 있었다. 어두컴컴해지는 실내에서 묵직한 물 같은 몸이 막 창문 밖으로 빠져나가려는 숨 한 자락을 꽉 움켜잡고 끌어내리려 하고 있었다.

"이런 젠장" 난 너무 깊이 들어갔던 거였다.

너무 깊이 들어간 거기는 '몇'의 입구가 아니고, 바로 현실의 입구였다. 나는 뒤돌아서 나도 몰래 이규보 선생을 향해 손을 내려놓는 대신 주먹을 꽉 쥐었다. 그도 나를 향해 무엇의 상징처럼 천천히 주먹을 들어 올렸다. 주먹을 쥔'ㅇ'의 손목이 뒤틀려 있었다. 부러진 팔목을 감싸 쥐고 필사적으로 바라본 A4 두 장 크기만 한 고시원 창문 밖의 하늘에서, 푸르른 문이 구름 흩어지듯 서서히 풀리며 사라지고 있었다.

스기

스기*

"이번엔 끝장 봅시다 충북 집에서." 하고 이 검객은 전화를 끊었다. 나도 핸드폰을 두 번 두드려 그를 지운 후 중얼거렸다. "모비딕이라 이거지?"…… 시를 쓰는 이 검객과 곧 다가올 강릉 단오제의 한 문화 행사를 함께 맡게 된 얘기를 하던 중이었다. 경포 앞바다에서 진짜 고래를 본 적 있냐? 로 시작된 우스갯말이 모비딕을 찾으러 가자로 사뭇 비장하게 바뀐 건 사흘 전이었다. 그런데 그 말을 이 검객은 예사로 한 것이 아니었다. 오늘 내가 강릉으로 출발하는 것을 확인하는 전화에서도 그는 끝장을 보자로 말을 맺었다. 끝장을 본다? 끝장은 이미 십 년 전에 봤었다. 집안의 불상사 이후 두 번 다시 대관령을 넘지 않으련다가 되어 강릉에 발을 끊은 지도 꼭 십 년 만이었다. 나와 이

* 호랑이기운

검객 그리고 그 지역의 대학에서 불문학을 가르치는 오랜 문우 심 교수가 십 년 만에 다시 만나기로 한 곳은 예전처럼 시내 택시부 광장 근처에 있는 충북 집이었다. 그렇게 약속된 날이 오늘이었다.

고속 터미널은 평일의 아침이어서인지 한산했다. 강릉행 버스표를 끊고 자리에 앉아보니 승객은 나까지 포함해서 총 세 명뿐이었다. 햇빛은 밝고 버스 안은 미리 켜놓은 에어컨 탓에 적당히 시원했다. 이건 마치 모비딕이 만들어 놓은 게 분명한 축제 같다라고 나는 멋대로 상상했다. 상상인데 무엇인들 못 하겠는가 만은 일생 내내 별 하나 보이지 않는 밤하늘처럼 깜깜하기만 하던 내 운명이 이번엔 웬일로 베테랑 기사가 운전하는 리무진 버스까지 통째로 날 위해 전세 낸 것 같았다. 버스가 신갈 인터체인지를 지나 영동 고속도로에 접어들자, 6월의 햇살이 온몸으로 쏟아져 들어왔다. 나는 그늘이 있는 옷걸이 쪽으로 머리를 옮기고 햇빛 쏟아지는 산하를 느긋이 즐기고 싶었다. 그런데 1분도 채 지나지 않아 앞좌석의 젊은 여자가 제 좌석 위로 노랗게 염색한 머리통을 밀어 올리면서 내 쪽의 커튼을 자기에게 당겨달라고 눈을 말똥말똥 뜨고 요구하는 것이었다. 별수 없이 나는 커튼을 그녀 쪽으로 밀어주었다. 젊은 여인은 촥 소리를 내며 신경질적으로 커튼을 쳤다. 내 시야는 꼼짝없이 커튼에 몽땅 몰수당하고 말았다. 뒷자리로 좌석만 옮기면 그만이었을 것을. 이럴 때엔 항상 나 같은 존재는 감히 그런 쓸모 있는 아이디어를 낼 깜냥은 못 된다. 그 대신 운명이 보내준 리무진에서 운명이 보내준 여인에게 시야를 뺏긴 분풀이로 그놈… 참. 하고 푸념이나 하는 게 다였다. 그럼에도 그놈이라는 말의 꼬리가 슬슬 저 혼자 기어가 붙어 버린 곳은 인도 힌두스탄 평원한 복판의 아예 접촉하지도 말라는 뜻의 불가촉천민들이 살던 마을에서 도망쳐 나와 토사물을 게워 내며 사람 하나 없는 힌두스탄 평원을 마구 내 달리던 꼴사나운 나의 모습이었다. 대관령을 넘어 도망치고 인도까지 가서 또 도망쳐야 하는 게 나로군, 하는데 이 검객의 말이 다시 떠올랐다. 이번엔 끝장냅시다. 나는 고속버스 좌석을 뒤로 비스듬히 눕혔다. 머릿속에 금세 총천연색 영상이 펼쳐졌다. 내 두뇌는 이 풍진 세상에서 벗어날 유일한 길이 내 머릿속의 극장뿐이라는 걸 잘 알고 있다. 나는 앞좌석의 여인이 내게 선사해 준 그놈이라는 말이 가 붙은 그곳을 기꺼이 따라갔다. 왜냐하면 내가 히말라야에서 경험한 그놈은 왠지 모르게 내가 지금 찾아 나서는 그놈과 어떤 식으로든 연관

돼 있다는 감이 확실히 오기 때문이었다.

그 당시 나는 그놈을 만나리라곤 상상도 못 한 채 한 달은 인도, 또 다른 한 달은 카트만두를 거쳐 히말라야로 가서 안나푸르나 베이스캠프를 오르기로 작정하고 인도로 출발했다. 일단 뭄바이로 가서 바라나시와 아그라를 거치고 힌두스탄 평원을 횡단한 후 뉴델리로 가는 행로였다. 쉬고 싶으면 아무 데서나 쉬고 걷고 싶으면 아무 데나 며칠이고 걷는 멋대로의 나 홀로 여행이었다. 인도는 수천 년 간 버무려진 카레와 오신채 냄새, 그리고 힌두스탄 평원 한 복판의 버림받은 마을에서 듣던 애절하면서도 매혹적인 현악기 소리로만 남았다. 귀를 통해 들어오긴 했지만 듣는 이의 심장이 아니라 내장에 가 닿는 듯 기묘한 음악은 아름답다 못해 고통스러웠다. 그 음악은 애절, 그야말로 창자가 끊어질 듯하다는 한자음 그대로였다. 나는 소설 정글북에서 똬리를 틀고 매혹적인 진동으로 사람을 끌어들이는 큰 뱀을 만난 모글리처럼 그 음악을 피해 달아나기까지 했다. 조금만 더 붉은 샤리를 입은 여인들과 함께 그 음악을 듣고 있었더라면 아마 나는 그곳에 눌러앉아 그 강하고 역하기만 마리화나와 버려진 땅끝에 사는 이들의 비애에 찬 음악에 취해 이미 이 세상 사람이 아닐 것이다.

곡절 끝에 힌두스탄 평원을 지나 기차를 얻어 타고 뉴델리에 도착한 나는 곧장 공항으로 갔다. 연옥의 누릿한 비애의 냄새가 진동하는 인도 땅에 나는 더 머무르고 싶지 않았다. 그저 산으로 가고 싶은 마음만이 간절했다. 다행히 대기자 명단에 오르지도 않고 나는 뉴델리 공항에서 카트만두로 가는 비행기에 곧장 몸을 실을 수 있었다. 비행기로 두 시간 걸리는 거리였으니 인천에서 삿포로까지 가는 거리만 했다. 그런데 뉴델리를 출발해 지상 10킬로쯤 되는 비행 안전 높이에 도달하자마자 유리창의 한쪽 끝에 구름을 뚫고 솟아오른 희끄무레한 물체가 보이기 시작했다. 비행기는 거짓말처럼 두 시간을 계속 직진해서 그 물체를 향해 나아갔다. 나는 매우 의아했다.

처음엔 신기루려니 했는데 네팔 국경을 넘는다는 안내 방송이 나오는 지점에서 그 신기루는 머리에 하얀 만년설을 뒤집어쓴 검은 산의 시커먼 몸뚱아리로 변해있었다. 그것이 히말라야였다. 카트만두에서 1박하고 포카라로 이래인 베이스캠프 쪽은 칠흑 같은 밤인데도 몇 시간이 지나서야 안나푸르나 정상에선 서서히 석양이 지곤 했다. 그러면 어두운 허공엔 산꼭대기에서 반사되어 실려 온 석양빛이 계곡의 어두움에 음악처럼 실리는 것이었다. 산이 느긋하고 천천히 하나의 음을 강렬하게 튕겨내다가 또 다른 음을 길게 튕겨내면 그 아래쪽 캠프 근처의 허공은 그 빛을 어두움과 섞어 오묘한 여러 개의 음역대로 만들어 연주하는 격이었다. 그 허공의 음악을 듣다 보면 힌두스탄 평원의 천민 마을에서 한 악사가 연주하던 그 기이하게 좌르릉 거리는 현악기가 다시 떠올랐다. 그리고 모래 서걱이던 그 마을의 어느 골목에서 붉은 샤리의 여인도 자기가 피던 마리화나를 내 입에 물려주며 자기 무릎을 내어 주는 것이었다. 그러므로 그런 비현실적인 경험과 그보다 더욱 비현실적인 안나푸르나의 밤 속에서 호랑이 한번 보여 달라는 부탁쯤은 어찌 보면 아주 자연스러웠던 것 같기도 했다. 롯지를 출발한지 두 시간쯤 지나 눈에 익었던 길을 따라 헤드램프를 켜고 내려가자니 숲 위로 누르스름한 보름달이 떴다. 날짜를 맞춰보니 기이하게도 정월 대보름이었다. 무거워진 달이 히말라야의 산림 위로 겨우겨우 떠오르고 있었다. 또다시 좌르릉하는 현악기의 긴 음악이 연주되는 듯했다. 나는 앞으로 올 일을 생각하며 긴장을 늦추지 않고 다음 롯지까지 서너 시간을 몸이 땀에 흠뻑 젖을 때까지 빨리 걸었다. 그때껏 호랑이는커녕 그 흔하던 원숭이 소리 하나 들리지 않았고 사방은 더 짙어지는 아열대의 숲 냄새와 들큰한 보름달의 숨소리뿐이었다. 내가 머물 다음 롯지가 가까워질 무렵이었다. 꽤 큰 계곡 하나를 내려갔다가 올라가야 했다. 달빛도 비치지 않는 계곡의 가장 밑바닥을 지나는데 무언가 등 뒤가 서늘했다. 그러나 설마 그것이 호랑이 기운, 소위 스기라고 하는 것이라고는 조금도 생각하지 못했기 때문에 조금 오싹해진 나는 속도를 높여 맞은편 계곡을 향해 바삐 걸어 올랐을 뿐이었다. 어두운 계곡을 통과하자 백 미터쯤 앞에 한 농가의 등불이 보였다. 그 농가가 그냥 롯지였다. 그때쯤엔 꽤 높이 떠오른 보름달이 롯지 주인이 경작한 게 틀림없을 수확이 끝난 논을 하얗게 비추고 있었다. 나는 롯지의 등불을 보고 머리 위의 헤드램프를 껐다. 이제 호랑이 따위는 까맣게 잊고 나는 롯지로 난 논두렁을 따라 비로소 긴장을 푼 채 천천히 걸었다. 그때였다. 농가를 한 육칠십 미터 앞둔 지점이었다. 대여섯 걸음 앞쪽의 키 낮은 덤불 속에서 그놈은 나타났다. 응하는 짧은 포효와 함께 납작 엎드린 자세였다. 내 주먹 크기만 한 눈이 어둠속에서도 파랗게 빛나는 그 놈은 어이없게도 진짜 호랑이였다. 정월 대 보름달 밑에서 그놈의 나보다 큰 덩치와 움직임이 뚜렷이 드러났다. 무엇보다 먼저 떠오른 생각은 그저 신기하다는 것이었다. 그렇게 그놈과 나는 함께 무슨 기이한 음악의 숨 가쁜 지점에 도달하려 했었던 것 같다. 어쨌든 나는 전혀 당황하지 않고 창을 겨드랑이에 끼운 채로 천천히 창끝을 그놈에게로 겨누었다. 그리고 기다렸다. 놈이 돌진해 온다면 나는 뒤로 넘어지면서 창을 단단히 거머쥐고 내 몸무게로 굳세게 지탱할 참이었다. 그렇게 되면 그놈은 제 방향과 속도와 제 무게에 의해 뱃속 깊이 내 창날을 받을 것이었다. 그건 창을 받아 들고 롯지를 떠날 때부터 만약 정말 호랑이를 만나면 이렇게 하리라고 작정해 둔 바였다. 그렇게 하는 것이 내가 아는 연옥에서의 삶이니까. 지금 생각하면 그 순간 나도 모르게 허공에서 좌르릉 좌르릉 하고 또 다른 만돌린 같은 현악기가 서로 교차 되는 높은 소리를 냈을 수도 있겠다 싶다. 그런데 그 자리에서 불현듯 괴이한 생각이 떠올랐다. 그건 혹시 이 호랑이가 안나푸르나에게 했던 내 부탁에 진짜로 응해서 나타난 건 아닐까 하는 의문이었다. 그놈과 대치하는 그 짧은 시간 동안 그 의문이 들자, 순식간에 그 의문은 확신 비슷한 것으로 바뀌기 시작했다. 어찌 됐건 적어도 내가 진심으로 그 산에게 부탁했던 것은 사실이었으니까. 그러자 나는 그놈에게 더 이상

창을 겨눌 수 없었다. 그건 생각치도 못한 반전이었다. 이제 호랑이와 나의 만남은 서로 먹고 먹히는 관계가 아니라 엉뚱하게도 내 양심의 문제로 바뀌어 버렸다. 그건 말하자면 이런 것이었다. 얌마. 호랭이 한번 만나게 해 달라고 산에 싹싹 빌 때는 언제고 실제로 만나게 해주니까 네가 청해서 온 손님에게 접대는 못 할망정 창을 겨눠? 이런 빌어먹을, 이게 인간이 할 짓이냐? 니가 인간이야? 인간이란 이런 것이었어? 등의 이상한 자각 말이다. 졸지에 나는 그 논리에 수긍할 수밖에 없었다. 그놈을 만나보게 해 달라고 여러 차례 정성스런 부탁을 한 게 분명한 사실이니까. 할 수 없이 나는 몸을 웅크린 채 다리를 앞뒤로 벌려 잔뜩 노리고 섰던 자세를 풀고, 허리를 세워 평범한 기마자세로 바꾸었으며 양팔을 늘어뜨려 그놈에게 겨누었던 창을 수평으로 풀어버렸다. 그러자 이상하게도 머릿속이 갑자기 박하 먹은 듯 시원해졌다. 그냥 달 쳐다보고 노래라도 하라면 했을까? 그랬을 수도 있다. 이상한 일이었다. 그러자 눈 깜빡할 사이에 그놈은 내 시야에서 사라졌다. 이미 무서워할 나도 없어진 나는 이놈이 어디 갔나 하고 주위를 둘러보려는데 바로 내 오른쪽 다리의 45도 각도 뒤쪽에서 갑자기 급박한 톤으로 으릉하는 소리가 났다. 돌아보니 놈이었다. 거리는 삼십 센티미터 정도밖에 되지 않았다. 그럼에도 나는 전혀 아무런 느낌도 일어나지 않아서 그냥 다시 천천히 앞으로 머리를 돌려버렸다. 호랑이는 내 목으로 뛰어오르려 하는 것 같았다. 그렇다면 그건 할 수 없는 일이었다. 그런데 거짓말처럼 그 으릉하는 소리는 그 힘의 정점에서 와락 폭발하지 않고 살짝 한 풀 가라앉는 소리로 바뀌었다. 이상해서 천천히 머리를 돌려 바라보니 그놈은 내 목으로 뛰어오르는 대신 낮은 포복 자세 그대로 나를 바라보면서 아주 멋진 동작으로 뒷걸음질 치기 시작하는 것이었다. 지금도 왜 그때 호랑이가 내 목을 물지 않았는지 의아하다. 어쨌거나 놈은 그렇게 삼사 미터쯤 나를 바라보며 물러나더니 내 주먹 만큼씩 한두 눈의 파란 불을 획 돌리고 순식간에 어둠 속으로 사라졌다. 나는 꿈꾸듯이 그놈이 사라져간 숲속을 바라보았다. 좌르릉거리는 현악기가 찢어질 듯 날카롭고 높은음을 제 멋대로 튕겨내고 있는 듯했다. 숲 위로 하얀 달빛과 하얀 바람이 몰려가 숲의 머리를 마구 쓰다듬었다. 그렇게 힌두스탄 평원, 버림받은 마을의 음악은 히말라야의 밀림에 와서야 기이한 화음 변조로 끝이 난 것 같다. 장대한 곡이었다고 지금은 생각한다. 그 음악에 대해서 스기 가득 찼던 숲에게 물어보고 싶다. 메밀밭처럼 하얀 논두길에게도 물어보고 싶다. 호랑이에게도 물어보고 싶다. 특히 안나푸르나의 팔천 미터나 직립한 눈부신 몸에게 물어보고 싶다. 마챠푸차레의 희디흰 가슴팍, 운석 맞은 상처에게도 물어보고 싶다. 무엇이 그 음악 속의 테마인지 아느냐고. 내게 무릎을 내어주던 붉은 샤리의 여인에게도 물어보고 싶다. 왜 그 마을의 악사가 긴 손톱으로 연주하던 그 처연하면서도 끝없이 길고 긴 음악이 내게는 안나푸르나와 마챠 푸차레를 만나고 호랑이를 만나면서도 이어져야 했는지. 그리 생각하면 나 또한 이 검객처럼 끝장을 내야 하는 게 하나 있는 것 같기도 했다. 고속버스는 횡계를 지나 희고 거대한 풍차가 돌고 있는 대관령에 접어들고 있었다. 첫 번째 터널을 통과하자 주문진에서 정동진 근처까지 사방 칠십 리의 바다가 한눈에 펼쳐졌다. 버스는 대관령의 푸르다 못해 시커먼 숲을 통과하고 있었다. 그때 문득 대관령의 검은 숲이 내게 말했다. 너는 거기에 왜 갔니?. 대관령이 히말라야를 대신해서 그 음악의 테마를 오히려 내게 묻는 꼴이었다. 나는 한참 생각하다가 대답했다. 가슴 속의 파란 불덩어리를 토하러. 그러자 검은 숲은 말이 없어졌다.

<또 다른 이상한 사람 이 검객>

나비다. 이 검객은 속으로 외치고 나서 그 나비가 별로 아름답지는 못하다는 느낌 때문에 공연히 풀이 죽기 시작했다. 20여 년을 강릉지방의 유력 시인이자 문화 기획가로 아등바등 살아왔지만 남은 건 이 검객이라는 별명과 아등바등 이라는 단어뿐인가 하는 생각 때문에 그는 요즘 아주 예민해 있다. 황토색 바탕에 검은 점박이 날개를 가진 범나비가 빨랫줄에 꽂아놓았던 연분홍 색깔의 빨래집게에 내려앉았다. 나비는 말아놓았던 긴 입을 대롱처럼 뻗치고 빨래집게의 표면을 아등바등 더듬었다. 빨래집게는 꽃잎처럼 속을 벌려주지는 않았다. 이 검객은 나비의 작은 머리통을 헤집고 연분홍이건 뭐건 빨간빛 도는 것은 무조건 꽃 이 다 라고 쓰여 있을지도 모를 DNA를 끄집어내서 세척한 후 빨래집게에 꽂아 두고 싶었다. 이 검객의 검기에 놀랐는지 나비는 집게 꽃을 포기하고 날아올랐다. 그러자 나비의 날개 짓을 따라 허공에 물이 번지듯 물무늬가 일었다. 이 검객은 방금 낮잠에서 깨어나기 전에 꿈꾸었던 얼굴이 기억나지 않는 어떤 여인과 나비의 기묘한 날갯짓이 무슨 관계가 있는 것처럼 여겨졌다. 나비는 빨랫줄 근처를 맴돌다가 다시 철제 난간의 한 모퉁이에 매달려 날개를 천천히 오므렸다 폈다. 골똘히 나비를 바라보던 그는 나비의 날갯짓이 우연하게도 자신의 호흡 주기와 일치한다는 것을 깨달았다. 그의 호흡에도 검은 점박이 맺히는 것 같았다. 그는 이상한 부끄러움과 분노 속에서 파리채를 집어 들었다. 그러자 나비는 자리에서 냉큼 날아올라 화창한 햇빛 속으로 사라졌다. 사흘 동안이나 몰아친 폭풍우가 도시를 물바다로 만들어 버렸었다. 사흘 내내 하늘은 이 검객의 목덜미보다도 어두웠고 그의 허기보다도 어두웠다. 그는 셋째 날의 폭우 속에서 행한 기묘한 흥분을 떠올렸다. 그러니까 어제의 일이었다. 그는 물벼락을 퍼붓는 하늘에 항의하듯 평소에 잘 하지도 않는 릴낚싯대를 챙겨 들고 경포 북방의 바다로 떠났었다. 사람도 건물도 없이 그냥 바다만 있는 바닷가로 가고 싶어서 택한 곳이 경포와 주문진의 중간쯤에 위치한 사천 바닷가였다. 그리고 예상대로 사람 하나 없는 해안에서 낚시 의자에 앉아 낚싯줄을 투척했다. 쏴아아 하는 파도 소리와 물안개와 비가 그의 방수복을 마구 펄럭였다. 세 시간 이상을 그는 낚시를 한다기보다는 말할 수 없는 우울을 선사하는 비에 대항하며 자리를 지켰다고 하는 편이 맞았다. 비가 잠깐 잦아드는 듯하더니 앞을 분간하기조차 어려운 안개가 수평선 끝에서부터 순식간에 해안으로 몰려들었다. 안개는 그가 앉아 있는 모랫 불의 뒤쪽 언덕에서도 시작되고 있었다. 안개는 점점 질척이는 듯한 는개로 변해 물씬물씬 그의 방수복 안쪽으로 밀고 들어왔다. 파도 소리조차 잦아들며 안개는 점점 바다를 잡아먹고 있었다. 바다가 쿨럭이며 그가 있는 낚시 의자 근처까지 길고 하얀 머리를 들이밀고 해안으로 점점 쫓겨 올라왔다. 그때 이 검객의 릴낚시가 꿈틀거렸다. 그는 부들부들 떨며 낚싯줄을 감아올렸다. 그의 낚싯줄에 감겨 뭍으로 올라온 건 지금껏 본 적이 없는 이 미터는 됨직한 거대한 분홍빛의 해파리였다. 그것은 마치 바다가 토해낸 핏덩어리 같았다. 안개와 비바람 때문에 아무것도 보이지 않게 된 해변에서 어른 몸통보다 큰 분홍빛 해파리가 이 검객 앞에서 꿈틀거렸다. 그는 낚싯대를 움켜

잡았던 두 손을 바다가 있던 곳으로 힘껏 내 던졌다. 손을 던지고서 그는 허겁지겁 도로에 면한 모래 언덕을 기어올라 아무 곳이나 처음 눈에 띄는 한 가게에 뛰어들었다. 그곳은 고기비늘 같은 유백색 각질의 유리로 사면이 뒤덮여 있었다. 유리창 밖에는 바다를 끌고 올라 온 안개들이 짐승처럼 몸부림쳤다. 그가 버렸던 손들이 문밖에서 열쇠를 채워 그를 안전하게 감금해 주는 환상을 그는 견디어야 했다. 서른인지, 마흔인지, 스물에닐곱인지 통 나이를 짐작 못 할 여자가 발걸음 소리도 내지 않고 그에게 다가왔다. 그는 정면의 유리 벽에 붙어있는 차림표를 아무렇게나 가리키며 처음 눈에 띄는 글자 그대로 꿀차라고 말했다. 유리창 밖으로 분홍빛 해파리가 헤엄쳐 지나갔다. 여자가 가오리의 작고 예쁜 입처럼 고개를 발름거리고 나서 가게 안쪽의 장막 뒤로 사라졌다. 그는 한 선배에게 선물 받은 독한 중국 담배를 급히 꺼내 물고 불을 붙였다. 그의 코와 입 언저리에서 흘러나온 몰향적인 냄새와도 같이 낯익은 음악이 카페의 장막 안쪽에서 시작해서 은밀하게 그의 귀를 밀고 들어왔다. 그 오래된 LP판은 앞판 세 번째 곡의 가장 높은 부분에서 걸려 더 이상 움직이지 않고 논호레따 논호레따 논호레따 라고 소리쳤다. 그는 이 집이 6년 전 할머니가 돌아가시고 난 직후 몇 번이고 깐쏘네 LP판을 들으러 찾아왔던 사천진리 바닷가의 한적한 카페임을 깨달았다. 그리고 그 때에도 앞판 세 번째 곡의 어느 마디에서 걸려 논호레따 논호레따 논호레따라고 소리쳤다는 걸 기억했다. 그러자 어떤 향수 같은 것이 천천히 그의 가슴에 자리 잡기 시작했다. 오십이 되도록 한 번도 고향을 떠나보지 않은 그에게 최근 연이어 일어나는 향수라는 감정은 의아한 것이었다. 그러나 그는 곧 아등바등 거리기만 했던 오십 년이라는 시간이 이제 그를 영영 떠나고 싶어 한다는 것을 눈치챘고 그에 따라 가슴이 조금 먹먹해졌다. 6년 전 건강하던 할머니가 갑자기 돌아가시기 며칠 전이었다. 할머니는 산을 지키는 사람에게 축원을 하러 가겠다고 했다. 그러면서 산 지키는 사람이 손자는 무얼 하는 사람인지 알아 오라고 했다는 것이었다. 이 검객은 대답 대신 대체 어떤 사람이 그런 일을 하느냐고 할머니에게 물었다. 할머니는 그 산 지키는 사람은 당신의 친구이신 노파인데 어느 날 산중에서 번갯불을 몸에 맞고 정신을 잃었고 깨어나 보니 자신은 노란 금물을 뒤집어쓴 부처가 되어 있었다고 했다. 그리고 그 후로 줄곧 산을 지키는 사람이 되었다는 것이었다. 할머니는 다시 그에게 무엇을 한다고 말할까 했고 그는 아무 말도 할 수가 없었다. 할머니가 산으로 떠나신 후에도 그는 오랫동안 자문하지 않을 수 없었다. 나는 무엇을 하는 사람인가? 나야말로 그 산 지키는 노파처럼 귀신에 덮씌운 건 아닌가? 그때 그는 무언가가 고무줄처럼 그의 몸을 덮씌운 채 꽁꽁 조이고 있다는 느낌이 들었다. 그것은 무슨 짐승의 가죽처럼 투박하고 질긴 피막이었다. 그러자 6년 전의 그 답답한 느낌이 되살아나서 이 검객은 몸을 쥐어 뜻 듯이 급히 낚시용 방수복을 벗었다. 그리고 가오리같이 날렵한 모양의 입을 가진 여자가 가져다준 꿀차를 한 모금 들이켰다. LP판이 배를 뒤집으며 또 다른 밀바의 깐쏘네를 들려주기 시작했다. 안개가 점점 더 짙어졌다. 그는 눈을 감았다. 철원 평야를 가로지르던 1과 ½톤 복사의 엔진음이 이곳의 해안도로 어디쯤에서 다시 들리는 듯해서였다. 그가 근무했던 25사단 지역은 철원평야의 서북쪽 끝자락이었고 그 평야는 DMZ를 지나 북한 내부 깊숙한 곳까지 이어져 있었다. 그곳의 안개는 정오가 되어도 걷히지 않았다. 들판의 남쪽 후방에는 옛 정부의 군 소재지 청사였던 건물의 유해가 안개의 성처럼 아스라이 서 있었다. 정오의 해도 평원의 안개 속에서는 끓어오를 수조차 없었다. 그런 날이면 평원에서는 아무 소리도 들려오지 않았다. 안개만이 홀로 살아 있는 듯 사락사락 지워졌으며 사락사락 다시 일었다. 해가 점점 더 수직으로 곧추서는 듯했으나 곧 안개에 가리어졌다. 어떤 풀벌레도 숨을 죽이고서 조금씩만 안개를 훔쳐 마셨다. 매복 소초에서 부여잡고 있는 K2 소총의 총열 덮개까지도 안개가 혀로 핥아 끈적거렸다. 어느 날은 처음 개화했을 독초의 끝에서 자지러질 듯 현란한 향기가 자욱하게 1951년과 52년의 피비린내처럼 풍겼다. 그것은 1950년부터 시작되었을 게 분명한 피가 섞인 정적의 냄새였다. 철원 평야에서는 언제나 그 냄새가 났다. 모든 부대원들도 그걸 알고 있었다. 또한 그들 모두가 입대 후 1년만 지나면 그 정적의 무게에 짓눌려 몸의 형태조차 변해 버렸다. 다리는 가늘어졌으며 몸은 블록처럼 직사각형으로 눌린 모양이 되었다. 안개는 모든 병사들을 똑같은 모양으로 찍어내었다. 그는 언제나 또 다른 매복 지점으로 이동하기 위해 9명의 분대 병력과 함께 복사에 올라탔다. 낡은 1과 ½톤 복사의 헐떡이는 호흡이 안개의 벽에 부딪혀 고스란히 되돌아왔다. 동서남북 어디를 봐도 안개뿐이었다. 복사는 속력을 더했다. 아무리 가로질러도 언제나 평원은 끝나지 않았다. 일직선으로 된 미로의 함정을 평원은 갖고 있었다. 아무리 달려도 트럭으로는 그 평원을 가로지를 수 없었다. 트럭은 망령들의 집에 다다를 수 없었다. 망령들의 집은 안개 성처럼 대지에 뿌리박지 않았으므로 안개처럼 만져지긴 해도 그 문을 열고 안으로 들어갈 수는 없었다. 그곳에서 3년이 다 되어가던 무렵부터 어느 날 보초 근무에서 돌아와 무심히 거울을 들여다보면 그의 얼굴은 원뿔형으로 변해있었다. 또 어느 날 그의 얼굴은 세모꼴의 입방체로 짓눌려 있기도 했다. 그는 차츰차츰 호흡하는 것이 성가시게도 생각되었지만 아울러 그의 언어라는 것도 조금씩 의미 없어지는 것을 깨달았다. 막사 내에서도 점점 그는 "예." "아닙니다." "모릅니다."의 세 단어 외에는 필요하지 않게 되었다. 그는 평원의 하중과 정적의 냄새에 체념했다기보다는 순응했다는 편이 옳았다. 점점 들판은 무섭지 않은 것이 되었고 오히려 들판 아닌 것이 조금씩 무서워지기 시작했다. 그는 지나치게 들판에 적응한 것인지도 몰랐다. 소란한 것이, 지나치게 환한 것이, 예각이 그는 점점 무서워졌다. 그는 그때부터 시라는 것을 쓰기 시작했다. 처음엔 아아아 라고만 썼다. 그렇게 쓰기 전에는 그는 자신이 들판의 잡초처럼 대지에 붙어서 그저 기생하고 있는 것만 같았으므로. 그가 저도 몰래 반항하듯이 혹은 소리쳐 울듯이 아아아 라고 수첩에 썼을 때 그는 자신의 그 무엇이 수첩에 모이는 걸 느꼈고 들판은 곧장 그가 쓴 아아아 에 대응해서 우우우하고 울부짖기 시작했다. 그래서 그는 수첩에 우우우 라고 다시 썼다. 그렇게 그는 시라는 것을 쓰기 시작했다. 모든 풀잎들의 끄트머리를 한곳에 모아 놓고 들판은 가끔 제 혼자서 우우우 울기만 했다. 그의 끄트머리도 그곳에 모아졌다. 그는 그의 모든 각을 내놓아야 했다. 그는 그저 살아가면 되었다. 그리고 대부분 아아아와 우우우로 속말이 이루어진 시를 썼다. 그는 제대 후 한동안 심한 실어증에 시달렸다. 그리고 모든 환한 것이 싫었다. 제대 후 6개월여를 다락 방 속에 틀어 박혀 지내던 어느 날 그는 용기를 내어 한낮에 중앙시장 한 복판에 진출하기로 결심했다. 그는 그 결심을 어머니에게 말했다. 어머니는 그에게 연분홍빛이 도는 티셔츠를 입게 하셨고 그를 택시에 태워 가장 복잡한 중앙시장 한 복판에 내려 주었다. 어머니는 그에게 두 번이나 웃어 주었고 그의 궁둥이를 쳤고 장바구니를 들고 사람들 틈바구니로 사라졌다. 가을 오후의 햇살이 따가웠다. 그는 시장 안이 너무 낯설어서 중앙시장 한 복판에 가만히 서 있었다. 그는 왜 자기가 이 시간 이곳에 꼭 서 있어야 한다고 결심했는지 생각해 보려 했지만, 생각을 모으기도 전에 그의 어깨는 행인들과 자전거에 실린 콜라 상자에 연거푸 두 번이나 부딪혀야 했으므로 그는 여하튼 어디론가 가지 않으면 안 되었다. 그는 무작정 여기저기를 밀려다녔다. 그는 조류에 따라 흐느적거리며 흘러 다니는 연분홍 해파리처럼 시장바닥을 떠다녔다. 그는 어렴풋이 다시 사회의 사람으로 돌아가야 한다는 막연한 의무감을 느꼈었다. 그러려면 그는 평원의 망령들에게 빼앗겨버린 자기 자신을 다시 되찾아야만 했다. 물이 좀 간 듯한 고등어와 오징어에 찬 물을 끼얹는 어시장에 들어갔을 때 그는 그 생선 좌판에 머물러 가만히 엎드렸다. 오방떡과 복떡과 인절미와 희거나 푸른 송편이 진열된 떡 가게 앞에서 그는 송편의 상큼한 콧날에 머물렀고, 2층의 곡물 가게로 오르는 계단에서는 쓰레기통과 더러운 장대 걸레를 쓸고 지나갔다. 망치며 톱날 못 따위가 들어있는 수선함 곁에서는 그 함을 베고 자는 청소부 아저씨의 때가 절어 반질거리는 광대뼈에 머물렀다. 평원의 망령들에게서 처음 풀려나 보려는 그의 자기 자신은 옷 가게에서 싸전으로. 싸전에서 미싱 수리점으로, 미싱 수리점에서 형제 포목점으로, 형제 포목점에서 중앙 정육점의 '고기는 냉장고에' 라고 적혀 있는 푯말로 고기는 냉장고에 에서 마른미역 줄기로 마른

미역 줄기에서 대두 1되 9천 원으로, 9천 원에서 중앙시장 옆 포교당의 종소리로, 종소리에서 옥천 다방의 셀룰로이드를 덮어쓴 유리창으로, 그곳을 뚫고 어항 속의 금붕어로, 그리고 막 금붕어의 입속으로 들어가는 실지렁이로 옮아 다니기 시작했다. 제일 슈퍼마켓 앞을 지날 때엔 그의 통제를 벗어난 그의 자기 자신이 햄 소세지 속으로 돌진해 스스로 햄소세지 모양으로 얌전하게 구부러져 포장되었다. 그는 끈 풀린 개처럼 개장수의 울타리를 벗어나 사방팔방으로 충돌하고, 부수고, 하늘의 뭉게구름처럼 부풀고, 잔 멸치의 눈처럼 쪼그라들고, 장난감 가게 앞에서 아이들의 폭음탄처럼 발파되어서 퍼져나갔다. 그는 찢어진 풍선 조각처럼 자신이 너덜거리는 걸 느꼈다. 사라진 줄만 알았던 철원의 들판 전체가 도망간 개를 찾는 개장수처럼 그를 쫓아왔다. 1950년과 51년과 52년의 망령들이 일제히 그의 귀에 대고 소리쳤다. 폭파 폭파 폭파. 그는 귀를 막고 시장 바닥에 엎드렸다. 그때 시장 내에 설치된 확성기에서 안내방송이 흘러 나왔다. 그것은 아이를 찾는 안내방송이었다. 노란 양말에 파란 운동화를 신고 흰색 줄무늬 티셔츠를 입은 여섯 살 난 사내아이를 찾고 있었다. 그는 온몸에 힘이 빠져나가는 것을 느꼈다. 그는 무릎에 머리를 파

묻었다. 그것은 천사의 목소리임에 틀림없다고 생각했다. 그는 감격해서 조금 흐느끼기 시작했다. 그때 누군가 그의 어깨를 두드렸다. 그는 그 손을 잡았다. 아주 깡말랐으면서도 털이 수북한 손이었다. 머리를 들어보니 그 손의 임자가 웃고 있었다. 뿐만 아니라 주위에서도 왁자한 웃음소리가 들려왔다. 그 손의 임자는 팔에 완장을 찬 걸로 보아 시장의 경비원인 듯했다. 그는 완장 찬 경비원이 들판의 망령이라는 걸 알았다. 그는 뉴욕이라고 쓰인 붉은 모자를 쓰고 있었다. 뉴욕이 그의 등을 두어 번 치고 나서 시장의 출구를 가리켰다. 그는 천천히 자리에서 일어났다. 그는 이곳까지 그를 쫓아온 모든 평원의 망령들 앞에서 이를 악물었다.

이 검객은 크게 한숨을 쉬며 눈을 떴다. 가오리처럼 날렵한 주인 여자가 건너편 자리에서 그를 물끄러미 바라보고 있었다. 오랫동안 그를 바라보고 있었던 듯했다. 두 사람밖에 없는 카페 안은 평원처럼 고요했다. 그는 왠지 주인 여자가 망령들의 집을 알고 있을 것 같다는 생각이 들었다. 그는 범나비처럼 스스럼없이 그녀에게 날아오르고 싶었다. 그리고 그녀의 숨과 자신의 호흡이 같아지기를 기다려 나비처럼 긴 대롱의 입을 뻗쳐 그녀의 꽃잎을 헤쳐 보고 싶었다. 그리고 씨방으로 통하는 일직선의 미로를 깊숙이 들어가 보고 싶었다. 안개뿐인 창 밖 해안도로에서 1과 ½톤 복사의 무거운 발열 음이 아득히 다시 들려오더니 그 소리들은 안개에 먹혀 형체도 없이 곧 사라졌다. 그는 그녀의 씨방으로 흘러 들어가고 싶었다. 그때 이 시인이시죠? 하고 주인 여자가 그에게 말했다. 그는 20년 전의 그날 아이를 찾는 중앙시장의 안내방송을 다시 듣는 듯했다. 그는 그녀에게 손을 내밀었다. 그녀는 그의 조금씩 떠는 손에 놀라지도 않았고 무슨 소리를 내지도 않았다. 그녀가 다가와 가만히 그의 손을 잡았다. 그는 그녀의 손에서 문득 씨방 속의 어떤 광장을 느꼈다. 수많은 반딧불이 낮임에도 불구하고 연두색의 눈 부신 빛을 온몸에 가득 매달고 풀잎 사이를 반짝이며 날아다녔다. 천국이었다. 그의 소파로 다가와 앉은 그녀가 그의 어깨를 천천히 잡아당겼다. 그리고 붉은 스커트를 입은 자신의 무릎 위로 그를 눕게 했다. 이 검객은 뭐라 말할 수 없는 위로를 느꼈다. 그는 그녀의 무릎 위에서 곧장 깊게 잠드는 것이 이러한 사랑에 대한 예의라고 생각했다. 그는 말 잘 듣기로 작정한 여섯 살 난 어린아이처럼 눈물이 맺혀가는 눈을 애써 감았다.

<산 귀신 죽은 귀신>

강릉 고속버스 터미널 앞 가게에는 그곳이 바다가 가깝다는 것을 가르쳐 주는 듯이 명태포가 주렁주렁 걸려 있었다. 나는 충동적으로 포와 소주 두 병을 사서 배낭에 집어넣고는 곧장 택시를 잡아타고 선산으로 갔다. 충북 집에서의 미팅 시간까지는 아직 다섯 시간이나 여유가 있었다. 만 오천 원이 나온 미터 요금을 보고 이만 원을 기사에게 내밀었다. 경포대 입구에서부터 산길을 꽤 많이 들어온 탓이었다. 기사는 같잖다는 듯이 나를 한번 쏘아본 후 아무 말도 하지 않고 차를 돌려 황급히 언덕 사이로 사라졌다. 선산은 아주 더웠다. 선산의 동쪽으로는 내 키보다 훨씬 낮은 수평선을 가진 사천 바다가 조용히 누워있었고 서편으로는 내 키보다 훨씬 높은 수평선을 가진 대관령이 진 고개를 향해 구불구불 흘러가고 있었다. 나는 할아버지와 할머니의 묘를 지나쳐 아버지의 묘소로 내려갔다. 묘 주위엔 아주 오래된 소주병이 두어 개 흙먼지를 뒤집어쓰고 있었다. 나는 소주를 큰 종이 잔에 가득 채우고 절을 올렸다. 10년 만이었다. 나는 술과 포를 챙겨 들고 묘소 옆 키 작은 소나무 그늘로 자리를 옮겼다. 그리고 남은 소주 반병을 큰 종이 잔에 모두 채우고 단숨에 벌컥벌컥 들이켰다. 오래지 않아 빈속에 마신 술이 확 오를 즈음 묘 속에 누워계신 아버지가 십년 만에 문득 내게 말을 건넸다. 잘 있었냐? 그래 이젠 뭐든지 다 물어봐라.

예……?

뭐든지……. 니가 알고 싶은 건 뭐든지 다 물어봐.

아버지는 49년 전 열 살이었던 나와 헤어질 때도 지금과 똑같이 말했었다. 아직도 똑똑히 기억한다. 아버지와 헤어지기 전날 밤. 창포 여인숙 203호였다. 아버지가 형광등 불을 탁 끄자, 진눈깨비로 변하는 눈이 가로 등 불빛 아래로 소리 없이 쏟아졌다. 창밖에선 어떤 남자가 인적 끊긴 거리에서 마치 눈더러 들으라는 듯이 고래고래 노래를 하며 지나갔다. 복도 건너편 방으로 한 여자가 술 취한 남자를 부축하느라 애를 쓰는 소리가 나더니 문이 쾅 소리를 내며 닫혔다. 창틈으로 눈 몇 송이가 후다닥 뛰어 들어왔다. 니가 알고 싶은 건 뭐든지 다 물어봐. 아버지가 말했다. 아니에요. 아버지. 난 아무것도 궁금하지 않아요. 내가 말했다. 방안이 푸르스름해지도록 젊은 아버지도 그의 열 살 먹은 아들인 나도 잠들지 못하고 있었다. 젊은 아버지가 한 손을 더듬더듬 마른 몸에 비해 통통한 편인 내 볼로 뻗었다. 아버지의 손에 내 볼을 타고 흐르던 물기가 닿았다. 이리 오너라, 얘야. 예, 아버지. 나는 아버지의 가슴팍에 난생처음 머리를 푹 묻었다. 또 먼 데를 돌아온 무적소리가 뚜우우 울었다. 다음날 나는 혼자 할머니의 집으로 낡은 가방을 메고 들어갔다. 골목 입구에서 내가 군데군데 페인트칠이 벗겨진 조그마한 초록색 대문으로 들어가는 것을 지켜보던 아버지는 골목을 재빨리 빠져나갔다. 일본으로 밀항을 하기 위해서였다. 그 아버지가 지금 여기에 누워있다. 그리고 49년 전 그때와 똑같이 내게 뭐든지 물어보라고 말하고 있다. 나는 49년 전이나 지금이나 아버지에게 물어 볼 말이 없다. 나는 조금 망설이다가 자리를 털고 일어나 아버지의 묘소 조금 위쪽에 있는 할아버지의 묘로 걸어갔다. 빈속에 음복한 소주 반병이 과했는지 걸음이 조금 휘청거렸다. 할아버지의 묘 뒤쪽에서 갑자기

장끼가 한 마리 푸다닥 뛰어 올랐다. 나는 준비해 온 여분의 소주를 한 병 더 땄다. 생각하니 이 세상 모든 일이 다 이상했다. 이 집안의 이상한 피도 그랬다. 만주의 어느 벌판, 추운 날, 아버지는 거적때기 속에서 식량을 구하러 간 할아버지를 밤새 기다리다 지독하게 아팠다고 했다. 그날 밤 내내 비몽사몽간에 경포 소학교 시절 운동장의 벚꽃 사이로 비치던 파란 하늘이 보이고 무언가 알듯 말듯 한 게 느껴졌다고 했다. 그것만이 사실 나는 궁금했다. 그것은 무엇인가? 그것이 아버지의 모비딕인가? 알 수 없었다. 그러나 아버지에겐 어떤 것도 물어보고 싶지 않았다. 나는 물끄러미 할아버지와 아버지를 이어 내가 묻힐 장소로 찜해 놓았던 붉은 땅을 한참 바라보았다. 그때 묘 아래쪽에서 아버지가 다시 말했다. 물어봐 모르는 건 뭐든지. 벚꽃에 대해서건 뭐건. 나는 말했다. 아버지 벚꽃 틈 속 같은 건 아버지의 것이니까 아버지만 알고 계셔도 돼요. 아시겠어요? 항상 아버지만이 세상의 주인공은 아니에요. 아버지는 평생 저에 대해 뭐 궁금했던 적 있어요? 아버지는 저의 모비딕이 뭔지 궁금해하실 줄도 알아야 해요. 궁금하지 않으시죠? 당신의 장남이 이런 인간이 된 게 궁금하지 않으시죠? 예? 제가 어떤 인간이 되었냐고요? 네. 저는 그냥 살아있는 귀신이 되었어요. 아버지는 그냥 귀신일 뿐이구요. 그것뿐이에요. 그러자 아버지는 허를 찔렸다는 듯이 말이 없어졌다. 나는 두 병째 새로 마신 술이 정수리까지 치밀어 오르는 걸 느끼며 아버지에게 말했다. 아버지 제가 고재봉 얘기나 하나 해 드릴까요? 아버지 부하 고재봉 말이에요. 아버지는 헛기침을 한번 내뱉었다. 조금 궁금해 하는 눈치였다. 나는 말했다. 제가 아홉 살 되던 해였어요. 1965년쯤 되었나? 그땐 팔에 쇠갈고리를 매단 상이군인들이 아무 관공서에나 마음 내키는 대로 들어가곤 하던 시절이었죠. 그리고 기관장의 책상에 연필이나 껌을 내려놓고 팔에 매달린 쇠갈고리로 땅 소리 나게 내리치는 거죠. 그리곤 아무 말 없이 새파란 눈으로 양복쟁이 기관장을 쏘아보지요. 그리고 눈빛으로 말해요. 넌 알잖아 새꺄 내가 왜 이 꼴인지 넌 누구 덕에 지금 양복 입고 이 짓 하는지 하고. 그런 거죠 뭐. 그렇게 버티면 뭐가 나와도 나오니까요. 그들 앞에서 양복쟁이들은 돈을 내놓죠. 양복쟁이들은 감히 상이군인들의 장사 밑천인 연필이나 껌에는 손을 대지도 못해요. 아버지도 잘 아시잖아요. 바로 그런 사람들을 관리하던 사람이 아버지셨으니까요. 그리고 고재봉은 아버지의 오른팔이었죠.

내가 우리 집이 아닌 바깥에서 고재봉을 본 것은 그때가 처음이었다. 묵호항이었다. 나는 연탄과 시멘트를 일본으로 수출하던 수출 전용 부두를 지나 어선들만 따로 모여 있는 어항 쪽으로 걸음을 옮기고 있었다. 방파제 끝으로 바다가 갈라져 하얀 거품을 내뿜고 있었다. 나는 며칠 전 묵호 극장에서 본 영화 십계의 한 장면을 떠올렸다. 거기에서도 바다가 갈라졌다. 그러나 바다가 갈라지는 것보다도 더 나를 충격에 빠뜨린 건 실은 모세가 이집트에서 잘나가던 시절 그를 유혹하던 한 무희의 벨리댄스였다. 무희의 부풀 대로 부푼 가슴은 어디론가 뛰쳐나가려는 듯이 덜렁거렸고 눈동자는 고양이보다도 새파랬다. 포스터에서 본 그대로였다. 그때 이집트에서 잘나가던 시절의 모세처럼 단단한 몸을 가진 젊은 사나이가 무어라고 큰 소리로 외치고 있었다. 사람들이 빙 둘러서서 그를 구경했다. 뭔가 심상찮은 긴장감이 그들 모두를 감싸고 있었다. 나는 작은 몸을 이용해서 사람들 틈을 비집고 들어갔다. 잘 나가는 것 같은 젊은 사나이는 베인 상처에 잘 듣는다는 약을 팔고 있었다. 조잡한 약 곽이 쌓여있는 사과 상자 위에는 스텐 쟁반이 놓여 있었고 그 위에는 나무 손잡이가 달린 작은 칼이 하나 놓여 있었다. 사람들은 젊은 사내의 부풀어 오른 목의 혈관과 나무칼을 번갈아 바라보고 있었다. 뭔가 붉고 완악하고 살벌한 어떤 것이 사람들의 발걸음을 꽉 붙들어 매고 있었다. 나 역시 점점 알 수 없는 어떤 전율을 느끼며 숨을 몰아쉬었다. 무어라고 악을 쓰며 약을 선전하던 사내는 손에 들고 있던 약 곽을 사과 상자 위에 탁 소리 나게 내려놓고 반팔 러닝셔츠의 오른쪽 소매를 걷어 올렸다. 그의 완강한 이두박근에는 장미꽃 문신이 새겨져 있었다. 그 장미꽃은 수많은 칼자국으로 금이 가 있었다. 그의 시커멓고 붉게 탄 얼굴이 갑자기 굳어지더니 구경꾼들을 천천히 무서운 눈으로 둘러보았다. 나도 다른 이들처럼 침을 꿀꺽 삼켰다. 젊은 사내의 바로 뒤편에서 해는 지글지글 끓고 있었고 해를 등진 사내는 시커먼 동굴 속 같이 어두워지고 있었다. 그는 대뜸 쟁반 위에 놓여 있던 작은 칼을 왼손으로 들어서는 그의 장미 문신에 갖다 대었다. 사내가 심호흡을 하자 나도 몰래 그의 호흡을 따라 가슴이 싸아하게 아파왔다. 사내는 제 팔을 천천히 갈랐다. 칼이 장미의 중간쯤을 지날 때 고통에 그가 이를 앙다물었다. 장미에서는 금세 붉은 피가 송글송글 맺히는듯하더니 이윽고 줄 줄줄 마구 새어 나오기 시작했다. 그는 장미의 피가 묻은 칼을 천천히 사과 상자 위에 내려놓았다. 그리고 그는 곽에서 물기가 배인 얇은 나무 무늬의 종이 한 장을 재빨리 끄집어내서 이두박근에 딱 붙였다. 거짓말처럼 피는 즉시로 멎었고 그는 다시 막 어려운 묘기를 끝낸 서커스 단원처럼 상기된 표정으로 바뀌면서 사람들에게 약이 든 곽을 턱턱 하나씩 안겨주기 시작했다. 그때였다. 갑자기 구경꾼을 헤집고 고재봉이 나타났다. 그는 염탐꾼인 듯 한 더러운 티셔츠를 입은 사내에게 나와바리니 뭐니 하며 몇 마디 하고 나서 장미꽃 문신 사내에게 다가가 다짜고짜 그의 옆구리를 걷어찼다. 사나이가 그 충격에 몸을 굽혔다가 다시 고개를 들자, 고재봉은 정확히 그의 가슴을 또 한 번 강하게 걷어찼다. 사내가 바다에 빠질 듯이 주춤주춤 뒤로 물러나더니 새파랗게 날이 선 칼을 집어 들었다. 나도 몰래 아 하는 탄성이 흘러나왔다. 고재봉은 별것이 아니라는 듯 칼을 든 사나이 쪽으로 똑바로 걸어갔고 그 사나이를 무시하듯 제대로 쳐다보지도 않고 그의 어깨를 스쳐지나 장미꽃 사내의 약상자를 상자째로 집어 들더니 폐유와 죽은 물고기가 떠다니는 부두 아래로 그냥 집어 던져 버렸다. 그리고 뒤로 돌아서 곧장 칼 든 사나이에게 다가가 볼을 가죽 장갑 낀 주먹으로 쩍 소리가 나게 사정없이 후려쳤다. 그야말로 목이 돌아가 버릴 듯한 펀치의 충격을 나는 짐작 할 수 있었다. 나는 나도 몰래 내 볼을 움켜잡았다. 칼 든 사나이는 고재봉에게 덤벼들지 않았다. 그는 어헉 어헉 하는 신음 소리를 내며 갑자기 울기 시작했다. 칼을 쥔 손이 부르르 떨렸다. 그는 잊지 않겠다는 듯 고재봉을 똑바로 쳐다보면서 구경꾼들을 뚫고 뒷걸음질 쳤다. 그리고 칼을 쥔 채 등을 돌려 묵호루가 있는 오래된 골목길로 뛰어 달아나기 시작했다. 나는 고재봉이 알아볼까 봐 사람들 사이로 몸을 낮추었다. 갑자기 귀가 먹먹해지며 이명이 울리기 시작했다. 나는 귀를 막고 그 자리에 가만히 주저앉았다. 정신을 차려보니 고재봉도 구경꾼도 없었다. 장미꽃 문신도 없었다. 그가 있던 자리에 다가가 바닥을 살펴보았다. 사내의 팔에서 떨어져 나왔을 성싶은 피를 머금은 얇은 나뭇결이 죽은 물고기의 내장 곁에서 흐물거리며 결이 풀리고 있었다. 나도 장미꽃 문신 사내처럼 세상으로부터 주춤주춤 뒷걸음질 쳤다. 바다에서 짠 내와 비린내가 먼 곳의 방파제를 넘어 온 돌풍에 실려 확 끼쳐왔다. 나는 그들이 다닐지도 모를 큰길을 피해 아까 장미꽃 문신의 사내가 칼을 들고 도망쳤던 묵호루가 있는 골목길 안으로 달아났다. 항구 앞의 첫 골목길이었다.

그곳은 더러운 개천을 따라 이리저리 굽어지며 미로 같이 얽혀 있었다. 나는 검은 물이 쏟아져 내리는 개천을 따라 무작정 도망가기 시작했다.

여기까지 얘기했을 때 아버지는 뭔가 감회에 젖는 듯했다. 내가 아버지에게 다시 말했다. 아버지는 이제 단지 산 사람과 얘기하고 싶어 하는 한 귀신일 뿐이에요. 아시겠어요? 그러니 산 사람과 얘기를 하고 싶으면 예의를 갖추세요. 귀신이 됐으면 이제는 귀를 열어야 할 것 아닙니까. 나도 낼모레면 육십이에요. 근데 하나도 나이를 먹지 못했어요. 어린 나이에 너무 일찍 산 귀신이 되어버렸으니까요. 이젠 나도 월반 해야겠어요. 나도 한번 시쳇말로 인생 6학년이 돼 봐야 할 것 아니냐구요. 죽을 때까지 1학년일 수는 없잖아요. 내가 이 나이에 모비딕이니 어쩌니 하고 돌아다니는 게 아버지 보시기엔 장난치는 것 같죠. 일생에 제대로 된 추억 하나만 있으면 된다고 아버진 항상 그러셨잖아요. 오늘 내가 그걸 만들 겁니다!!

나는 난생처음 아버지를 쏘아보며 말했다. 아버지가 무덤 속에서 장미꽃 문신 사내처럼 한 발짝 뒤로 물러섰다. 나는 묵호루 옆의 검은 개천 같은 술을 목구멍에 콸콸 쏟아부었다.

무덤 속에서 아버지가 천천히 말했다. 바다 한가운데에서 안개 먹고, 토하고, 안개 먹고, 안개 입고, 안개 덮고, 칠팔 년을 그 짓 하다 보면 안개 속 어딘가에서 촌 계집애들의 웃음소리가 와하하 하고 들려오는 때가 있어. 깜짝 놀란 적이 한두 번이 아니야. 엉덩이가 남산만 한 것들이 떼로 모여서 말이야. 안개 자욱한 횡계, 진부 그런 촌 동네 감자밭에서 듣던 걸 인도양 무풍지대 한복판에서 듣는단 말이야. 믿어져? 나는 고개를 끄덕인다. 아버지는 계속 말한다. 걔들은 방앗간이든, 막국수 잘하는 임계 황금 식당이든. 왕산 골짜구니에 이랑 긴 감자 밭이든 어디든 저희들끼리 모이기만 하면 뭐 별것도 아닌 걸 가지고 와하하 하고 황소처럼 우렁차게 웃으면서 난리가 나. 다들 힘이 장사니까. 그럼 그걸 듣는 사람도 신이 나지. 괜히 막 기분이 솟구치고. 막걸리라도 한 사발 쭉 안 들이켜곤 못 배겨. 태평양 한 복판의 안개 속에서도 그 소리가 들린단 말야. 공기 좋은 데서 밭일만 해가지고 다들 힘이 세다 보니 이것들이 여자인데도 소처럼 빡세지. 좋지! 난 그게 좋아. 그래서 나는 이 땅에 되돌아왔던 거야. 그 소리 실제로 다시 듣고 싶어서 말이야. 말을 마친 아버지는 다시 조용해졌다. 아버지는 한국에 돌아오자마자 방앗간 기계 수리 일을 배워 전국을 다시 떠돌았다. 나는 그때부터 영영 아버지와 불목했다. 아버지는 평생 걸려서 겨우 그 엉덩짝에 가 닿은 거군요. 그 말에 무덤 속의 아버지가 할 수 없다는 듯 고개를 끄덕였다. 나는 아버지를 물끄러미 바라보다가 말했다. 엉덩짝에 닿아서 퍽이나 자랑스러우시겠어요. 아버지. 아버진 그래서 생이 힘들었던 거예요. 왠지 아세요? 엉덩짝이든 뭐든 뭐 하날 진짜로 아는 사람들은 다 생이 힘들어요. 게다가 아버지는 강하잖아요. 그러니 그걸 지켜내느라 또 더 힘 들었던거에요. 그런데 저는 그렇지 못해요. 지금까지 제가 얘기했던 건 다 헛수작이에요. 나는 사실 아버지도 아시다시피 난쟁이 똥자루만 한데다가. 솔직히 말해. 큰 소리만 쳐대고 약삭빠르고 꼴에 애태우며 여자 밝히고 게다가 속으론 천하의 겁쟁이에요… 아버진 다 알고 계셨죠? 사실 나는 산속은 안 무섭지만 이 세상은 너무 무서워서 아무것도 할 수가 없어요. 그래서 인생 6학년이 가깝도록 뭐 하나 제대로 한 게 없어요. 이리 피하고 저리 숨고 여기서 헤헤거리고 저기 저 깜깜한 데서 아무도 모르게 훌쩍거리고 그렇게 60년을 그냥 뱅뱅 돌았어요. 뱅뱅 사거리. 그게 나예요. 아버지 기질을 물려받은 아들인데도 말이에요. 이젠 그런 나에게 화가 나요. 쪽 팔려서 죽을 지경이에요. 게다가 나는 벚꽃 속도 모르고 남산만 한 엉덩짝이 왜 최고인지도 모르잖아요. 내게도 그런 걸 알 날이 올까요?? 만약 그게 온다면 내가 그것도 피해 돌아다닐 거라는 건 확실해요. 저는 돌아다니는 게 그냥 제 삶이 되어버렸으니까요. 뱅뱅 사거리에선 모든 것이 뱅뱅 돌기만 해야 하죠. 멈추면 죽는 거예요. 그렇게 미쳐 돌아다니는 게 제 삶이에요. 그래서 여기 온 거고요. 이젠 끝내려구요. 그만하고 싶네요. 그래도 아버지 기질을 물려받은 전데 그렇다고 무작정 관둘 수는 없잖아요. 모비딕에게 한번은 돌진해 봐야죠. 백경의 그레고리 펙처럼요. 백경에게 물로 끌려가 죽은 줄 알았던 에이합 선장이 몇 분 후에 백경에 묶인 채로 다시 떠오르잖아요. 그리고 선원들은 보게 되죠. 에이합 선장이 아니 내가 제일 좋아하는 그레고리 팩이 여전히 작살로 백경을 찔러대고 있는걸요. 멋지지 않아요 아버지? 내가 국민학교 시절 묵호 극장에 숨어 들어가 본 수많은 영화 중에 그 장면처럼 제게 충격을 준 건 없었어요. 제가 그리는 제 삶의 꿈은 거기가 마지막이에요. 그러자 무덤 속 아버지가 말했다.

아들아, 너 결혼은 했냐??

나는 아버지에게 따지듯 말했다. 아버진 귀신이 되셔가

지고 내가 결혼했는지 안 했는지도 모르세요? 지금 장난 치시는거에요? 아버지는 조금 어리둥절한 표정을 짓다가 손을 내저으며 말했다. 나는 죽은 이후로 이 무덤을 떠나 본 적이 없다. 나는 여기가 좋아. 조용하고 꽃 피고 경포 바다에 파도치는 소리도 어깨 너머로 들리잖니. 그리고 내가 엿볼 수 있는 시간은 내가 살아있던 당시뿐이야. 니가 날 미래로 불러주지 않으면 나는 미래로 갈 수 없어. 그렇지만 난 미래로 가고 싶지 않아. 나는 과거와 이곳만으로 충분해. 그래서 바깥소식은 모른다. 우리 같은 처지에 있는 귀신들은 바깥이 미래야. 아주 멀어. 그리고 몸이 바깥이지. 그래서 그것도 멀어. 나는 아버지가 갑자기 무슨 철학자라도 된 것 같아서 내 귀를 의심했다. 바깥이 미래라니요. 그리고 몸이 바깥이라구요? 그건 무슨 말씀이세요? 나는 아버지에게 대들듯이 말했다. 아버지 그런 건 아버지 입장에서 다 필요 없는 얘기에요. 갑자기 철학자로 거듭 나신 건 축하드리지만요. 그러나 제 결혼에 대해서 궁금하시다면 말씀드릴게요. 아버진 단지 손주가 있느냐 없느냐 그게 궁금하신 것뿐이잖아요. 아버지의 손주 있습니다. 그러니 앞으론 더 이상 그런 건 궁금해하지 마세요. 바깥이나 미래 따위엔 관심 끊으시고 지금같이 그냥 이렇게 쭉 사세요. 언제고 꽃 필 때 저도 이 부근에 묻힐 거니까. 그때 어떻게 하실 지나 생각하시든가요. 아버지 이제 그만 헤어집시다. 저 갈랍니다. 저 따라오지 마세요. 그리고 제가 죽거든 다시 만나요. 그때 못했던 얘기 실컷 하기로 하고 안녕히 계세요. 아버지 안녕. 지독한 피였어요 우리들은. 나는 비틀거리며 아버지의 묘를 떠났다. 사천 바다가 시원하게 내려다보이는 언덕이었다. 나는 바다로 가기 위해 억새꽃 흐드러지게 핀 언덕길을 비틀비틀 걸어 내려갔다.

〈심 교수의 가출〉

마르고 자그마하며 눈이 반짝이는 사람 심 교수는 연구실 한켠에 걸어놓았던 추련도를 오랜만에 끌어내렸다. 그는 검을 천천히 뽑았다. 그리고 나무로 만든 칼집을 책상에 내려놓고 추련도를 앞으로 쭉 내밀어보고나서 조금 속도를 가해 허공에 몇 차례 휘돌렸다. 정육점의 고기 토막 내는 칼처럼 날이 크고 두꺼운 추련도가 웅웅 소리를 냈다. 그가 좋아하는 이 칼은 별 장식도 없이 튼튼하기만 하다. 그는 사람들에겐 이 칼을 그냥 막 칼이라고 말한다. 이 칼은 사인검처럼 날렵하거나 화려한 구석이 전혀 없다. 심 교수는 답사 여행 중에 우연히 들렀던 충주 충렬사에서 임경업 장군의 추련검을 20년 전 처음 만났을 때의 저릿하던 느낌을 항상 잊지 않고 있었다. 개인의 생애가 깃든 물

건 특유의 무게감과 상남자스런 힘, 그리고 뭐라 말하기 어려운 비애와 피 냄새를 그 칼은 갖고 있었다. 그는 추련검을 사랑하여 그와 흡사한 칼을 한 장인에게 주문 제작해서 그의 연구실 한켠에 걸어놓았다. 그리고 추련검이 아니라 추련도라 이름 지었다. 그는 교직 생활 내내 연구실에 조교를 들여 본 적이 없다. 또 추련도의 검기 탓에 방문자가 와도 오래 앉아 있지는 못한다고 스스로 생각한다. 맑고 높고 고운 웃음과 차 한 잔. 그게 그 방에 찾아온 사람들이 심 교수에게 선물 받는 것의 전부다. 그는 오늘 현대 불문학사 시간에 바슐라르의 짧은 시를 하나 소개했다. 그 시는 시골 농가 지붕의 굴뚝에서 나와 허공을 곧게 오르는 연기에 관한 시였다. 연기는 굴뚝을 타고 곧게 올라간다. 오르고 또 올라도 오르는 존재는 발밑이 허전하지도 않고 무섭지도 않다 무게도 없이 그저 곧장 하늘을 향해 오르는 흰 연기 끝에 바슐라르는 왜일까? 라고 엉뚱한 물음표를 하나 던졌다. 심 교수는 그 이상한 왜에 답 할만한 그 만의 무엇이 있다. 고교 2학년 때 감행한 첫 번째 가출에서 느꼈던 그 무엇이었다. 그는 고 2 여름방학이 시작되는 기념으로 삼문사에 들렀다가 바슐라르의 촛불의 미학이 번역되어 나온 것을 발견했다. 불문학 지망생이었던 그였던지라 촛불의 미학이라는 제목이 주는 매혹은 특별했다. 그는 그 책을 구입한 후 회산에 있는 집까지 서둘러 돌아와서 그 책을 펼쳐 조금 읽다 말고 책을 탁 덮었다. 아무도 모르는 곳에 가서 촛불을 켜놓고 혼자 촛불의 미학을 읽고 싶다는 충동이 강하게 일어났기 때문이었다. 그는 사흘 후에 인생 최초의 1박 2일짜리 가출을 실현했다. 공부 잘하고 행실 반듯하며 조신한 그가 여름 방학을 맞아 친구 집에 다녀오겠다, 하고 나간 걸음이니 가출이랄 것도 없었지만 그는 그 행위가 생애 처음으로 지적 인생을 홀로 살아내기 위한 첫 번째 가출이라고 스스로 규정했다. 섬세한 그가 고심 끝에 찾아낸 가출 장소는 집에서 4킬로쯤 떨어진 남대천 둑방 밑의 성내 여인숙이었다. 작은 마당을 중심으로 해서 ㄷ 자로 생긴 몹시 낡은 기와집 이었다. 그는 석양녘의 둑방길을 한 시간여 서성이다가 해가 지고 모기와 날 파리들이 성내 여인숙의 네온사인으로 마구 모여들 때쯤 해서 슬그머니 여인숙의 칠이 벗겨진 키 낮은 초록색 대문을 밀고 들어갔다. 왠지 밤이 돼야 자신의 첫 번째 가출이 더 익명성을 가질 수 있을 것 같다고 의미를 두긴 했지만 고 2에 불과한 얌전한 고등학생이 여인숙에 홀로 들어간다는 건 꽤 용기를 필요로 하는 일이기도 했다. 그리고 육백 원을 내고 방 하나를 차지했다. 밤이 왔으나 방안의 형광등은 옆방과의 경계에 걸쳐서 걸려 있었다. 나무판자로 막아 간이로 방을 한 칸 더 낸 탓이었다. 그리고 형광등을 켜고 끌 수 있는 선은 옆방에 놓여있었다. 그는 불을 꺼달라고 요구할 만한 용기가 없었다. 그는 형광등이 꺼지기만을 기다렸다. 옆방에선 신음 소리가 난무했다. 끊어졌다간 다시 시작되고 이제 다 끝났나 싶으면 더 큰 소리로 울려 퍼졌다. 거의 밤 두시가 넘어서야 옆방에선 여자의 신음 소리가 멈추고 불이 꺼졌다. 그는 한숨을 쉬고 나서 드디어 준비해 간 양초를 켜고 책을 꺼내 들었다. 그러나 오랜 시간 신음 소리에 신경을 곪아 맺던 터라 책에 집중할 수 없었다. 단지 뜨거운 주홍색 촛불의 속은 노랗고 그 속은 또 차갑도록 파랗게 빛나는 그 별것도 아닌 듯한 작은 것들 속에서 바슐라르가 쏟아 놓는 사유에 매력을 느꼈다. 그는 이 세계 안에 또 다른 세상이 있구나! 하는 것을 그때 처음 맛보았다. 그것은 아름다움이라는 세계였다. 그는 촛불 속의 파란 불을 바라보며 바슐라르에게 인사하듯이 그즈음 갓 배운 불어 발음으로 "갸스똥 바슐라흐" 하고 발음해 보았다. 그리곤 책을 덮고 두 팔 위에 턱을 올려놓고 촛불을 찬찬히 들여다보았다. 새벽녘이 가까워 후두둑거리던 빗소리는 곧 쏴아 하는 소리로 바뀌었다. 소나기로 변한 빗소리가 기와지붕에서 방안으로 폭포처럼 쏟아져 내렸다. 그러자 촛불은 뭔가 말하려는 것처럼 더 곧게 솟아올랐다. 그러면서 이따금 빠지직 소리를 내며 몸을 비틀었다. 그는 촛불을 따라 여인숙의 천장으로 오르며 또 여인숙의 흙냄새 나는 낡은 기와지붕을 뚫고 비 오는 하늘도 아랑곳하지 않고 붉은 점처럼 타오르며 서서히 솟아올랐다. 그는 끝없이 솟아오르면서 구름을 뚫고 새까만 성층권까지 도달해서는 뜨거운 점 하나로 남다가 환하게 소멸하는 자기 자신을 연상했다.

심 교수는 오늘 충북 집에 모이자는 제의를 사흘 전 이 시인에게 받았다. 송규대가 서울에서 십여 년 만에 내려온다는 것이었고 이젠 우리가 모비딕을 잡을 때도 됐다고 하더라고 이 시인은 말했다. 모비딕이라……. 단오 행사 관련 차 그가 오는 것이긴 하겠지만 모비딕이라는 단어는 그에게 묘한 충격을 주었다. 그는 어쩌면 오늘 집에 돌아가지 못할 수도 있다는 예감 앞에서 오늘 밤을 다루듯이 추련도를 뽑아들었던 것이다. 그는 허공의 어느 한 점에 똑바로 칼을 겨누었다. 그에게는 그만의 모비딕이 있다. 그는 지리산 왕등재에서의 생애 두 번째 가출을 떠올렸다.

그리고 거기에서 만난 그만의 모비딕을 똑바로 바라보았다.

해발 1,027미터. 왕이 올랐다는 고개. 지리산 왕등재 정상의 산 늪이다. 해 질 녘 시골 초등학교 분교의 운동장만 한 왕등재 산 늪엔 그맘때쯤 사람의 길이 사라진다. 그 대신 동쪽으로 뻗은 백두대간이 또 다른 흘림을 만들어 모든 길을 산 늪으로만 모아 놓았다. 난데없이 늪지기를 자청한, 오래된 무덤이 하나 있는 것 외엔 사람의 흔적은 없었다. 그는 늪지기가 된 무덤 속 사람이나 심 교수 자신이나 다 미쳤다고 생각한다. 죽어서도 굳이 이곳에 올라와 묻혀 늪지기가 된 이도, 살아서 촛불 앞에 공연히 눈을 부릅뜨고서 목이 타는 느낌에 텐트 바닥을 손가락으로 북북 긁고 있는 자신도 다들 좀 돌았다고 생각한다. 대원사 인근에서 출발한 산행은 계류를 따라 산으로 오르는 것에서 시작됐다. 오를수록 계류는 점점 더 작은 물줄기로 변했다. 그 물줄기를 타고 계속 오르자, 되돌이표처럼 원을 그리는 기포가 있는 작은 웅덩이를 만났다. 졸졸거리며 그 웅덩이에 물을 흘려주는 조그만 물길 바로 위가 왕등재 산 늪이었다. 신라시대 초기에 화백 회의를 주재하러 왕이 올랐다는 소위 영산 영지 중의 한 곳이라고 설명을 듣긴 했다. 그러고 보니 지리산이 신라의 오악 중의 하나였다는 것도 어느 책에서 읽은 기억이 났다. 늪은 깊은 곳도 정강이 밖에는 차오르지 않았다. 그 늪은 수원지도 따로 없이 토탄 속에서 스스로 솟아 나오는 물로 만들어진 고요한 물의 집이었다. 며칠 전 관동대학교 평생교육원에서 시를 가르치는 이 검객이 학생들과 함께하는 지리산 문학기행 답사를 그에게 권유했었다. 심 교수도 여름 방학이 끝나가도록 어디 한군데 짧은 여행조차 가지 않았던 터였다. 그래서 그들을 따라 그곳에 오른 것이 실수라면 실수였다. 그들은 왕등재에서 모두 즐겁게 웃고 다음 행선지를 위해 그 곳을 떠나갔지만 그는 그럴 수 없었다. 충렬사의 추련검에서 느꼈던 것 같은 비애는 없었지만 뭔가 그의 감성을 잡아당기는 산 늪만의 소박한 당당함이 그를 잡아끌었던 것이다. 그는 시 창작 사람들과 함께 하산한 후 서둘러 그들과 작별하고 차에 넣어 두었던 텐트를 꺼내 들고 홀로 이 늪으로 다시 올라왔다. 그리고 이틀째 이 늪에 매달려 있는 중이었다. 초코파이 4개로 이틀을 버티면서 왜 이런 괴이한 감성 속에 그가 있는지는 그도 모른다. 촛불이 파랗게 작열하면서 새벽녘 더 위로 솟구치듯이 그의 감성은 이틀 동안 점점 더 타오르며 예민해졌다. 마치 바싹 당겨진 마른 북 위에 쏟아진 깨알들이 각자 통통거리며 북 위를 뛰어다니듯이. 그가 늪에 귀를 기울이면 늪은 그의 숨소리조차 반은 흡수하고 반은 되돌려 주었다. 산 늪은 그의 상념조차도 반은 품고 반은 물때를 입혀 그에게 되돌려 주었다. 산 늪은 그의 침묵 속의 열기조차 반은 흡수하고 반은 그에게 물기운을 실어 되돌려 주었다. 그는 산 늪과 무슨 게임을 하고 있는 것 같았다. 이것은 어떤 게임인가? 하고 그는 생각했다. 늪은 자기의 존재성을 전혀 주장하지 않았으므로 따로 그에게 어떤 퀴즈 같은 것을 던질 리는 만무했다. 단지 형성된 지 4천만 년이나 된 산 늪은 얕은 물 깊이와 4천만 년이라는 거대한 시간이 접속되어 뭔가 기묘하면서도 아슬아슬한 고요함을 가지고 있었다. 그 수면은 마치 가죽이 팽팽하게 당겨진 작은 북의 표면처럼 어떤 두드림에도 반응하려 했다. 그래서 심 교수 자신이 알 수 없는 그 무엇을 던지면 산 늪은 그 답을 메아리처럼 튕겨내는 것이었다. 그래서 이 게임은 불규칙하고 매우 피상적인 음악을 심 교수 자신이 연주하면서 동시에 자신이 객석에서 음악을 듣고 있는 것과 같았다. 그는 알 수 없는 갈증 탓에 점점 더 목이 탔다. 그리고 이틀째의 또 다른 밤이 왔다. 그는 불협화음만 만들어내는 그의 상념을 버리고 산 늪에만 귀를 기울이기로 했다. 그러자 첫 번째로 느낀 것은 고요함의 맛이었다. 고요함도 다 맛이 달랐다. 이 산 늪의 고요함은 밤이 되자 사방팔방에 물질화된 채 살아나서 금강초롱의 초롱 안에도 열매처럼 고였다. 그 맛은 시원하면서도 물질감이 느껴지도록 달콤하기까지 했다. 늪이 어딘가로 흐르고 있다는 느낌 탓에 그는 촛불을 보다 말고 살짝 텐트를 열고 밖으로 나갔다. 반달로 차오르는 달빛이 늪에 쏟아지고 있었다. 멀리 지리산 천왕봉의 검은 동선이 무슨 절간의 사천왕처럼 거대하게 버티고 서 있었다. 늪 건너편에서 무엇이 버석대는 소리가 들렸다. 산돼지였다. 지난밤에 산돼지들은 그의 텐트 근처로 와서 헉헉대며 물을 마시고 갔다. 그때는 많이 놀랐지만 지금은 하나도 무섭지가 않고 오히려 반가웠다. 예닐곱 마리의 산돼지가 지난해의 낙엽 속을 마구 뛰어 돌아다니다가는 멈추고 멈추다가는 아주 조용해졌다. 그는 이 산 늪이 갖고 있는 4천만 년의 추억을 어림짐작할 수조차 없었다. 그는 수많은 산 위의 별조차도 왜 산 늪의 표면에 그 빛이 닿으면 숫기를 잃는지 그것이 궁금했다. 밤의 구름이 크게 나타나 하늘의 고래처럼 느긋하게 지리산 산군을 스쳐 지나갔다. 늪의 물은 따로 흐름도 보이지 않고 움직임도 없어 보이지만 흐르고 있다고 그는 느꼈다. 그러다 문득 그는 산 늪이 4천만 년이나 자기 자신 속으로 흐르고 있다는 걸 깨달았다. 그래서 농밀해지다 못해 이런 기이한 맛을 풍기기조차 하는군. 하고 그는 고개를 끄덕였다. 스삭 스삭 하고 산사 초에 제 몸을 열어주던 바람이 늪 건너편에서 갑자기 그에게로 달려와 그의 발목을 감싸보고는 다시 늪의 깊숙한 데로 몰려갔다. 그는 점점 초등학교 분교의 운동장만 한 불가사의하고 거대한 꽃잎의 위에서 자그마한 맹꽁이처럼 속절없이 흔들리고 있는 것 같았다. 그는 자꾸 흔들렸다. 꽃잎은 뭔가 새로운 균형으로 가기 위해 심 교수의 형이상학적인 상념과 추억들을 조금씩 더 거칠게 내동댕이치고 있는지도 몰랐다. 먼 서쪽 하늘에서 금성이 두어 번 강하게 번쩍거렸다. 아침 10시가 될 때까지 그는 입가에 침이 흘러내리는 것도 모르고 새벽에서 아침으로 산 늪이 변해가는 것을 지켜보았다. 아침 햇살이 늪 표면에 닿자마자 어디선가 갑자기 풍뎅이가 요란한 소리를 내며 날아오고 실고추 잠자리가 산 오이풀 속을 헤집고 돌아다녔다. 흰제비란이 피어있는 수면 위로 소금쟁이들이 햇빛을 반사시키며 이리저리 떠다녔다. 그는 산 늪이 의외로 속이 꽉 차있으며 따갑고 시끄럽기까지 하다는 걸 알았다. 그는 자리에서 일어나 산 늪 주위를 걸어 다녔다. 늪에서 몇 발짝만 떨어져도 길이 없는 산속이었고 그곳은 감옥 같았다. 그 감옥은 덩굴손과 키도 넘는 억새와 곳곳에서 발목을 잡는 나무뿌리로 엮이어 있었다. 그는 대결하듯이 눈앞을 가로막는 생나무 가지들을 닥치는 대로 후려치며 앞으로 나아가 보았다. 그러자 감옥은 점점 더 견고하게 심 교수를 옥죄었다. 억새를 후려치다 말고 그는 힘이 빠져 숨을 헉헉거리며 자리에 주저앉았다. 그리고 자신이 그저 집안과 학교와 민주주의와 문학과 종교로 구성된, 잘 닦인 길이 있는 인간세계에서만 살아왔으며 그 이외의 세상은 전혀 모르고 있다는 사실을 슬픈 마음으로 인정하지 않을 수 없었다. 그는 가쁜 숨을 몰아쉬며 그의 텐트가 있는 산 늪으로 돌아왔다. 산 늪 가까이에 와서야 겨우 시야가 트이고 숨을 제대로 쉴 수 있었다. 그는 도시로 도망가고 싶었다. 그는 늪으로 다가가 무릎을 꿇고 하늘을 보며 말했다. 하느님 아아 하느님 이렇게 터무니없는 시간이 이 산꼭대기에. 이렇게 밋밋한 맹물이, 얕게 깔린 맹물이 거의 없는 거나 마찬가지인 이 맹물이, 다른 옷도 입어본 적이 없는 맹물의 나체가, 바보 같이, 천치, 바보 같이. 그저 아래로 흘러 나가는 작은 물줄기에 토탄 한 덩어리 밀어 넣으면 썩어 없어져 버릴 이 늪이 4천만 년이나 아아 하느님. 그는 앞뒤도 없는 독백을 쏟아낸 후에 늪의 물을 벌컥벌컥 들이마시고 텐트로 기어 들어가 잠이 들었다. 꿈속에서도 그는 따갑고 뜨겁고 목이 탔다. 그가 일어났을 때는 늦은 오후였다. 텐트 밖으로 보이는 하늘은 반쯤 흐리고 나머지 반은 맑게 개여 있었다. 그는 자리에서 일어나 늪 가로 나와 앉았다. 산사 초 끄트머리에선 물잠자리가 천천히 꼬리를 말고 있었다. 그 위로 길이가 오백 미터쯤 되고 깊이도 그만한 구름 한 장이 왕등재에 그림자를 드리우며 지나갔다. 잠시 후 짐승 같은 구름이 천왕봉 정상 부근에 슬쩍 걸쳐졌다. 그러자 천왕봉은 이내 그 구름의 끄트머리를 꼭 붙잡았다. 구름은 화들짝 놀라 그냥 없던 일처럼 제 무리를 쫓아가려 했지만, 꼭 솜사탕 뭉치를 막대기 하나에 휘감기게 하듯 천왕봉은 구름을 끌어당기기 시작했다. 잠시 후 구름 아래쪽이 어두워지더니 곧 자욱한 빗발의 공간이 천왕봉 아래쪽과 산 늪 사이에 생겨나기 시작했다. 제 자신을 밑으로 쏟아놓기 시작하던 구름은 우리에 갇혀 먼 데만 목을 빼고 쳐다보는 양의 얼굴처럼 바뀌더니 그 양의 목이 점점 길어지고 엷어졌다. 한 시간 반이 지나자, 비를 머금었던 구름은 온데간데없어졌다. 한 시간 반의 시간조차 구름과 함께 온데간데

없어졌다. 하늘은 구름이 빠져드는 또 다른 산 늪 같았다. 구름과 구름의 시간이 사라진 그곳을 바람은 마음대로 불어닥치고 산 까마귀 떼는 누르스름해지는 석양의 마지막 빛을 향해 날아올랐다. 그 색깔처럼 누르스름한 음색의 수자폰 소리가 서쪽 하늘에서 들려올 것 같았다. 감청에서 흑청으로 하늘이 바뀌고 있었다. 그리고 사흘째의 이상한 밤이 왔다. 밤이 오면서 작은 새들의 재잘거림도 사라졌다. 산 돼지들도 전혀 나타날 낌새조차 없다. 무슨 일이냐는 듯 모두가 모두에게 머리를 갸우뚱하며 서로에게 귀를 기울였다. 산사초가 산사 초를 듣고, 늪이 늪의 흐름을 듣고 있었다. 심 교수는 늪 가까이 서 있는 흰 나무위로 기어올라갔다. 물 같은 오랜 시간이 늪에서 서서히 피어올랐다. 사람은 꿈이 깨어지고 산 늪이 꿈을 꾸기 시작했다. 그는 흰 꽃 같은 산 늪을 오랫동안 바라보다가 그 역시 천천히 산 늪의 꿈을 꾸기 시작했다. 그리고 어느 순간 그는 왕등재에 오르는 왕들을 느꼈다. 역사책에서나 보던 이사금, 차차웅, 마립간들이었다. 심 교수는 산 늪이 보여주는 광경을 꿈을 꾸듯 바라보았다. 왕은 여섯 부족 간의 큰 다툼을 해결하러 여러 부족장들과 함께 산 늪에 왔다. 그곳에 올라온 왕은 심 교수가 그랬던 것처럼 오랜 집중 끝에 서서히 자기 자신을 떠나기 시작한다. 그리고 산 늪의 말을 듣기 위해 크게 심호흡을 하고 산 늪에게 귀를 기울인다. 부족장들 또한 조용히 늪의 말에 귀를 기울인다. 산 늪의 깊이를 알 수 없는 투명함이 달빛 속에 희부윰하게 빛난다. 흔들리며 늪 속으로 걸어 들어가는 왕이 흰빛을 띤다. 심 교수는 왕이 늪의 영적인 짐승 같다고 생각한다. 은빛 바다의 거대하고 흰고래와 같은 존재 말이다. 왜 그를 흰고래처럼 느끼고 있는지는 그도 모른다. 왕이 흰고래인지 왕을 받아서 녹인 산 늪이 흰고래인지 아리송해하는 그를 두고 왕은 늪 속으로 서서히 페이드 아웃되며 여섯 부족장들은 어떤 답을 본다. 심 교수는 나무 위에서 왠지 내려가고 싶지 않았다. 그는 흰 나뭇가지 위에 자신의 몸을 걸어놓고 그 속에서 그냥 눈만 뜨고 살고 싶었다. 가슴이 결리도록 그는 그렇게 했다. 그곳은 아주 안전했다. 어쩌면 나무 위에서만……. 왕은 보이는 것인지도 모른다고 심 교수는 생각했다. 왕의 꿈을 받아들인 산 늪은 잘 익은 과일 속같이 싱싱해졌다. 심 교수는 이윽고 나무에서 내려와 늪에 손을 담갔다. 수온은 조금 차가운 듯했지만, 그는 그 물이 정말로 살아 있다는 것을 알았다. 물은 말랑거리고 부드러웠으며 익고 또 익은 살구 속 같았다. 그는 이곳을 왜 왕들이 올랐는지 알 수 있었다. 너는 착하다…… 현명하다……
부드럽고…… 예민하다고 그는 산 늪에게 말했다. 그는 그
곳을 문득 작은 천지 같다고 생각했다.

〈충북집으로 가기 위하여〉

사천 바다는 투명했고 얼음같이 차가웠다. 초여름의 찌르는 듯 따가운 햇볕이 모래사장을 달구었지만, 발목에 차오르는 바닷물은 비명을 지를 만큼 차가웠다. 나는 비틀거리며 모래톱으로 돌아와 가방을 열고 우산을 꺼내 파라솔처럼 펼친 후에 우산이 바람에 날려가지 않도록 손잡이를 모래 속에 깊이 찔러 넣었다. 그리고 바지를 벗었다. 수영복은 이미 공중화장실에서 팬티 대신 착용한 뒤였다. 나는 웃통을 벗고 우산 밑에 비스듬히 누워 담배부터 한 대 꺼내 물었다. 텅 빈 해변인 줄 알았는데 화사한 커플 티를 입은 한 청춘 남녀 커플이 우산이 가린 내 시야 안으로 들어왔다. 그들은 하얀 반바지 차림으로 무어라 귓속말을 주고받으며 내 앞을 스쳐 지나갔다. 우산 밖으로 머리를 내밀어 해변을 훑어보았으나 그들 커플 외에는 사람이라곤 없었다. 나는 내 시야의 한쪽 끝 하얀 바위가 서 있는 쪽으로 그 이상한 커플이 사라지는 걸 지켜보았다. 그때 멀리 4킬로나 떨어진 경포 해변에서부터 쾌속 보트에 탑승했을 아가씨들이 내 눈앞까지 전속력으로 다가오는 게 보였다. 그들은 내 눈앞의 해변에서 급히 유턴을 했다. 보트가 펑펑거리는 소리를 내며 수면에 부딪쳤고 그때마다 그들은 꺅! 하고 소리를 질렀다. 나는 해변이 조금 더 조용해지기를 기다렸다. 나는 고래가 느껴지기를 기다렸다. 급할 건 아무것도 없었다. 뭐랄까……. 바다는 나라는 시간보다 훨씬 더 넓었다. 그래서 멋진 거라곤 하나도 없는 내 생애조차 그 넓이 속에서는 조금 구원받는 듯도 했다. 그 구원의 느낌은 천 년 된 건장한 느티나무에 착 달라붙은 매미의 안도감 같은 것일지도 몰랐다. 나는 다른 매미들과는 좀 다른 기이한 소리를 내며 괴상하게 일생을 울었다. 내 삶은 단지 그것뿐이다. 나는 바닷바람 속에서 오랜만에 마음속 한 귀퉁이가 자유로워지는 걸 느꼈다. 나는 턱을 괴고 비스듬히 누워 하늘의 구름 숫자를 하나하나 헤아려 보기 시작했다. 육십 네 개였다. 나는 그것들을 느긋이 감상했다. 그러다 문득 저 구름이 헤치고 모이고 하다가 서른

한 개가 되는 시점에 바닷속으로 들어가야 하겠다는 생각이 들었다. 왜 그런 생각을 했는지는 모른다. 혹시 선산에서 죽어라 마셔 댄 술이 평소에는 안 써 본 엉뚱한 감각 기관을 열어 놓은 건지도 몰랐다. 그때부터 사천 바다 위의 구름은 마치 사람의 일생을 놓고 두는 거인들의 장기판처럼 보이기 시작했다. 구름들이 열다섯 개로 크게 헤쳐 모여서 화산재처럼 각기 하늘 높이 솟아오를 때 문득 무덤에서 아버지가 한 말이 떠올랐다. 바깥이 미래고 몸이 미래다는 말. 몸이 미래다? 생각해 보니 그건 꽤 의미심장한 말이었다. 그래서 나는 구름의 몸을 지켜보기로 했다. 구름의 몸은 변하지 않는 듯하다가도 잠깐 한눈이라도 팔면 그때마다 순식간에 바뀌었다. 나는 그 이유가 궁금했다. 그래서 십 분 이상 다른 곳으로 시선을 전혀 돌리지 않고 구름을 계속 바라보았다. 멈춘 듯한 구름이 순식간에 바뀌는 이유는 간단했다. 그들은 그저 쉬지 않고 움직였다. 그 움직임 때문에 바뀐 구름의 모양은 1초도 안 돼 조금이라도 다른 것으로 변하고 그렇게 변한 것에 기초해서 또 1초도 안 돼 더 다르게 변하기 때문에 변화의 횟수는 기하급수적으로 늘어나서 구름의 모양은 전혀 상상 할 수 없는 미래처럼 순식간에 아예 다른 것으로 만들어졌다. 빠르다 싶으면 늦고 수직이다 싶으면 수평으로 번져가고 새로 만들어진다 싶으면 새로 사라져 버리는 그 움직임에서 매 시각 전혀 다른 리듬이 생겨나고 있었다. 그 리듬 속에서 구름의 어떤 감정 같은 것이 느껴졌다. 놀라운 일이었다. 한 시간이 순식간에 지나갔다. 나는 머리를 괴고 누운 오른쪽 팔이 불편해졌다. 그래서 몸을 반대로 뒤틀고 새 담배에 불을 붙였다. 그러자 나라는 시간의 추가 역회전하기라도 한 것처럼 또 그에 맞추기라도 하는 듯 한 일이 벌어졌다. 점차 리듬이 느려지며 그냥 하늘로 연기처럼 높이 솟아올라 소멸 될 줄 알았던 구름들이 내가 몸을 바꾸어 누운 것과 거의 동시에 갑자기 북쪽으로 방향을 바꾸며 속도를 내어서 헤쳐 모이기 시작했기 때문이었다. 이러한 우연도 내게는 몹시 이상한 일이었다. 나는 막 쏟아지듯이 흩어지며 옆으로 기울어 북쪽으로 달려가는 구름들의 숫자를 급히 세었다. 이윽고 거짓말처럼 서른한 개의 구름 숫자가 나타났다. 서른한 개의 구름들이 또 다른 시간의 숫자로 변하기 전에 나는 자리에서 일어났다. 그리고 물안경을 급히 머리에 쓰고 나는 얼음장 같은 바닷속으로 곧장 뛰어 들어갔다. 처음에 바다로 한 삼십 미터를 전진할 때는 온몸에 차가운 불이 붙은 듯했지만 뭔가 비장한 각오 덕에 개의치 않았다. 그러나 계속 전진하자 차가운 불같은 물이 피부에 착 달라붙었다. 차가우면서도 뜨겁고 뜨거우면서도 얼이 나갈 정도로 차가운 불이 몸속으로 점점 번져나갔다. 그렇게 또 삼십 미터쯤 나아가자, 몸이 심하게 떨렸다. 나는 그 차가운 불을 떨쳐 내기 위해 힘껏 손발을 휘저었다. 나는 좀 더 바닷속으로 전진했다. 곧 추위에 온몸이 경직되기 시작했다. 나는 숨을 몰아쉬었다. 온몸이 점점 딱딱해지려 하고 있었다. 선산에서 마신 술은 이미 순식간에 다 빠져나갔고 나는 곧 흰고래에 묶인 그레고리 팩처럼 차디 찬 물 속을 들락거리기 시작했다. 이빨이 서로 딱 딱 맞부딪쳤다. 나는 이 상황을 헤아려 보려 애썼으나 머릿속까지 얼어붙는 듯해서 도무지 생각이라는 걸 할 수 없었다. 나는 숨을 몰아쉬며 얼핏 내가 떠나온 해변을 바라보았다. 하얀 모래사장에는 사람 하나 없었다. 거기엔 강렬한 햇빛만이 쏟아지고 있었다. 그리고 또 하나 살이 하나 떨어져 나가 약간 찌그러진 검은 우산이 기우뚱한 채 모래톱에 꽂혀 저 혼자 해풍에 건들거리고 있었다. 나는 그 광경에 왠지 가슴이 얼얼해졌다. 그 찌그러진 우산이 그냥 나 자신 같아 보였기 때문이었다. 그리고 저 찌그러진 우산 같은 나 자신에게로 남은 힘을 다해 돌아가야 할지 이왕 이리된 것 수평선 너머 큰 바다에서 새 장기판을 위해 구름을 불러 모으고 있을 모비딕을 향해 더 깊은 바다로 나아가야 할지 어느 쪽도 갑자기 자신이 서지 않았다. 나는 침착해지기 위해 차가운 불같은 바닷속으로 오히려 몸을 뒤집어 잠수했다. 햇빛이 투과한 바다는 알 수 없는 자의 초록빛 눈처럼 환히 빛나고 있었다. 눈을 뜬 바다는 그저 차디차게 나를 바라볼 뿐이었다. 나는 그 뚜렷하고 차가운 시선이 좋아서 순간 울컥해졌다. 뜨거운 멀미 같은 것이 목구멍에서 치밀어 올라왔다. 나는 수면위로 몸을 솟구쳤다. 그리고 숨을 몰아쉬며 아무도 없는 해변의 모래톱에 비스듬히 꽂힌 채 혼자 해풍에 건들거리고 있는 다 찌그러진 검은 우산을 보았다. 그때 충북 집에 가야만 한다는 생각이 번개처럼 내 머리를 스쳤다. 나는 두말없이 진초록 바다에 등을 돌리고 해변의 검고 찌그러진 우산을 향해 발악하듯 헤엄치기 시작했다.

충북 집은 사라지고 없었다. 제일은행 앞에서 택시를 내려 옛 송원당 자리로 흐르는 복개한 개천 위를 지날 때만해도 나는 가슴이 뛰었다. 충북집이라니 하면서. 은발의 보살 같은 할머니가 만들어주는 오징어불고기를 구워놓고 좋아하는 사람들과 십 년 만에 만나서 마주칠 옛 경월 소주의 싸한 맛을 미리 맛보면서. 그런데 충북 집은 그 자리에 없었다. 충북집이 있어야 할 자리엔 빈티지 풍의 구제품 옷 몇 벌만이 목 매달린 것처럼 허공에서 바람에 덜렁거리고 있었다. 택시 부 광장까지 내려가서 그 일대를 샅샅이 살펴보았으나 충북 집은 보이지 않았다. 시계를 보니 약속 시간은 아직 삼십여 분이나 남아있었다. 나는 실망한 채 제일은행 앞으로 다시 돌아와서 추억이 시키는 대로 옛 시청 쪽으로 조금 걸었다. 문을 닫아 걸은 청탑 다방을 아프게 바라보면서 조금 더 걷다가 나는 본능적으로 옆 골목으로 들어섰다. 그 골목을 보는 순간 기억의 한 끝머리가 펼쳐지며 머릿속이 환해졌기 때문이었다. 나는 "영춘아" 하고 살짝 소리 내어 불렀다. 예전 그 골목 끝엔 영춘 여인숙이 있었고 내가 영춘이라고 이름 붙인 목련이 한 그루 있었다. 영원한 봄이란 의미의 영춘 여인숙과 강릉 시내에서 가장 빨리 피고 균형이 잘 잡힌 성숙한 목련 영춘이는 절묘한 콤비였다. 나는 그 나무를 영춘이라고 혼자 이름 짓고 영춘이를 만나러 가는 날을 여러 차례 기다렸었다. 그날이 오면 나는 항상 그 목련에서 피는 봄을 가장 먼저 보기 위해 늦은 밤 여인숙 간판 아래로 달려가곤 했던 것이다. 한 밤, 여인숙의 자그마한 간판 불빛을 받아 빛나는 영춘이의 희디흰 자태는 첫눈처럼 아름다웠다. 그 목련 아래로 걸어가 하늘을 올려다보며 향내를 느껴보는 시간은 가슴 설레었다. 그럴 땐 늦은 밤 주위를 두리번거리며 영춘 여인숙의 문을 미는 수상한 연인들마저 그리 예뻐 보일 수 없었다. 영춘이가 벙긋벙긋 피어나면 그 아래에서 수상한 연인들은 일제히 사랑을 나누어야 마땅한 것이었다. 내가 영춘아 하고 소리 내어 부르며 급히 골목 끝에 이르렀을 때 영춘 여인숙은 그 자리에 없었다. 2층 전체가 흰 타일로 덮여 예쁘던 그 건물은 사라지고 그 자리엔 그저 텅 빈 허공뿐이었다. 영춘이도 보이지 않았다. 그 자리엔 화단 표시를 해놓았던 타일만이 빛바랜 채 남아있었다. 나는 화단 가에 털썩 주저앉았다. 한참 골목 끝만 바라보았다. 용기를 내어 돌아본 화단엔 베어진 영춘의 그루터기가 남아있었고 거기엔 대 못이 두 개나 박힌 채 X자로 꺾여 있었다. 세상은 이런 종류의 무서움과도 싸워야 하는 곳이었다. 불현듯 묵호 어판장에서 자신의 이두박근을 베던 젊은 사나이가 다시 떠올랐다. 그가 고재봉에게 장사 밑천을 다 잃고 가슴에 대못이 박힌 채 묵호 어판장을 떠나 살아갔던 곳은 또 어디였을까? 태백의 탄광? 주문진 어판장? 서울 종 3 정도의 사창굴 건달? 그냥 거지? 아님 나름 출세해서 항만청 수위? 그렇지 않으면 고재봉 같은 오른팔을 두셋씩 데리고 다니는 사채업계의 거물? 그가 무엇을 했든 벌써 나이가 70은 훨씬 넘었을 것이고 이제 그가 살아온 모든 생은 그저 하나의 낡은 장미꽃의 이미지에 불과 한 것이 되어버렸을지도 몰랐다. 그의 이두박근 위의 수도 없이 베어졌던 장미꽃 문신 같은 것 말이다. 나는 내 셔츠의 소매를 걷고 내 이두박근 위에 새겨진 장미 문신을 내려다보았다. 내 장미는 붉지 않았다. 내 장미는 아직도 검은 기름이 떠다니는 묵호 항구의 바다처럼 아주 검었다. 영춘이가 죽어버린 골목길에서 삼십 분이 지나가고 난 후 심 교수와 나 그리고 이 검객은 용강동 서부 시장 안의 진부 집에서 만났다. 충북 집이 사라졌다고 낙심해서 보낸 문자에 그들은 나를 아직도 노란 양철 주전자에 막걸리를 담아내는 곳이 있으니 그리 오라는 것이었다. 휴대폰을 통해 이 검객이 한 말로는 거기가 심 교수의 단골집이라고 했다. 나는 조금 의아했다. 소설가 이효석처럼 모던한 심 교수와 바람과 쥐가 함께 들락거릴 것처럼 남루한 진부 집은 전혀 어울리지가 않았으니까.

검은 넥타이를 매고 10년 만에 나타난 이 검객은 머리가 많이 빠져있었고 해골처럼 뼈만 보였다. 심 교수는 산

안개에 막 세수를 하고 난 은방울꽃이라도 되는 양 소년처럼 해 맑았다. 그를 바라보니 내 피는 이상하게 살짝 끓어오르며 산돼지처럼 꽥꽥 소리를 내려고 했다. 나는 그런 내가 웃겨서 슬쩍 웃었다. 내 웃음을 신호탄으로 파티가 시작되기라도 한 것처럼 때맞춰 거대한 아구찜이 상위에 올라왔다. 이 검객과 나는 아무 말 없이 오래된 나무 탁자 위의 막걸릿잔을 비우기 시작했다. 심 교수는 들고 온 가죽 가방에서 와인병과 와인잔 하나를 꺼내더니 시커먼 칠레산 와인을 스스로 따라 조금씩 마시기 시작했다. 그는 안주로 나온 아구찜과 돼지 족발엔 손도 대지 않았다. 옆 테이블의 거나하게 취한 아저씨 그룹이 뭔가 우리가 수상한지 수세미같이 뒤엉킨 머리카락을 막걸릿잔에 빠뜨릴 듯이 몸을 앞뒤로 휘청이며 우리를 노려보았다. 이 검객과 내가 아무 말 없이 막걸리를 두 주전자째 비웠을 때 그들은 뭔가 비위가 상한 듯 낡은 미닫이문을 쾅 소리 나게 닫고 나가버렸다. 그 서슬에 한 떼의 바람이 주막으로 밀고 들어와서 오래된 갓 전등을 살짝 흔들었다. 퍼뜩 고흐의 감자 먹는 사람들이 생각났다. 내가 먼저 입을 열었다. 자 여기에 모인 이유는 다들 아실 테고 한마디씩 합시다. 모비딕입니다. 그러자 이 검객이 세 주전자째의 첫 막걸릿잔을 탁자에 탁 소리 나게 내려놓으며 작심한 듯 말했다. 결국은 전국 노래자랑이죠! 그러면서 젓가락으로 막걸리를 막 비워 낸 노란 양철 잔을 톡 하고 두드렸다. 이상한 침묵이 흘렀다. 모비딕을 잡자는데 그 답이 전국 노래자랑이라니 아주 의아했다. 가진 것 다 내려놓고 누구하고라도 춤추며 어울리는 세상이 곧 모비딕 아니겠냐고 얘기하는 것 같긴 했으나 모비딕과 전국 노래자랑 사이는 산과 바다처럼 멀고 그런 헤아림의 방식은 이 검객의 시처럼 어려웠다. 좀 어렵네 하고 내가 말했다. 젓가락을 내려놓고 빈 막걸릿 잔을 무섭게 노려보던 이 검객이 전국 노래자랑으론 조금 부족하다는 걸 눈치챘는지 돼지 족발이 여전히 가득 담긴 접시를 내려다보며 다시 말을 이었다. 결국은, 돼지 뒷다리 뼈 어딘가에 숨어있는 우리가 모르던 새로운 살 한 점이기도 하구요. 또 테이블에 이상한 침묵이 흘렀다. 진부 댁이라고 옆 테이블 사람들에게 불리던 주모가 세 번째의 막걸리 주전자를 우리 탁자에 쿵 하고 내려놓았다. 나는 이 검객의 잔에 꿀럭 거리는 소리가 나도록 막걸리를 따라 주었다. 그리고 이 검객의 얼굴을 올려다보았다. 듣고 보니 전국 노래자랑과 돼지 뒷다리 뼈에 붙은 새로운 종류의 근육이라는 게 뭔가 어울려 드는 듯도 했으나 한편으론 여전히 요령부득이었다. 심 교수는 말없이 와인 잔을 이 검객에게 들어 보였다. 이 검객이 검붉어진 피부를 더욱 찡그리며 말했다. 제가 노래하나 할게요. 최신곡입니다. 요새 노랜데 곡목은 인순이의 어린 피노키오, 자 합니다, 하더니 그는 노래하기 시작했다. 전 곡을 노래하는 것은 아니었고 가사의 특정 부분만 편집해서 리듬감이라곤 전혀 없이, 마치 시국 강연 하듯이 그는 노래했다. 어린 피노키오야 꽃이 또 핀다. 틱탁 탁탁 시계는 또 돈다. 가슴이 또 뛴다. 다들 알지? 오케이 바람이 또 분다. 꽃이 또 핀다. 바람이 또 분다. 가슴이 또 뛴다아. 다들 알지. 오케이! 가사와 이 검객의 짠한 호흡만이 있는 노래가 끝났을 때 나는 이 검객을 위로하듯이 그와 잔을 부딪쳤다. 그 노래를 하고 나서 이 검객의 얼굴은 더 시커멓게 일그러졌다. 사형장에 끌려가는 자가 억지로 죽음의 공포를 이겨보려는 듯 그의 해골 같은 얼굴은 더욱 처연해졌다. 사지에 몰린 에이합 선장의 얼굴이 떠올랐다. 그때였다. 설거지를 마친 진부 댁이 우리 자리로 아주 자연스럽게 다가오더니 그 꺼칠꺼칠하고 투박한 손으로 심 교수에게 이불이라도 덮어씌우려는 것처럼 그를 뒤에서부터 덥석 감싸안았다. 그러더니 우리를 바라보고 갑자기 마냥 우리가 귀

엽다는 듯이 황소처럼 큰 소리로 우하하하 하고 웃어제끼기 시작했다. 진부 집 천장이 날아갈 듯 우렁찬 웃음소리였다. 나는 정신이 아득해졌다. 도대체 이게 어떻게 돌아가는 판이란 말인가. 아버지조차 강원도 산골짜기 안개 낀 길고 긴 밭이랑에서 일하는 소같이 튼튼한 아낙네들의 웃음소리 그것 뿐이라고 임종 자리에서도 말했었다. 정신이 아득해진 나를 아랑곳 하지도 않고 심 교수는 산골짝에서 일하는 황소보다 더 건강해 보이는 진부 댁이 따라주는 두 잔 째의 와인을 한 잔 가득 받았다. 그러더니 나와 이 검객에게 천천히 얼굴을 돌리며 진부 댁에게 할 말을 우리 모두를 바라보며 말했다. 난 너만 있으면 돼! 그리고 심 교수는 추련도를 뽑아 들듯이 칠레산 와인이 가득 담긴 와인 잔을 테이블 위로 높이 들어 올렸다. 그는 용강동의 왕 같았다. 형광등 빛에 와인 잔의 크리스탈이 반짝하고 빛났다. 그 잔은 마치 용강동 시장의 진부 집에서만 10년에 단 한 번 볼 수 있을 뿐인 성배 같기도 했다. 이것으로서 이 게임이 끝났다는 걸 그 자리에 모인 모두가 알았다. 무덤 속에서 나를 따라 진부 집까지 쫓아온 아버지가 내 귓속에 대고 속삭이듯 말했다. 이게 바로 몸이라는 거다. 규대야. 오케이? 바람이 또 분다. 그때 나는 내 찌그러진 양철 막걸릿잔을 심 교수의 칠레산 포도주가 가득 담긴 성배에 닿게 하기 위해 천천히 머리 위로 올리며 술 한 방울 먹지 않은 사람처럼 또렷이 말했다. 오케이, 다들 그렇게 하시고, 그럼 나는 백두산으로 갑니다. 가장 추운 날에! 내가 왜 그 시간 갑자기 그런 말을 했는지는 나도 모른다. 황소 같은 웃음소리에 넋이 나가다 보니 나가는 넋을 붙잡기 위해 그런 말을 했을 수도 있고, 본능적으로 아버지의 몸에 대한 반발로 그랬을 수도 있고, 혹은 내 몸을 순간적으로 떠나간 넋이 내 몸과는 전혀 다른 세계의 말을 내 몸을 시켜서 했을 수도 있다. 그러나 분명한 것은 그 말을 할 때의 나는 오늘 선산에서부터 진부 집에 이르기까지 내 양을 훨씬 넘는 막대한 술에 취해 한 말이 전혀 아니었다는 것이다. 뭐랄까 그 말 할 때의 내 정신은 사천 바다의 진초록 눈처럼 차가왔고 또 일생에 마지막으로 딱 한 번 휘둘러보는 검객의 칼날처럼 깨끗했다고 할밖에 없다. 내가 검객은 아니었지만. 때마침 다 낡은 미닫이문을 독사처럼 강렬하게 밀고 들어온 바람이 탁자 위의 전등갓을 또 출렁거리도록 흔들었다. 우리는 모두 성배를 향해 강하게 잔을 부딪쳤다.

검은 극장

검은 극장

관객이라곤 언제나 나 하나뿐인 검은 극장이다. 화면에 빛이 들어오면 지평선 끝에서 러시아제 미니버스 한 대가 달려온다. 차가 달리는 방향으로 멀찍이 알타이산맥의 만년설이 희끗거린다. 몽골 서북쪽, 올기(olgi)의 대평원이다. 들판 가득 막 피어나는 흰 들꽃 몽우리 위로 보름달이 마치 수정이라도 하려는 듯이 샛노란 진을 쏟아붓고 있다.

버스가 지나가고 있는 개울 옆, 쐐기풀이 덮여있는 바위 언덕의 암각화 속에서 무엇인가 몸을 일으킨다. 늑대다. 달빛에 털이 파랗게 빛난다. 버스가 기우뚱거릴 때마다 차 지붕 위의 달빛이 날카롭게 부서진다. 늑대는 허리를 쭉 펴 등 근육을 한껏 늘린 후 가볍게 언덕에서 뛰어내려 버스를 서서히 뒤쫓기 시작한다. 늑대는 너무 빨라서, 자기 자신조차 막 앞지르려는 순간의 스스로 일으킨 바람 냄새를 사랑한다. 그럴 때 늑대는 자기 자신조차 막 앞지르려는 속도 속에서, 막 뒤처지려고 하는 자신의 얼굴을 흘깃 바라보기도 하는 것이다.

늑대는 왜 그때서야 뭔가 안도하는 모습이 될까? 나로선 알 수가 없다.

늑대는 버스 속에서 홀로 깨어 있는 한 인간을 쏘아보고 있다. 올기 들판에서 지금 같은 시각에 버스가 달려 나오는 건 아주 드문 일이다. 그 버스 속의 인간은 지 선생이다. 그는 창밖의 초원에 깃들어 있는 그 무엇을 느끼고 있다. 그것은 대평원의 만져질 듯한 고요이다. 그 뭉클한 고요 속에선 누구나 키 낮은 들풀 들이 한꺼번에 하얀 꽃망울을 터뜨리는 소리까지 알아챌 수 있다. 일 년에 한 번 그 꽃 피는 소리는 거대한 돌림 노래처럼 초원에 울려 퍼진다. 그럴 때 초원의 모든 사물은 수천 년 혹은 수십만 년 전 처음 자기 자리에 놓일 때를 기억하기라도 할 것처럼 고개를 두리번거리며 살짝 깨어나곤 한다. 그건 파란 늑대가 새겨져 있는 암각화의 다른 일만 년 전 짐승들… 표범이나 사슴들도 마찬가지이다. 그러한 고요의 느낌과 맛을 막 알아채려는 인간이 버스 속에서 자기도 모르게 들판의 주인인 파란 늑대를 슬며시 불러내고 있는 것인지도 모른다.

이제 파란 늑대는 버스와 거의 평행선을 그리며 어둠 속을 달리고 있다. 차창 밖으로 버스보다 빠른 들판이 휙휙 지나치고 있는 것이 실은 파란 늑대의 질주 때문이라는 것을 지 선생은 알아채기 시작한다. 그의 눈과 머리통 속으로 늑대는 곧 뛰어들 것이다. 점점 더 속도를 더하는 눈부신 질주 속에서 파란 늑대의 불타오르는 혀와, 단호한 두 귀와, 파란 몸과, 푸르고 초록빛이 감도는 눈을 향해 버스 안의 지 선생이 머리를 돌리는 순간 파란 늑대는 그에게 뛰어들 것이다. 그리고 단 일 초도 안 되는 시간에 늑대는 그의 눈동자를 통과해서 그의 시 신경을 지나 송과선을 뒤로하고 그 즉시 15도 각도로 더 뛰어올라 본래 자신의 자리였을 수도 있는 그의 머리통의 중심부를 차지할 것이다. 그렇게 파란 늑대는 한 인간을 가득 채울 것이다. 황홀한 순간이다. 관객이라곤 언제나 나 하나뿐인 검은 극장에서 푸른빛에 가득한 화면을 바라보다 말고 나는 몸을 옆으로 뒤튼다. 입에서 어어어 하는 소리가 새어 나온다. 내 머리통 가득 늑대의 길고 시뻘건 혀가 헉헉거리며 뜨거운 숨을 몰아넣고 있기 때문이다.

어느 해 겨울이었다. 서울에 눈이 많이 온 다음 날 지 선생과 나는 항상 그렇듯이 청진동 해장국 거리의 청진옥에서 만났다. 그 전날 밤새 눈보라 한번 치지 않고 소복소복 함박눈이 내렸었다. 함박눈이 주변 소음을 다 잡아먹어서 눈 내리는 동안 서울은 아득한 우물 속처럼 고요해졌다. 그토록 참하게 내리는 눈을 동네 가로등 불빛에 의지해 각자 살고 있는 안산과 불광동의 창가에서 밤새 바라본 걸 확인하고 우리는 두 병째 진로 빨간딱지의 뚜껑을 열며 웃었다. 더욱 신기했던 건 그 함박눈이 무엇을 말하더냐고 장난삼아 내가 그에게 물어본 이후였다. 지 선생은 그 대답을 둘이 동시에 말해보자고 내게 제안했다. 그리고 우리는 서로 짜 맞추기나 한 듯이 둘이 똑같은 단어를 동시에 말했던 것이다. 그것은 어이없게도 논어의 한 구절, 극기복례이었다. 수십 년에 한 번 서울 하늘이 통째로 깊은 우물 속 같아지는 날은, 자신을 넘어선 아름다운 예의를 몸소 보여주기라도 한다는 뜻이겠는데……. 우리는 같이 말해놓고도 그 일치가 잘 믿기지가 않아서 서로의 얼굴만 멀뚱멀뚱 바라보았다. 지 선생은 강호에 숨어있는 진짜 철학자니까 그렇다 치고 강호에 명함 한 번 못 내밀어본 나 같은 얼치기 회의론자는 이 무슨……. 지 선생과 동급의… 호사스러운 차원의 상승인 것인지…… 하며 공연히 우쭐

해지기까지 했다. 쏟아지는 눈을 바라보면서 60년대 시인 김수영 시인 같은 이는 눈은 살아있다고 했지만 지 선생과 나는 밤새도록 엉뚱하게도 극. 기. 복. 례 라는 글자를 한 자 한 자 가슴 속에 되뇌고 있었던 셈이었다. 그렇게 된 건…… 짐작이긴 한데, 김수영이 한낮에 마구 흩날리는 눈을 맞이해서였다면, 우리는 바람 한 점 타지 않은 채 그저 제 생긴 대로 흔들리며 참하게 내려오는 함박눈을 밤새 지켜봤기 때문일 수도 있었다. 어쨌거나 세상에… 둘이 똑같이 극기복례라고 말하다니. 밤새 무슨 일이 서로에게 일어났는지도 모르게 안산과 불광동에 이어졌을 이상한 유대를 생각하고 우리는 말할 수 없이 달콤해졌다. 그것은 이따금 먼 데서 개 짖는 소리만이 아련하게 들리게 할 뿐인 큰 눈의 고요 때문일지도 몰랐다. 서울의 소란스러움을 흰 눈이 다 씻어 내리면서 평화 그 자체인 고요를 만들었다면, 그 이상한 고요가 창을 지키고 선 우리의 차가운 귀에 극. 기. 복. 례 라고, 속삭여주었던 셈이었다. 전혀 예상치도 않았던 일치에 어이가 없을 정도로 경쾌해진 우리들은 세 번째 네 번째의 빨간딱지를 연이어 비웠다.

극기는 마음만 굳게 먹으면 누구나 할 수도 있지만, 복례 이건 깊은 얘기다 라고 지 선생이 짓궂은 고등학생처럼 공연히 정색하는 시늉을 하며 말했다. 그렇다면 그 깊은 것에 닿아보기 위해서 무엇을 해야 하느냐는 내 물음에 우리는 또 작은 기적처럼 똑같이 알타이산맥에 가자고 했었던 것이다. 작은 기적이 안 일어나는 좋은 만남은 없다고 지금의 나는 생각한다. 그날의 기적은 눈 오는 밤의 설레임 속에서 아마 눈의 고향에 대한 어떤 감각이 밤새 두 사람 모두에게 생겨서였을 것이다. 거듭된 설렘은… 어디에 닿아도 닿기 마련이니까. 그 이후로 우리에게 눈은 곧 알타이가 되어버렸다. 그리고 그곳에 도달하는 것이 우리에게는 줄기차게 복례가 되었다. 우리는 그 약속을 그날로부터 십 년이 지나서야 지켰다. 그러느라고 청진옥에 쌓인 무수한 진로 빨간딱지를 뒤로 하고 드디어 작년 이맘때 우리는 그곳에 갔다.

거기까지는 좋았다. 철거 계고장을 받은 때부터 외부의 빛이라곤 하나도 없는 구파발 근처, 검은 부직포에 둘러싸인 컨테이너 하우스 안에서 나는 탄식하듯 거기까지는 좋았지…… 라고 살짝 말한다.

곤! 하고 원주민 출신 가이드인 부나가 낮게 소리쳤다. 아침 녘까지 앞서거니 뒤서거니 모두 잠에 곯아떨어졌던

6명의 승객들이 갑자기 멈춰 선 미니버스의 서슬에 잠이 깼다. 곤? 왔쓰 민? 하고 선잠을 깬 지 선생이 말했다. 부나가 손가락을 세워 입에 대며 조용히 하라는 신호를 한 후 다른 손을 뻗어 가리킨 곳은 버스에서 백 미터 정도 떨어져 있는 호수의 백조들이었다. 한국말로 고니인 백조를 이곳에서는 곤이라고 부른다고 부나가 이어진 대화 속에서 가르쳐주었다. 그 사실에 놀란 건 나뿐만이 아니었다. 부나 역시 곤을 고니라고 부르는 사람들이 아시아 대륙의 맨 끝에 산다는 사실에 눈이 동그래졌다. 강릉 경포 호수의 오랜 고니 관찰자였던 나에게 고니가 곤으로 불리고, 곤이 조그맣고 흰 제 새끼들을 거느리고 일 년 중 세 계절을 보내는 이 알타이의 이름 없는 호수는 저릿하도록 포근했다. 지 선생도 나와 같은 것을 느꼈는지 호수의 곤 무리를 물끄러미 바라보다 말고 여기가 고향이 맞긴 맞군. 하고 말했다.

버스는 올기 평원을 지나 다시 알타이산맥의 최고봉인 호이텡 산을 향해 달리기 시작했다. 전날 밤 버스 속에서 내가 막 잠이 들기 전, 보름달 속에서 하얗게 핀 초원의 꽃들을 보며 지 선생이 말했었다.

당신이 올 때쯤 꽃이 피게 해 달라고 들판에 기도했었지.

그 기도가 이루어졌는데 잠이 와? 세상엔 이런 기도도 있고 이런 죄 없는 투정도 있구나 하고, 나는 그 투정 소리를 행복한 자장가 삼아 또 잠이 들었었다. 꿈속에선 흰 들꽃의 바다 앞에서 지 선생이 고맙다고 자꾸 머리를 끄덕였다.

곤의 호수를 지나친 지 얼마 채 되지도 않아 뒷자리의 일본 여행객 네 명이 일제히 와 하고 소리를 질렀다. 호이텡의 만년설이 아침 햇살을 받으며 갑자기 눈앞에 펼쳐졌기 때문이었다. 빙하 녹은 물을 건너니 곧장 국립공원 체크 포인트였다. 우리는 모두 차에서 내렸다. 그리고 지 선생과 나는 그 근처의 예약된 겔로 향하는 젊은 일본 관광객들과 작별했다. 등산화가 아닌 우리의 운동화 차림을 보고 일본 청년들은 자꾸 웃었다. 나흘 전 울란바타르의 한 바자르에서 산 몽골제 운동화였다. 우리는 새 신을 신고 베이스캠프를 향해 16킬로미터를 소처럼 천천히 걷기 시작했다. 호이텡 산 옆으로 포타니 빙하가 넓게 펴져 있고 그 산 너머는 러시아 땅이었다. '호이텡'은 20세기 초반 폴란드 산악 원정대가 그 산을 탐험하고 내려오면서 원주민들에게 매우 춥다는 의미로 한 말이었다. 그때부터 그 산은 난데없이 '추운 산'이 되었다. 그러므로 호이텡은 그 산의 진짜 이름이 아니었다. 지 선생과 나는 이 산행을 계획

했을 때부터 그 산의 진짜 이름을 찾아 주고 싶었다. 지 선생은 이미 석 달 전에, 나보다 먼저 몽골에 와서 카라코람 일대를 떠돌았다. 그리고 우리는 약속 한 날 울란바타르 공항에서 만났다. 낯선 이국의 공항에서 석 달 만에 만났을 때 그는 까맣게 탄 얼굴에 하얀 구레나룻이 대책 없이 자라 있었다. 그는 고개를 옆으로 약간 까딱하며 언제나 그랬듯이 소년처럼 웃었다. 내가 도착한 바로 다음 날 울란바타르를 떠난 우리는 무려 56시간을 비좁은 버스에 타고 몽골 대륙을 가로질러 서북쪽 국경도시 올기에 왔다. 덕분에 나는 앞좌석에 끊임없이 다리가 부딪쳐 무릎에 멍이 새파랗게 들었다. 그리고 또다시 러시아제 미니버스로 갈아타고 밤새 올기 평원을 달려 이 산에 도착했다.

거기까지도 좋았다. 알타이는 밤 10시까지 해가 지지 않았음에도 우리가 베이스캠프에 도착한 건 불그스름한 달이 떠오를 무렵이었다. 파김치가 되어 베이스캠프에 도착한 직후 내가 끓인 라면을 앞에 놓고 나무젓가락을 들기도 전에 지 선생은 곧장 보드카부터 찾았다. 그리고 카자흐족 캠프 관리인의 가게에서 내가 사 온 값싼 몽골제 보드카를 한 병 비우자마자 기다렸다는 듯 자신은 한국에 다시 돌아가지 않겠다고 선언하는 것이었다. 나는 라면을 몇 번 입에 대기도 전에 젓가락을 내려놓았다. 한국에 다시 돌아가지 않겠다니…… 나는 어안이 벙벙해졌다. 그제야 어제 곤이 헤엄치는 호수를 보며 여기가 고향이 맞긴 맞군 하고 지 선생이 말하던 것과 그 말끝에 카이 알아? 하고 나를 보며 살짝 덧붙였던 말도 새삼 떠올랐다. 카이는 알타이의 전통 노래였다. 나는 무심코 그냥 고개만 끄덕였었다.

지 선생은 단호했다. 김 형, 나는 한국이라는 타향살이 끝냈어. 이젠 여기가 내 고향이야 하고 그는 또박또박 힘주어 말했다. 캠프 관리인이 잠들세라 부리나케 내가 다시 사 온 두 병째의 보드카를 마시면서 지 선생이 말한 것은 더욱 기가 막혔다. 그는 이미 이곳 어디쯤에서 남은 생을 보낸다는 각오로 지인을 통해 비자 문제도 해결했고 또 천만 원 이상 되는 돈도 소지한 채였다. 술이 취한 그는 정색까지 하며 노인 연금 이십 만원으로도 알타이에서 부자로 살 수 있어 하고 평소에 하지 않던 큰소리까지 탕탕 치는 것이었다. 나는 곧 머릿속이 캄캄해졌다. 난데없는 지 선생의 선언은 알타이산맥에서 살겠다가 아니라 죽겠다로 내게는 들렸기 때문이었다. 그건 내게 지 선생 혼자 이 황량한 곳 어느 언덕쯤에 겔 하나 빌려놓고 얼음 녹은 물 좀 떠먹으며 한두 계절쯤 살다가 어느 겨울날 갑자기 곁에 누구도 없이 혼자 죽어가는 장면을 연상시켰다. 나는 한 컵 가득 보드카를 붓고 단번에 들이켰다. 보드카 병에 그려진 징기스칸이 알 수 없는 웃음을 띠고 있었다. 몸이 부르르 떨렸다. 그는 다시 말했다.

나는 그냥 텅 빈 곳에 혼자 서 있는 늙은이일 뿐이야.

그는 나보다 십 년 연상이고 올해 75세다. 그는 불교도이고 소위 오퍼상 1세대였지만 최근 7년간은 안산에서 아파트 경비로 일했다. 그는 아파트 경비실이 강제로 공부를 시켜주는 세계에서 가장 효율적인 도서관이라고 말했었다. 그리고 청년 시절 대학원 때의 스승의 유지를 살려 동서양 정치 사상사 세 권을 그곳에서 썼다. 그러나 그것만은 아니었다. 그는 걸핏하면 자해를 일삼는 나이 사십이 훌쩍 넘은 딸이 있었다. 영국 유학 경력이 있고 그때껏 처녀였던 딸은 지 선생의 이혼한 부인과 함께 살았다. 그 딸은 알콜 홀릭이고 여차하면 깡 술만으로 몸무게를 삼십 킬로 이하로 줄여버리는 자해의 기술이 있었다. 그래서 그녀는 자신이 원하기만 하면 언제든 가족 모두가 그녀의 존재에만 집중하도록 만들 수 있었다. 지 선생은 나이 때문에 아파트 경비직에서 작년에 잘렸고, 그래서 그의 교묘한 딸에게는 용돈을 더 대 줄 수 없었다. 지 선생과의 지난 이십 년간 우리가 언성을 높였던 것은 딱 그 부분뿐이었다. 그 딸은 이제 지 선생의 월급 130만 원 중에 매달 100만 원을 받아서 외제 선글라스를 일곱 개씩 보유하는 소비 생활은 할 수가 없게 되었으므로 지 선생을 원죄에서 방면시켰다. 마녀는 아무것도 사랑하지 않는다고, 그저 시시때때로 변하는 욕망에 따를 뿐이라고 거창하게 말하며 나는 원죄에서 방면된 지 선생을 축하했었다. 그리고 이제 마녀들과 조금이라도 더 멀어지기 위해 곧장 알타이로 달려가자고, 나는 청진옥이 떠나가라 돼지처럼 꽥꽥 고함을 질렀었다.

허겁지겁 무엇에 쫓기듯 두 병째의 보드카를 비웠을 때 지 선생은 앉은 채로 고개를 숙이고 곧 코를 골기 시작했다. 땅바닥에 뒹굴던 보드카 병의 징기스칸이 여전히 나를 보고 웃고 있었다. 나는 그 알 수 없는 웃음을 피해 텐트 밖으로 비척거리며 걸어 나와 호이텡 산이 마주 보이는 쪽에 아무렇게나 걸터앉았다. 언덕 아래에선 얼음 녹은 물이 쏴아 하는 소리를 내며 강이 되기 위해 달려가고 있었다. 멀찍이 물굽이가 솟는 곳마다 달빛이 번쩍거렸다.

그와 나는 이십여 년 전 티벳의 수도 라싸에서 우연히 만났다. 그때도 그와 나는 한국에 알려지지 않은 어떤 산을 똑같이 찾아 나선 길이었다. 여행자들끼리 돈을 모아 그 산으로 갈 트럭을 빌리려고 야크라는 이름의 호텔 알림판에 붙여놓은 쪽지를 통해 우리는 처음 만났다. 이번에 지 선생이 정말 한국으로 돌아가지 않는다면, 그와 나는 산으로 가는 길에 처음 만나 이십 년간 청진옥 탁자 위에 진로 빨간딱지를 셀 수도 없이 수북이 쌓으면서 극기복례만 줄창 얘기하다가 결국 눈의 고향이라고 알고 애써 찾아온 알타이산맥에서 영영 생이별을 해야 할 괴상한 운명이 되고 마는 것이었다. 우리는 산악인도 아니었고 그렇다고 무슨 이상한 종교를 신봉하는 신비주의자도 아니다. 우리는 그저 이 세계가 어떻게 생겨먹었는지 알고 싶어 하는 호기심 많은 소년 끼를 꽤 오래 유지했다고나 할까? 뭐… 그런 류의 또라이급 노땅 들일 뿐이었다.

그때 베이스캠프의 카자흐족 캠프 관리인이 기르는 큰 몽골 개가 내게로 숨을 헉헉거리며 뛰어왔다. 그리고 아무런 주저 없이 곧장 내 품으로 뛰어들어서 얼굴을 닥치는 대로 핥기 시작했다. 몽골 개는 늑대에 가까우니 조심하라고 부나가 말했었지만 그 개는 보드카의 향을 좋아하는 것이 틀림없었다. 어딜 가나 알콜 홀릭이로군 하고 투덜대면서도 개의 길고 뜨끈한 혓바닥을 얼굴에 받는 것이 그리

나쁘지는 않았다. 어제 올기 평원에 들어서자마자 어두워가는 하늘 아래에서 부나가 후레쉬를 밝혀 보여주었던 암각화가 떠올랐다. 쐐기풀이 덮여있는 언덕에는 울산의 반구대 암각화에 필적할 만한 크기의 너른 바위 면이 수평에서 약간 위로 들린 각도로 펼쳐져 있었다. 부나는 거기에 1만 년 전의 암각화가 새겨져 있다고 했다. 부나는 그 황홀한 암각화 속의 한 짐승을 가리키며 이건 블루 울프라고 웃으며 말했다. 파란 늑대? 하고 의아해하는 나에게 부나는 파란 늑대가 신성한 동물이며 행운이 있는 사람만이 그 늑대를 볼 수 있다고 말했다.

나는 자리에 편히 앉아 있지도 못하게 하는 극성스러운 몽골 개의 습격이 좀 힘이 들고 귀찮아지기 시작해서 자리에서 일어났다. 사천삼백 미터가 넘는 바위산의 시커먼 경사면 어디쯤에서 조용한 소용돌이 같은 것이 생겨나고 있었다. 나는 마구잡이로 덤벼드는 개를 떨쳐 내고 텐트 속으로 돌아와 물소리가 가까운 내 자리로 갔다. 양초 랜턴의 불을 끄고 침낭 위에 누우니 멀리 빙하 녹은 시냇물 소리가 따라 들어와 텐트 안을 가득 메웠다. 그 소리는 나로 하여금 어찌할 바를 모르게 만든 지 선생의 한국 포기 선언과 보드카가 만든 격정을 조금 가라앉혔다. 폭포같이 커져가는 물소리를 더 끌어당겨 온몸을 거듭 통과하게 해놓고 나는 조금은 안심하면서, 또 조금은 지 선생을 포기할 준비를 해야 하나… 하는 독한 마음도 준비하면서 스륵 잠이 들었다. 의식이 사라지기 직전 호이텡 산의 시커먼 경사면에서 일어난 소용돌이가 무슨 비잉빙 하는 소리를 내었던 것도 같다.

물소리에 섞여 텐트 밖에서 무엇이 헉헉거리고 있었다. 나는 눈앞이 잘 가늠되지도 않은 채로 엉거주춤 일어나 텐트의 지퍼를 열었다. 그리고 그 괴이한 소리의 주인공을 쳐다보았을 때 처음엔 그것이 텐트 바깥에서 우리를 지키던 몽골 개인 줄 알았다. 그놈이 몽골 개처럼 아무 경계심 없이 나를 향해 똑바로 서 있었기 때문에 더욱 그랬다. 그러나 그놈은 술 취한 눈에도 몽골 개와는 어딘가 좀 달랐다. 그놈은 푸른 달빛을 받아 털이 파랗게 빛났다. 그 개는 내가 잠들기 전에 내 품에 마구 뛰어들던 몽골 개와는 좀 다른 것 같았다. 늑대인지 개인지 모를 것의 새파랗게 빛나는 눈동자가 나를 똑바로 쳐다보았다. 보드카가 준 객기 때문인지 나는 전혀 놀라지도 않았다. 나는 잠이 든 지 선생을 한 번 돌아보고 나서 파란 개가 기다리고 서 있는 텐트 밖으로 나갔다. 그리고 우리 둘은 약속이나 한 듯 텐트를 돌아 호이텡 산 쪽으로 걸음을 옮겼다. 누르스름해진 달이 호이텡 산의 머리 위에서 빛나고 있었다. 파란 개와 나는 마치 오랜만에 만난 옛 친구처럼 편안하고 다정한 그 무엇을 느끼면서 발걸음을 옮겼다. 우리는 발바닥에 물이 찰방찰방 튀는 습지를 지나 마치 달밤을 산책하듯 흐뭇하게 걸었다. 그 개와 나는 아마 똑같이 그런 평화를 함께 맛보면서 걸었을 것이다. 손에 잡힐 듯 달빛에 빛나는 하얀 빙하가 가까이 다가왔다. 바로 눈앞에서 호이텡의 거대한 몸이 시퍼런 기운을 뿜어내며 무슨 말을 하려고 고개를 숙이는 것처럼 어른거렸다. 나는 그곳의 어느 마른 풀밭 위에 털썩 주저앉았다. 파란 개는 조금 더 앞으로 걸어가 달빛을 등지고 나를 똑바로 바라볼 수 있는 위치에 자리를 잡았다. 엉덩이는 땅에 붙이고 앞 다리는 꼿꼿이 세운 채였다. 나는 어둠 속에서도 눈이 새파랗게 빛나는 파란 개에게 말했다.

너가 파란 늑대구나. 너는 여기에 왜 왔니? 그러자 파란 늑대는 마치 사람이 하듯이 고개를 약간 비끼며 나를 고즈넉이 바라보는 것이었다. 그 시선을 의아해하다가 나는 한 순간 파란 늑대의 눈동자를 똑바로 들여다보았다. 그러자 늑대도 자세를 고쳐 잡으며 빛나는 눈으로 똑같이 나를 쏘아보았다. 곧 허공에서 두 힘이 충돌해 불꽃을 튀길 줄 알았다. 그러나 내 직진하는 눈의 힘은 아무 저항도 받지 않고 일방적으로 늑대의 눈동자 속으로 그냥 쑥하고 들어갔다. 나는 우선 늑대의 무저항에 깜짝 놀랐다. 아마 일 초도 안 되는 시간에 나는 서유기에서 손오공이 타고 날아다녔다는 근두운보다도 더 빨리 그야말로 빛의 속도로 늑대의 눈 속을 헤집고 나아갔을 것이다. 그런데 내 힘과 속도가 다하고 멈춘 곳은 그냥 부처님 손바닥이었다라고 할, 늑대의 눈동자 속 어느 한 공간에 불과했다. 내 힘은 늑대의 눈을 관통하기는커녕, 오히려 늑대의 눈 속 어디쯤에서 힘을 다 쏟고 나서 스러지는 별똥별처럼 그냥 팟 하고 꺼져버렸다. 그러자 곧 나는 나 자신에 대해 어떤 섬뜩한 것을 느꼈다.

그것은 태어나서 여태껏 나는 무엇이든 찌르기만 하는 존재였나? 하는 것이었다. 순간적 자각이었지만 돌이켜 볼수록 나는, 누구든 은근슬쩍 내리누르기 위해서, 강제로 이별하기 위해서. 때로는 어떻게든 연애하기 위해서, 어림 반 푼어치도 없는 허세를 유지하기 위해서 스스로 잘 눈치채지도 못할 정도로 능숙하게 어쩌면 일생 내내 상대를 찌르기만 했던 것인지도 몰랐다. 그건… 복례는 커녕… 전혀… 극기조차도 아니었다.

그걸 씻어내고 텅 빈 우물 속 같은 것이 되려면 나는 대체 얼마나 많은 함박눈을 덮어써야 할까 하고 지금은 생각한다. 화면에서, 알타이산맥 어디쯤 함박눈을 뒤집어쓰고 얼어붙어 어떤 이정표 같은 게 된 사람은 간혹 지 선생이 아니라 나로 등장하기도 한다. 그러나 나라는 이정표는 그 어떤 방향도 가리키지는 못한다. 내 가슴의 푯말엔 극기복례 대신 사람들이 무슨 말인지 알아듣지도 못하게 극례복기 라고 씌어져있다. 풀이하자면, 예의를 버리고 자기에게로 또다시 찰거머리같이 돌아간 자라는 뜻이겠는데, 본래 회의론자인 내 입장에서는 묘하게 아이러닉한 기쁨이기도 했다. 영화 패왕별희에서 문화 대혁명 시절 가슴에 부화방탕한 자라는 푯말을 차고도 사랑에 미쳐 날뛰던 장국영처럼. 나는 그 상상 때문에 헐헐헐 웃고 만다. 지난겨울, 이빨이 잇몸에서부터 거의 철거된 이후부터 내 웃음소리는 그렇게 변했다.

어쨌거나, 나는 좀 얼이 나간 채로 파란 늑대를 다시 쳐다보았다. 너는 왜 내게 맞서지 않았니? 하고 나는 지금이라도 늑대에게 따져 묻고 싶다. 그러나 늑대는 슬픈 듯한, 아니 거의울듯 한 눈을 하고 나를 바라보았다.

화면은 잠깐 정지되고 극장은 다시 고요해진다. 마치 내가 죄를 지은 게 아니라 늑대가 내게 무슨 큰 죄라도 지은 것처럼. 늑대의 백치같이 착하기만 한 고통이 거짓말처럼 생생하게 느껴진다. 그렇다고 내가 늑대에게 무슨 악의를 가졌던 건 아니었다. 나는 술에 취한 채 눈앞의 대상을 그저 이겨 먹으려고 평소처럼 강렬하게 집중했을 뿐이었다.

내가 말을 이어가게 이끈 건 파란 늑대였다. 늑대는 마치 괜찮다는 듯이 머리를 한 번 끄덕였다. 늑대의 파란 털 위로 하얀 빙하가 빛나고 있었다. 나는 숨을 크게 들이쉬었다. 세상이 또다시 우리의 숨소리와 푸른 달빛 외에는 아무것도 없는 것처럼 조용해졌다. 늑대와 나는 다시금 어떤 훈훈한 교감을 회복하고 한참 동안 우리의 숨 속에 깃드는 파란 고요를 마셨다.

술이 취한 중에도 그것은 마치 시원한 물과 같은 느낌을 주었지만 사실 그건 물이 아니라 빛이라고 해야 더 정확할지도 모른다. 그리고 그 먹을 수도 마실 수도 있는 빛에 대한 경험이 검은 극장의 화면에선 매일 다시 시작된다.

검은 극장에는 과거가 없다. 과거엔 고요를 마셨지만, 지금은 빛으로 바꿔 마신다.

호이텡 산의 뒤편에서 쿠르릉 하는 천둥소리가 들렸다. 검은 구름이 누런 물을 뚝뚝 떨어뜨릴 것 같은 달에게 물씬물씬 다가가고 있었다. 구름 속에서 두세 번 소리 없는 폭죽처럼 보라색을 띤 번개가 쳤다. 그러자 늑대는 마치 내게 답해주고 싶은 말이 있기라도 한 것처럼 산 쪽을 바라봤던 머리를 슬며시 내게로 돌렸다. 그때 나는 마음에 두었던 어떤 것을 기억해 내고 파란 늑대에게 곧장 물었다. 호이텡 산의 진짜 이름이 뭐니? 그러자 파란 늑대가 입도 달싹이지 않고 즉시 내 머릿속에 대답했다.

하얀 반지.

늑대에게 하얀 반지라는 말을 듣자마자 나는 호이텡 산의 빙하 위에 떠 오른 빛나고 거대한 하얀 반지의 환상을 보았다. 반지는 운동장만큼이나 컸고, 장식이 없었고, 투박하지도 않았고, 아주 가늘거나 아주 굵지도 않았다. 또 그 색은 흰색에 가까웠지만 흰색보다 훨씬 더 밝았고 무엇보다 전혀 차갑게 느껴지지 않았다. 그리고 술에 취해 몽롱한 중에도 그 주변이 반지의 빛에 의해 환해지는 걸 보았다. 나는 재빨리 한 번 더 물었다. 그럼, 저 하얀 반지의 속뜻은? 그러자 파란 늑대는 마치 내 질문을 미리 알고 있기나 한 것처럼 거의 내 물음과 동시에 입도 달싹이지 않고 말했다.

다 괜찮아!

그때 내 머리 위까지 몰려온 검은 구름 속에서 허공을 쪼갤 듯 천둥소리가 쾅 하고 울렸다. 그리고 곧 콩알만큼씩 한 우박이 빗줄기에 섞여 두두두두 하고 풀밭 곳곳에 떨어지기 시작했다. 그제 서야 나는 파란 늑대가 곧 사라질 거라는 걸 직감하고 서둘러 다시 물었다. 지 선생은 그럼 어떻게 되는 거냐? 그러나 내 물음이 채 끝맺지도 못했을 때 우박이 더 세차게 내리쳤다. 늑대는 사라졌다. 나는 반사적으로 자리에서 일어나 텐트를 향해 냅다 뛰었다. 그리고 습지 근처를 지나다가 풀뿌리에 발이 걸려 한 번 호되게 넘어졌다. 우박이 내 뒷머리를 따갑게 내리쳤다. 나는 다시 자리에서 일어나 허겁지겁 텐트 속으로 뛰어 들어갔다. 나는 젖은 머리도 털지 않고 서둘러 침낭 속으로 기어들었다. 우박이 텐트를 세차게 여기저기 내리쳤다. 강물이 되려는 빙하의 쏴아 하는 소리와 어울리면서도 그 소리를 덮어버리는 우박의 두들김은 뭔가 답을 품고 팽팽하게 튀어 오르는 질문 같았다. 우두두두두 라는 질문. 우두닥 우두닥이라는 질문. 우다다다다다닥이라는 질문.

나는 이 소리 앞에선 꼭 검은 극장의 화면을 정지시킨다. 그리고 우박의 소리를 끌어당겨 내 멋대로 편집해 가며 오랫동안 듣는다. 두닥 두닥으로도 듣고, 다다닥 두다닥으로도 듣는다. 알타이에서 돌아온 지 일 년이 거진 되어 가는 지금도 나는 여전히 그 소리를 듣는다. 아니 이제는 아예 그 소리를 본다. 검은 극장에선 그 우박 쏟아지는 소리가 보이기 때문이다. 점점 더 자주 나는 이 우박 쏟아지는 소리를 들으려고 검은 극장에 입장하는 일이 많아졌다. 나는 하루라도 빨리, 스스로 우박 소리에 가득 찬 검은 극장이 되고 싶다. 리듬에 따라 함박눈으로도 봄비로도 모습을 바꿀 수 있는 우박이 되고 싶다. 가능할까?……. 어려울 것이다. 나는 진로 빨간딱지를 열고 물컵에 가득 담아 잔을 들이킨다. 나는 알고 있다. 검은 극장은 곧 철거된다. 본래 개척 교회이었고 지금은 문을 닫은 지 오래인, 이 검은 부직포를 덮어쓴 컨테이너 하우스도 곧 철거된다.

이젠, 내 생의 남은 쓰레기만이 나의 것이다.

다음날 지 선생과 나는 마치 아무 일도 없는 것처럼 베이스캠프에 하루 더 머물렀다. 우리는 각자 흩어져 산을 바라보고, 언덕 아래로 내려가 물에 발을 담가보고, 들판의 하얀 꽃 무리를 쫓아다녔다. 밤에 또 보드카 세례를 받긴 했지만, 우리는 그날 별 대화조차 나누지 않았다. 왜 그랬을까? 나는 자리를 파한 후 몽골 개와 함께 하얀 반지의 산 쪽으로 전날보다 더 멀리 걸어갔다. 그저 더 멀리 걸어가고 싶을 뿐이었다.

다음날 우리는 마치 아무 일도 없는 것처럼 계획대로 알타이산맥 안에 있는 또 다른 명소인 호통 호수와 드르간 산으로 가기 위해 다시 미니버스에 올랐다. 호이텡 산. 아니 하얀 반지 산에서 차로 여덟 시간 거리였다. 더 이상 나에게는 알타이를 최대한 체험하자 하는 서울을 떠날 때의 결기 같은 것은 다 사라져 버렸다. 단지 지 선생을 어찌 한국으로 되돌릴까 하는 생각에 서서히 애가 달아오를 뿐이었다. 지 선생은 차에 타자마자 1리터 들이 생수를 곧장 목에 들이붓듯이 마시더니 김 형은 이틀이나 밤에 개를 데리고 어디까지 갔다 왔어? 하고 말했다. 엊그제 밤, 지 선생이 목이 말라 일어나보니 내가 자리에 없더라는 거였다. 그래서 밖으로 나가보니 내가 비틀거리며 몽골 개와 함께 산으로 걸어가는 게 보였고 다행히 그의 시야에서 사라지기 전에 풀밭에 주저앉아 개와 무슨 의논이나 하는 듯이 서로를 마주 보고 있더라는 것이었다.

나는, 비로소 지 선생님 덕분에 알콜 홀릭의 초입에 들어서 이제는 개의 말소리를 알아듣는 경지에 이르렀다고 핀잔주듯 말했다. 지 선생이 소년처럼 깔깔거리며 웃었다. 이십 년이나 바라본 웃음이었다.

호통 호수는 강릉의 경포 호수보다도 서너 배쯤 넓었다. 호수의 남쪽 드르간 산자락으로 카자흐족 사람들의 조그맣고 하얀 게르가 잣나무와 전나무 숲에 둘러싸여 있었다. 운전사인 감바트르가 자기의 친척 누군가가 산다는 그 방향으로 차를 몰아가며 기분이 좋아져서 카이를 서툴게 흉내 내어 불렀다. 나는 그 노래를 한국에서부터 조금 알고 있긴 했다. 부나가 조금 부끄러운 듯 붉어진 얼굴로 번역을 하기 시작했다.

나는 이 대목에선 꼭 검은 극장의 오디오 볼륨을 최대한 올린다. 그건 이 노래가 품고 있는 저음부를 날이 갈수록 점점 더 눈물이 날 정도의 감탄 없이는 들을 수 없기 때문이다. 나는 마치 잣나무 같은 것으로 거듭나기를 바라기나 하는 사람처럼 눈을 감고 귀를 기울인다.

잣나무로 만든 똡슈르야. 말 털로 만든 똡슈르야. 내가 사람들에게 카이를 시작할 테니 도와다오. 맹수와 새들의 목소리를 똡슈르가 노래합니다. 잣나무로 만든 똡슈르야.

알타이의 영혼 똡슈르야. 고맙구나 나의 알타이야. 사람들이 축배를 드는구나.

노래 끝에 나는 으으 하고 신음소리를 낸다. 무언가 뜨뜻한 것이 화면 속인지 땅속인지 하늘 속인지 모를 곳에서 내려와 내 가슴을 다 차지해 버렸기 때문이다. 나는 진로 빨간딱지를 병째로 들이켠다.

화면 속에서 감바트르는 1년 전의 그날과 마찬가지로 오가는 차 하나 없는 광활한 들판에서 공연히 경적을 쾅쾅 울리며 장단을 맞춘다.

똡슈르는 잣나무의 몸통을 파서 소리통을 만들고 현이 두 개인 알타이의 전통 악기이다. 나도 언젠가 한 다큐 필름을 보고 난 후부터 알타이의 유랑 가수인 카이치를 소름끼치도록 절실히 꿈꾼 적이 있었다. 그렇게 노래하고 그렇게 걷고 싶었다. 그리고 얼굴에 알타이의 겨울바람이 새겨준 칼자국 같은 깊은 주름을 갖고 싶었다. 다큐 필름에서 한 전설적인 카이치는 이렇게 말했다. 알타이의 바람을 모르면 최고의 카이를 부를 수가 없다. 그러므로 카이치는 알타이를 유랑해야만 한다. 그러기 위해서 카이치들은 죽을 때까지 가정을 갖지 않는다. 알타이의 바람이 깎아 만든 한 사나이의 얼굴과 사람의 목소리라고는 믿기 어려운 낮고 두꺼운 카이를 나는 알고 있었다. 그것은 하얀 반지산의 어떤 울림과도 닮았다.

나는 옆자리에 탄 지 선생을 그 카이치를 바라보듯 흘깃 바라보았다. 왜, 걱정돼? 하고 지 선생이 말했다. 걱정 마, 그냥 성품대로 사는 거야 하고 그가 또 말했다. 나는 그의 얼굴을 지나쳐서 창밖의 호통 호수를 바라보았다. 옛적의 인제 내린천처럼 햇빛의 각도에 따라 재빨리 초록과 파랑으로 색을 바꾸는 맑은 물에는 겨울철 철원 평야에 날아오는 붉은 눈 두루미와 고니가 함께 날고 있었다. 여기가 지 선생님 말대로 우리의 고향이 맞을 것 같기는 했지만, 겨울이 빠른 이곳에서 곧 다가올 지 선생의 겨울을 생각하자 눈앞의 풍경이 주춤주춤 뒤로 물러나 버렸다.

해가 저물면서 호수 남녘의 드르간 산은 남빛으로 물들었다. 우리는 그 산 아래 잣나무 숲 가까이 캠프를 쳤다. 텐트 치는 것을 도와주던 부나가 드르간이라는 말의 뜻은 영어로 이어링이라고 말하면서 자기 귓불의 하얀 귀걸이를 살짝 잡았다. 그녀는 올기 평원의 암벽화와 호이텡 산의 의미에 대해 여행사 사무실에서부터 호기심에 가득 차 궁금해하던 내 모습을 기억한 것 같았다. 이어링이라면 우리말로 귀걸이였다. 귀걸이 산? 묘한 느낌이었다. 파란 개는 호이텡 산의 본래 이름이 하얀 반지라고 내게 가르쳐주었다. 그리고 하얀 반지를 영어로 옮기면 화이트 링이었다. 호이텡 산의 원뜻이 화이트 링이고 드르간 산이 이어링이라면 그것은 흰 반지 산과 귀걸이 산이 되는 것이었으므로 누가 끼워 맞추기라도 하듯 아주 잘 연결되었다. 무언가 힘 있는 것이 서늘하게 마음을 스치고 지나갔다.

밤이 가까워오자 감바트르와 부나는 친척 집이 있다는 호통 호수의 서쪽 마을로 차를 몰고 자러 갔다. 지 선생과 나는 이곳에 도착하기 전 어느 마을에서 사 두었던 몽골의 양고기 통조림과 보드카를 또 열었다. 양초 랜턴을 사이에 두고 우리는 다시 잠자코 술을 마셨다. 지 선생이 살고 있는 안산 근처 바다의 소리 없는 밀물처럼 막막한 고통이 다시 밀려왔다. 그는 평소의 그답지 않게 빨리 취했다. 그는 내 화제를 돌리려는 듯 엉뚱한 얘기를 하기 시작했다. 그의 얘기인즉슨 요즘엔 부처의 논리에서 의아한 부분이 눈에 띈다는 것이었다. 그는 어린 학생같이 진지한 표정을 지으며 부처는 인생을 고라고 단정하였는데 부처가 왜 인생의 아름다움에 대해서는 한 마디도 말하지 않았는지 그게 점점 의아하다는 것이었다. 그러나 나는 그런 이야기에 머리를 기울이고 싶지 않았다. 그런 건 청진옥에서나 가능한 일이었다. 나는 이죽거리듯이 그건 이제 선생님이 삶을 아예 떠나려 하기 때문에 고의 바깥에서 고를 보기 시작해서 그런 것뿐이며, 삶을 떠나는 순간에는 누구나 그렇게 되는 거라고 냉정하게 쏘아붙였다. 말은 그렇게 했지만 나는 또 고개가 푹 수그러졌다. 나는 두 잔을 연거푸 혼자 따라 마시고 나서 보드카 잔을 텐트 바닥에 탁 소리 나게 내려놓으며 말했다.

"그냥 자연스럽게 삽시다."

그 말에 웬일로 지 선생은 고개를 끄덕였다. 내가 말한 자연스러움은 한국 땅에서 한국 사람으로 자연스럽게 살자는 것이었으나 지 선생의 자연스러움은 아예 다른 것이었다. 그가 말했다. 알타이 인들은 악의도 없고 선의도 없어. 그냥 자연스럽게 살어. 그게 자연스러움이야. 그 자연스러움이 선악 이전의 참모습이야, 여기선 그게 당연해. 이상과 미래 같은 건 한국에서나 통하는 것이고. 한국엔 자연스러움이 없어.

나 또한 그걸 인정하지 않는 바는 아니었다. 그러나 지 선생을 이 들판에 고려장 하듯 버려두고 갈 수는 없는 노릇이었다. 그의 논리대로라면 나는 그의 새로운 삶으로 위장한 자살을 자연스러운 것으로 인정해야만 하는 것이었다. 그는 혀가 살짝 꼬여가면서 다짐했다.

이제부턴 내 짐이 있는 곳이 그냥 내 집이야. 한국엔 아무런 원망도 없어. 내 삶은 그저 오랫동안 한 사람을 좋아했던 추억이 전부야. 나는 그의 말에 비꼬듯 대꾸했다. 결국 마녀에게 버림받는 길고 긴 얘기가 인생에서 제일 중요했다는 겁니까? 낮게 뱉은 내 말을 지 선생은 다 알아듣지 못한 것 같았다. 그것이 한 편으로는 오히려 다행스러웠다. 고통의 밀물이 내가 앉아 있는 알타이의 산기슭 어느 한 자리를 풀썩풀썩 무너뜨리고 있는 듯했다. 나는 하얀 반지의 속뜻이라는 '다 괜찮아'에 전혀 동의할 수 없었다. 술이 취해 몸이 앞으로 기우는 그를 일으켜 세우며 나는 말했다.

선생님 나랑 같이 한국에 다시 돌아갑시다. 청진옥으로 갑시다. 왜 가야 하는지 아세요? 한국도… 어쩌면 알타이니까요. 안산도 불광동도 청진옥도 따지고 보면 다 알타이란 말입니다. 왜 그런지 우리 텐트 바깥에 나가서 물가의 고니들한테라도 물어볼까요? 왜 굳이 경포 호수로 날아가냐고.

지 선생은 말이 없었다. 거기까지다. 우리는 또 보드카에 절여졌다. 지 선생은 비좁은 텐트 속에서 몸을 겨우 옆으로 세워 누웠다. 나 또한 사흘째 과도하게 마신 보드카와 고통이 뒤엉켜 지 선생을 바라보며 가까스로 비스듬히 몸을 뉘었다. 언제부터인가 이미 오랫동안 스스로 돌보지 않게 된 그의 몸이 살짝 굽어 있었다. 양초 랜턴이 팍 하는 소리를 내며 타올랐다.

선생니임… 아시겠어요? 곧 벼락이 친다고요. 겨울이 온다고요.

그러자 자는 줄로만 알았던 지 선생이 몸을 움직이지도 않고 말했다. 취한 중에도 무언가 골똘히 생각한 것 같았다.

김 형, 들판의 흰 꽃이 이쁘게 피는 건 그걸 봐주는 누군가와 그 꽃이 같은 아름다움을 알고 있기 때문이야.

분노와 연민이랄까 그런 감정들 속에서 술이 취해 서로 닿지도 않는 엉뚱한 얘기를 하고 있었지만, 나는 지 선생님 세계의 그 말에 꿀꺽하고 눈물이 났다.

어스름이 가까운 새벽녘 조금 한기를 느껴 살짝 잠이 깨었다. 곁에 지 선생이 없었다. 지 선생이 바깥에서 어떤 모습으로 앉아 있는지가 그냥 느껴졌다. 나는 바깥으로 나가지도 않고 그냥 누운 채로 지 선생을 상상했다. 지 선생이 똡슈르를 들고 칼바람 부는 알타이의 들판을 흘러 다니는 모습이 환히 보이는 듯했다. 추위에 바람도 얼어붙은 듯한 어느 겨울날의 새파란 하늘 밑이었다. 그가 아무도 없는 어느 산 녘의 잣나무 곁에서 마지막으로 똡슈르를 꺼내 보고 있었다. 동상에 걸린 그의 두 손이 검붉게 부풀어 올라 있었다. 그가 숨이 멎어 고개를 툭 하고 떨어뜨릴 듯한 그 다음 장면을 나는 더 이상 상상할 수 없었다.

나는, 멈추지 마! 하고 소리쳤다. 그리고 나도 몰래 아아아 하고 탄식인지 비명인지 모를 소리를 내뱉었다. 파란 늑대가 눈 덮인 잣나무 숲 사이에서 지 선생과 그의 똡슈르를 지켜보고 있었다.

아침이 왔다. 일찍 자리에서 일어난 우리들은 커피 한 잔씩을 들고 어제 감바트르가 마련해 준 낚시용 의자에 앉아 아침 해가 비치는 호통 호수를 말없이 바라보았다. 우리가 머물러 있는 드르간 산자락의 전나무와 잣나무에서 시원한 향이 감돌았다. 멀리서 말들이 새파란 하늘 속에서 머리를 도리질하며 푸르릉 푸르릉 콧김 소리를 내 뿜었다. 나는 앉은 자리에서 주위의 나무들을 바라보았다. 나무들이 행복해하는 게 보였다. 아침 햇살에 노래하려는 듯 나무들이 살랑거렸다. 잣나무들이 무엇이든 다 괜찮다는 듯 너무도 달콤하게 우리를 감쌌다. 시야가 닿는 들판의 끝없는 곳까지 흰 꽃들이 찰랑거렸다.

사흘 후 올기 시내의 버스 대합실까지 배웅을 나온 지 선생이 울란바타르행 버스에 오르는 내 손을 잡고 흔들며 말했다.

이별하면…… 좀 슬프게 살아가면 돼.

나는 결국 혼자 한국에 돌아왔다. 낙엽이 다 지도록 지 선생에게서는 아무 연락이 없었다. 그리고 재빨리 겨울이 왔다. 새로 맞이하는 겨울은 지독히도 추웠다. 내 핸드폰에 깔아놓은 날씨 예보에서 울란바타르는 걸핏하면 폭설이었고 최저 기온은 넉 달 이상 영하 25도 아래를 맴돌았다. 올기는 울란바타르와 위도가 비슷해서 나는 울란바타르의 날씨 예보를 보고 올기와 하얀 반지 산의 날씨를 추측해 볼 수 있었다. 나는 겨우내 아팠다. 나는 고향 후배인 개척 교회 목사가 거처로 허락해 준 컨테이너 하우스에서 살았다. 아픈 와중에도 가끔씩 파란 늑대와 지 선생의 환상을 보았다. 지 선생은 올기의 평원 어디쯤에서 온몸에 함박눈을 뒤집어쓴 채 앉은 자리에서 얼어붙어 있었다. 나는 관객이라고는 언제나 나 하나뿐인 구파발의 컨테이너 속, 검은 극장에서 화면 속의 지 선생을 향해 손을 뻗곤 했다. 지 선생의 머리 위로 함박눈이 끝도 없이 쏟아졌다. 그곳은 눈의 고향이 분명했다. 몇 달이고 내리퍼붓는 눈 속에서 지 선생은 점점 더 얼어갔다. 나는 그를 잡아보려 손을 뻗는다는 것이 언제부턴가 손을 흔드는 것처럼 모양이 바뀌어버렸다. 나는 몇 달이고 지 선생이 나타날 때마다 손을 흔들었다. 그리고 가끔씩 그의 차가운 귀에 대고 어어어 하고 말이 채 되지도 못하는 인사를 했다. 그러면 검은 극장은 더욱더 고요해지고 화면엔 흰 눈만이 펄펄펄 내렸다. 나는 흰 눈만 펄펄 내리는 검은 극장의 고요 속에서 온 겨울을 보냈다. 싸락눈이 검은 부직포 위를 투덕투덕 때리는 날이 많았다. 접선이 시원치 않은 전기장판에 누워 늑대의 시뻘건 혀와 헉헉대는 숨소리가 잦아들면 고요는 시작된다. 고요는 점차 내 몸을 감싸는 부드러운 그물로 변해갔다. 그물이 내 발을 스치면 발이 없어졌고 팔을 스치면 팔이 없어졌다. 이상한 일이었다. 어느 때엔 붉고 푸른 비단실 같은 고요의 그물에 휘감겨 머리만 남겨놓고 몸이 다 녹아 없어지기도 했다. 삭신이 다 녹는다는 표현으로도 그 감미로움을 다 말할 수는 없다. 천국의 시냇가에 완전히 마음을 놓고 누웠을 때 발끝에 닿아오는 보드라운 물의 느낌이 있다면 그러하리라 생각한다. 그 물의 헤적임에 머리마저 다 녹았을 때엔 점차 내가 있다는 의식만이 막 꺼지려는 촛불처럼 간들거렸다. 그것마저 팟 하고 별똥별처럼 사라지기를 나는 바라고 있다. 그러면 나는 하얀 반지 산의 우박 소리에 가득 찬, 검은 극장이 될 것이다. 모든 것이 철거되기 전에.

무슨 생각에서였는지 여권을 갱신해야겠다고 구청에 다녀오는 길이었다. 구청 앞 횡단보도에서 버스에 치일 뻔하다가 나는 롯데리아 근처의 버스 정류장으로 흐느적흐느적 걸어갔다. 머리 뒤에서 버스 기사가 창밖으로 마구 소리를 질렀다. 정류장의 지붕 아래로 늦봄 오후의 빗긴 햇살이 꽤 따가웠기 때문에 나는 그곳을 피해 롯데리아 옆의 그늘 진 곳으로 자리를 옮겼다. 롯데리아를 지나치던 많은 사람 중에 한 아줌마가 따가운 햇볕 속에서 갑자기 발걸음을 딱 멈추었다. 품에 무엇을 안고 있었다. 그것은 검고 크기가 꽤 있는 개였다. 나는 담배를 한 대 피려다 말고 아줌마의 시선을 따라 그 개를 자세히 살펴보았다. 아줌마의 품 안에서 개의 눈이 반쯤 감기며 목이 서서히 뒤로 넘어가고 있었다. 애완견인 듯싶은 나이 많은 개였다.

그러자 아줌마는 주위를 전혀 아랑곳하지 않고 갑자기 큰 소리로 죽어가는 개에게 외쳤다.

살아. 살아. 어떡해. 아. 아. 불쌍해서 어떡해. 아 아 아. 개놈의 새끼.

나는 손에 들고 있던 담배를 떨어뜨렸다. 아줌마가 새파래진 눈으로 근처의 그늘에 서 있던 나를 똑바로 바라보았다. 그리고 나에겐지 개에겐지 모를 소리를 나의 얼굴에 대고 퍼부었다. 살아. 살아. 아아아 개. 개.

나는 파란 늑대를 만났을 때처럼 현실의 시간에서 시간이 녹아내리던 알타이의 어떤 순간으로 갑자기 되돌려졌다. 생각지도 못했던 일이었다. 아줌마의 살아 살아 라는 말이 무슨 암호를 품은 질문의 우박처럼 따가운 햇볕 아래에서 우두두두두 하고 내 눈을 통과해서 내 머리통 속으로 떨어지기 시작했다. 그리고 그 소리는 꿈틀거리며 우두닥우두닥으로 바뀌다가 우다다다다다닥 으로 이어졌다. 3호선 녹번역 근처의 버스 정류장이 온통 살아 살아 하는 아줌마의 우박이 쏟아지는 듯 따가운 명령으로 가득 차고 있었다. 나는 아줌마의 죽어가는 개처럼 롯데리아의 그늘 속으로 천천히 주저앉았다. 아무 저항도 하지 못한 채 나는 완전히 케이오가 되어 나가떨어졌다.

그때였다. 내가 실신하듯 시멘트 바닥으로 무너지자마자 기다렸다는 듯 파란 늑대가 내 머리통 속에서 깨어나려 하고 있었다. 한낮이었음에도 늑대의 등 뒤로 새하얀 반지가 검은 극장에서처럼 환하게 떠오르고 있었다. 올기의 광활한 들판, 바위 언덕의 암각화 속에서 막 깨어난 듯한 파란 늑대가 등 근육을 쭉 펴며 새빨간 혀를 내밀고 헉헉거렸다. 늑대의 등 뒤로 낯이 익은 미니버스 한 대가 구파발과 삼송 쪽의 들판을 향해 천천히 달려가고 있었다.

작가의 말

어느작가의 어느 소설이 그렇지 않겠느냐만, 이 책에 수록된 소설들 역시 따가운 진실에 기반을 두고있다. 그래.. 따가웠다. 땡볕같았고. 가시같았다.
히말라야 만년설 아래, 아열대의 정글에서 실제로 만났던 호랑이와, 알타이산맥에서 기어코 동사하려했던 지 선생님과. 힌두스탄 평원의 수원이가 처음 인사동 수도약국 옆(지금은 없어진) 시인 주막에서 함께 만난 셈이다. 그 구석진 옆자리에는 가슴을 절제하고 그 자리에 장미꽃 문신을 새긴 김덕남과. 충무로 고시원의 작은 창가에 웅크리고 앉았던 한 작은 사내가 "날자, 나쁜 꿈 꾸지말고" 라고 조용히 외친다.
나는 그들 모두를 나의 검은 극장 안에서 눈물에 짓뭉개진 눈으로 바라보고 있다. 무슨 말을더할까? 그들을 바라보면 볼수록 더더 짓뭉개질 뿐이다.

2024년. 12월. 최 규 익

검은 극장

1판 1쇄 2025년 3월 5일 발행

지은이 최규익
편집 삼산책방
기획 삼산책방
디자인 하정민
펴낸곳 삼산책방
ISBN 979-11-989501-1-6 03810
가격 14,000원

samsanbooks@naver.com